COCOON

茧

郑雨杨◎著

知识产权出版社
全国百佳图书出版单位

图书在版编目（CIP）数据

茧 / 郑雨杨著 . — 北京：知识产权出版社，2019. 2
ISBN 978-7-5130-6113-1

Ⅰ. ①茧… Ⅱ. ①郑… Ⅲ. ①长篇小说—中国—当代 Ⅳ. ① I247. 5

中国版本图书馆 CIP 数据核字（2019）第 034102 号

内容提要

故事发生在两百多年之后的地球，一个已经变为一片汪洋的星球。在极端恶劣的生存环境下，遍布世界范围的资源冲突陆续地爆发了。

这是一个细胞集团分裂、分化、长大再吞并其他集团的时代，作为有机生命整体的人类正在经历一个剧烈的进化过程。在这个过程之中，“癌”细胞出现了。

整个世界如同一颗永远解不开的大茧，每个人的命运就像编织它的一段线，这些线或相连，或交错，交织成全人类的命运。但有一根线出错了，它正将人类的命运引向一个未知的方向。碧海之上，蓝天之下，一场事与愿违的大战已经打响。

责任编辑：韩　冰　　**责任校对**：王　岩
封面设计：邵建文　马倬麟　　**责任印制**：孙婷婷

茧

郑雨杨　著

出版发行：知识产权出版社有限责任公司　　**网　址**：http：//www.ipph.cn
社　址：北京市海淀区气象路 50 号院　　**邮　编**：100081
责编电话：010-82000860 转 8126　　**责编邮箱**：hanbing@cnipr.com
发行电话：010-82000860 转 8101/8102　　**发行传真**：010-82000893/82005070/82000270
印　刷：北京九州迅驰传媒文化有限公司　　**经　销**：各大网上书店、新华书店及相关专业书店
开　本：880mm × 1230mm　1/32　　**印　张**：11.5
版　次：2019 年 2 月第 1 版　　**印　次**：2019 年 7 月第 2 次印刷
字　数：230 千字　　**定　价**：45.00 元

ISBN 978-7-5130-6113-1

错误的线让世界之茧
陷入混乱……

第1章

地球有两种颜色。

蓝色和红色。

蓝色是指，在这个地方，海洋占据了大多数的面积，地球表面的百分之七十以上。

所以，它呈现出蓝色。

红色是指，如果按照习惯将战争的区域涂成红色，那么这个地球也是红色的。战争区域除了在两极较为稀疏之外，几乎已经布满这个世界的每一个角落了。

就像是用红色签字笔一点一点地在一张白纸上打点，然后红点慢慢地将白纸变成了红纸一样。

红色的，就连海洋也是红色的。

如今，已经与130年前核武器毫无限制地肆意轰炸的世界不一样了。

当然，不一样的也有消失的陆地与被核武器夷平的太平洋诸岛，以及消失在全球变暖之下的南北极。

如果用红点来表示战争区域的话，那么这张蓝色的纸上的红点也就稀疏多了。

即使如此，空出的区域不过是让人有喘息的余地而已，让人间看起来更像人间而已。

在红色的区域里，战斗仍然在进行着。

尽管陆军已经退化成为海岛防御部队与海军中的抢滩登陆部队，空军的战斗取代了装甲车的冲锋，战争仍在继续。

世界破碎了。破碎，然后分解了。

这个原本由“国家”组成的世界，如果再次提起国家的概念，那么在此刻应该已经是相当模糊了吧。

巨大的人工岛屿代替了原本属于国家的位置。

在这个海洋面积已经占据了地表百分之九十的地方，陆地国家几乎荡然无存。仅有的陆地成了浮岛国家的谈判地与浮岛国际默许的战争禁止区，成了陆地野生动物最后的保护地。

巨大的雨林覆盖了仅存的陆地，沙漠被海水淹没。大洲不复存在，仅剩下埋藏在深蓝色海洋之下的一切。

地球上仿佛只剩下了大海。

耳道之中充斥着自己沉重的呼吸声，通过氧气头盔的振动在喉咙深处回响。

眼前的景色是一片灰暗。

超高功率的战斗机喷射式双引擎的巨大轰鸣透过机身传入驾驶舱中，友坂零中尉感觉自己的头盖骨仿佛都在随之振动。

她感觉有一些呼吸不畅，也许是因为刚刚进行了猛烈的加速。

面前的恒温式战术头盔的显示屏上显示出的纷繁复杂的几何学图像，是战斗机的目视操纵系统的界面。十字准星锁定了她的瞳孔，跟随着她的瞳孔而移动，捕捉着目标。

她的呼吸剧烈，驾驶舱内的温度已经很低了，空气调节系统似乎没有起到作用。但是她呼吸喷出的气体打在屏幕上，却没有一点的白雾。

“友坂中尉！后方！敌机一架！”

现在不知在何处的搭档通过无线电这样对她说道。

她皱了皱眉头。

她的心脏猛烈地跳动着，发出“砰砰”的闷响。

面前的战术头盔屏幕中显现出了“被锁定”的字样。她没有继续犹豫下去。

她迅速做出反应，将机身前端抬高，形成了前端的受风面。气流流过，机身的方向在一瞬间改变了。

引擎继续喷射着火焰。整架双引擎大型战斗机剧烈地振动着，速度骤然降低。

不出所料，后方的敌机减速不及，为了避免相撞而从下方掠过。

眼前跑过了那一片灰蓝天空中的那一个微小如蚊蚋的黑点，战斗机的火控系统锁定了敌机，紧紧咬住。

右手按下操纵杆上的武器发射键，战斗机机腹的隐藏式弹仓的舱盖打开，投放出两枚空对空导弹。

投放出弹仓的导弹立即点火，加速向敌人飞驰而去。此刻的导弹已经完完全全是根据弹头中的敌我识别系统和热源感应系统在行动了，友坂中尉没有继续理会下方的战场，她继续乘势爬升，向上方飞去。

身后响起了一声若有若无的爆炸声；然后，又追加了一次。

友坂知道那是命中了目标，因为她将导弹的弹头全部设置为接近感应爆炸式。

弹头炸裂，爆鸣与那灰暗苍穹中若隐若现的沉闷雷声混杂在一起，透过头盔厚厚的材质传入耳道中，她不知道哪些是爆炸声，哪些是雷电声。

“这里是第二轰炸梯队，已完成对敌方 G 岛空军基地的破袭，现在开始撤退。”

无线电里传来了声音，是己方的人员。

友坂调转过机身，瞟了一眼云层下方的大地。

刚刚经历了空中堡垒式轰炸机地毯式轰炸的大地上，可以清清楚楚地看到那些灰色的、交错的线条，那是机场跑道，正在滚滚的黑烟之下燃烧着烈火。时不时有更为明亮的火球爆破而起，那是被点燃的燃料库发生的闪燃的现象。

“三组收到，现在开始撤离战斗空域。”

友坂按下了左手操纵杆上的一个红色按钮，战机后背上的一小块装甲打开，一个闪亮的光球拖曳着烟雾被弹射了出去，放射出耀眼的绿色光芒。

那是撤退信号弹，不仅仅是发给己方的人员，也是告知敌方。一般而言，在这种情况下，已经不可能再出击陆基战斗机了，敌方会选择放弃追击。

但是她还是没有大意，在警惕着周遭的云层中可能隐藏的敌机时，她找到了轰炸梯队的方向，加速飞了过去。

敌人没有追过来。

她这才稍稍松了一口气，微微地叹息了一声。

“友坂中尉，Good kill。”

无线电中传来一个比友坂年长一些的男性的声音，那是同队的驾驶员樱坂中尉。

友坂没有回答。

“这样一来你的机身上就有 32 个击坠星了。”樱坂中尉对友坂说道。

友坂没有说话，她没注意听樱坂中尉后面到底又说了什么。

她在看着眼前那青灰色的天空。

敌人没有追过来，甚至防空炮火也因过分稀疏而显得不正常。

巨大的堡垒式轰炸机的身影出现在云层之下，六架与友坂的战斗机同型号的紫电式战斗机护卫在翼展达到 60 米的巨大的轰炸机周围。

“第三组归还数目三，损失三机。”友坂报告着，看了看四周。

两架机翼上镶嵌着弹坑的战斗机一左一右地跟随在她的身后，相比之下，她的战斗机可以说是完好无损了。

右边的一架战斗机已经开始冒烟了，友坂知道那是油箱被打破了，在这种雷雨天气里会不会自爆都是一个问题。

“呼叫天山二号，机体状况能否返回空母？”友坂问道。

“燃油不够了，机身晃得厉害……”断断续续的无线电告诉她这个不幸的消息，之后是通讯器故障产生的嘈杂的、磨砂般的杂音。

“不要进到雷云之中，试着在海面迫降。之后的登陆部队会来搭救你的。”友坂用无线电告知了对方之后，就没有再说话了。

她担忧地望了望头顶上的天空，闪电的光芒在云层中闪过，滚滚的雷声从遥远的天边传来，如同轰隆驶过的火车碾压铁轨一般。

“那样的雷云之中应该是不会有人隐藏的……”

友坂暗自想着，跟上了轰炸机梯队。

“要说的话，后天是中尉的 18 岁生日了？”

步话机里传来了樱坂的声音。

“无线电里不要闲聊。”友坂回答道。

“正好也是击坠数超过 30 的庆祝会，我会和司令官商量的……”

后面的内容友坂就没有听到了，而且她再也听不到了。取而代之的是直接透过无线电传来的震耳欲聋的一瞬间的爆炸声，然后是持续的忙音。

身后的樱坂驾驶的战斗机突然爆炸了，火球从机身中央升起，巨大的爆鸣声在空中回荡。

她惊讶地回过头去，看着那橘黄色的火焰。

除非她出现了幻觉，在这之前她没有看到任何放空炮或者导弹接近的迹象，甚至连 IFF（敌我识别系统）的战斗雷达也没有探测到接近的飞弹。

尽管在隐身技术相当发达的如今，传统的战术雷达往往会漏过小型的高速飞行物体，但通过侦察卫星实时传输的远程遥感图像是不会放过任何一个采用传统雷达隐身技术的飞行物体的。然而她并没有收到预警。

友坂惊讶地瞪大了眼睛，她回过头来，注视着前方的空域。

收到警戒信号的护卫机群立刻分散开来，从各个方位包围着轰炸机，确保无论从哪个方向遭到敌袭都能够有战斗机前往应战。

IFF 系统扫描了周围的空域，除了一些已经丧失了战斗力的防空导弹系统与防空炮以外，这里没有发现任何敌人。

但是友坂注意到了一点异常。

一道不起眼的白色轨迹正在空中下降，轨迹的末端是一个散发着亮光的光点。

瞳孔锁定式雷达锁定了那里。结果不出友坂所料：

【判定为 AAGM(对空飞弹)，紧急规避】

友坂急忙侧过机身，躲开了迎面而来的空对空导弹。拖曳着火舌的导弹扑了一个空，命中了友坂身后的战机。

飞弹是在驾驶舱旁爆炸的，弹头应该设置成了近炸引信。友坂清清楚楚地看到冲击波震碎了驾驶舱的玻璃，飞溅的弹片与冲击的火焰席卷了整个驾驶舱。

然后，巨大的火球腾空而起，雷鸣一般的爆炸声震撼着友坂的颅内鼓膜。

她知道敌人在哪里了。她抬起了头，雷达发出了警告。

那个黑色的身影。

裹挟着雷电与雨云，黑色涂装的战斗机拖曳着翼尖的电荷层，冲破了云层俯冲而下。它的身后拖曳着蓝色的轨迹，那是因为机体带电而产生的电光。

即使是在高速俯冲状态下，它仍然进行了一次射击——使用了格斗战用的航空机炮，密集的弹雨立刻在轰炸机的表面撕下了一层蒙皮。

然后，它改变了角度，将机身从俯冲拉起至水平状态，友坂不知道那架黑色战斗机的驾驶员是如何在如此短的距离内改变了飞行角度的。

“KILLER BOX 呼叫天山！ ENEMY！ ENEMY！”

无线电里传来了轰炸机机组疯狂的呼叫，护卫战斗机中的两架向一旁转过机身，脱离了防卫阵型，开始追击从云端冲下的敌人。

友坂不知道为什么那架黑色的战斗机能够飞得那样快，它突然将整个机身抬起，垂直爬升一小段距离之后，向后翻了一个筋斗，就在它的飞行轨迹与追击的两架战斗机的轨迹相重合的时候，它的机翼下方弹射出了两个如同导弹一样的物体。

但那两个物体很快就分裂开来，友坂知道，那是集合式格斗用小型飞弹（FAGM）。两架战斗机在瞬间被火海淹没，冒着烟、旋转着向海面坠去。

敌人没有就此停止。

它继续冲锋，在天空中划下令人眼花缭乱的飞行轨迹。护航战斗机仿佛是它空中的芭蕾舞伴一般。

友坂数着空中的火球数目。

天空呈现出诡异的颜色，那是如同生铁一般的青色，极深的靛蓝与闪电带来的诡异的亮光，友坂感到奇怪，刚才眼中所见明明不是这般景象。

友坂将战斗机的速度提升了一倍，紫电式战机向战斗空域突入而去。

最不希望发生的事情提前发生了。

三团橘黄色的巨大火球在空中堡垒的机身上升起，那是三枚空对空导弹爆炸产生的火光。四溅的火花说明了它们装载的高热弹头的确是货真价实的。

高热弹头的破甲能力也许与一般弹头持平，但其装填的白磷与凝固汽油燃料能够最大限度地杀伤有生力量，引起机身着火，这对于任何飞行器来说都是致命的。

一枚击中了左侧机翼，炸出了一个大洞。另外的两枚则精确地命中了驾驶舱与货仓。

没有任何逃脱的悬念了。空中堡垒在经历了剧烈的扭曲之后，摇晃着向地面坠落而去，然后是一声更加剧烈的爆鸣声。

“轰炸机组被消灭。”

友坂皱了皱眉头。

她使机身向右转过一个角度，向旁侧的空域飞去。

撤离。

不可与之战斗。

如果想要活命的话。

紫电式加速脱离战斗空域，向云层密集区域飞驰而去。

“Bad situation……”

她看着面前的巨大的热带气旋形成的旋涡状的云层，皱了皱眉头。

恼人的警报声响起，字样浮现在头盔的屏幕上。

【后方敌机高速接近】

友坂瞪大了眼睛。

【Locked】

友坂令机身翻转，向巨大的旋涡状云层靠过去。

【对方发射飞弹】

围绕着螺旋状的热带气旋云层，紫电式大幅度地进行着回旋动作。两枚空对空导弹尾随而来。

【诱导飞弹发射】

友坂猛地将双侧操纵杆向前压去，机身猛地转过一个骇人的角度，机头朝下俯冲而去。机腹的弹仓弹开，将高温诱导弹发射了出去。红外热诱弹会误导热追踪弹头的识别系统，达到掩护战机的目的。

友坂继续俯冲，面前的显示屏上显示出复杂的几何图形，表明后方的敌机也紧随而至。

高度表不断地刷新着数字，战斗机在不断地降低高度。

机翼开始剧烈地震颤，驾驶舱里也能够感受到强烈的震感。

速度表的示数不断地增加，面前铁青的海面越来越近，越来越近。

就在仿佛即将与那水面相撞的时候，她猛地以最大角度抬起机首，机腹几乎擦着水面飞过，喷射口在水上激起漫天的水雾。

20 毫米的航空机炮炮弹重重地打在周围的水面上，激起一串串的水花。敌人仍在追击。

"砰砰"两声，友坂听到了机体传来的声响。

【警告：机身中弹，氧气泄漏中】

友坂皱了皱眉头。

中弹的紫电式仍然没有减慢速度，它在海面上极低的地方飞行着。

"乖乖跟上来啊……"

友坂在心里祈祷着。

【上方，敌机】

友坂惊讶地抬起头来。

在那铁青色的天空之下，那架黑色的战机此刻就在她的头顶上大概 20 米左右的地方。友坂可以清清楚楚地看到那流线型的漂亮的机腹，完美的弧线形弹仓和附加油箱与机身契合，丝毫不影响气动外形。令她吃惊的是，对方竟然没有抛弃副油箱。

两个黑色的长条形物体脱离了那架美丽的黑色战斗机，然后向后掉落而去。

友坂一时间竟然忘了那是什么，在那青灰色的天空之下，那翩然起舞的黑色影子如同妖精一般鬼魅而美丽。

那是天空的妖精，绝不是人类。

【后方飞弹靠近，驾驶员弹射准备】

舱盖弹开，驾驶舱中瞬间被狂风席卷。弹射座椅下方的推进剂被一起引爆，拖曳着长长的白色轨迹，友坂与弹射座椅一起被弹射出了驾驶舱外。

然后降落伞打开，座椅抛弃。

友坂呆呆地望着离自己远去的爱机，两枚空对空导弹笔直地追随着它，直到在远处化为一团巨大的火球。

降落到了海面，友坂按下了降落伞脱离键，降落伞被飓风裹挟着，飘飞到了远处。

她抬起头来，望着那阴沉的天空，雷电不时闪过。

那妖精一般的身影在天空中绕过一个圈，如同结束了表演的芭蕾舞演员一般，优雅地告别谢幕。

然后，远去了。

四月末。

大概是 28 日左右的样子吧，友坂零对于日期是从来不加过问的。

“又跑出去了？”

此刻站在这位威严的中年男人面前的五个人听到这一句话，都不禁打了个哆嗦。只有友坂例外。

“报告司令官，今天应该是天山中队的例行假期。”

友坂用平静如死水的声音回答道。

“小姑娘，你以为假期就是学校的休假吗？”中年男人望了她一眼，说道，“这里是军队！”

“假期是可以自由分配的时间，这在空中自卫队守则中有明文规定……”

“如果遇到紧急起飞怎么办？”男人的声音变得严厉了一些，“秋濑司令官可是在鹿部町才找到你和小畑少尉的，知道那里离 Z 基地有多远吗？”

一旁的身材高大一些的年轻男子惊讶地看着这个不太高的女孩，“你跑到那里去了，队长？”

“这次只是警告，再说，叫你回来也是有事情要说的。”

Z 基地司令官唐岛浩人说着，将一份报告书递给了友坂，她双手接了过去。

“其他的人照例接受处罚，禁闭一周，以上。”

带着沮丧的表情，小畑与其他的飞行员走出了司令的办公室。

友坂粗略地翻看了一下手中的报告书。

“这是来自上级的命令书，从明日起将友坂零中尉从506空军大队调离，调任至新组成的701部队，保留原军阶。”司令官说着，友坂将报告书递还给了司令。

“你的战斗机在上一次突袭G岛的时候坠毁了吧？”司令问道。

“是，长官。”友坂面无表情地回答道。

“击坠了你和整个天山中队和钟馗中队的敌机是我们从没有见过的机型，之前的广域雷达侦测也没有探测到它的存在，可见是隐身度极高的机体。”司令说道，“不用期待那架紫电式了，今天叫你回来是为了测试新的机体。”

友坂挑了挑眉头。

“飞行跑道上那个盖着帆布的东西吗？”她问道。

“那是你的新战机，”司令说着敲了敲桌子，“是最新锐的特殊战斗机隼系列的第二架机体。”

隼系列，友坂对这个名词略有耳闻。

据说B岛方面有一项一直在秘密执行的计划，对外称是新型战斗机的研发。但不知为何，就连生物学家都被招募进了这个计划之中。

如果关注了那一段时期J国政府的财政支出的话就会发现，有超过五亿美元的支出被投入了这个计划之中。

没有人知道它究竟是什么，只知道这个昂贵计划的最终产物便是最新一代的战斗机——隼系列。

具有高超的机动性和驱动力，号称是拥有在战斗中也不需要抛弃副油箱的性能，全武装飞行时也能够进行高难度动作，这是这一系列最大的卖点。

虽然说是系列，但是由于造价昂贵，所以目前仅生产了一架试用机而已。而其延伸产物——简化的隼系列战斗机“紫电式”，却因为性能优良而大规模装配部队。

居然生产出了二号机，这是让友坂零惊讶的地方。

她笑了笑，抬起头望了望窗外。

窗外的机场跑道上，大型运载车辆正在卸载货架上一个长达20米、宽15米、高度达到6米的巨大物体。两旁的工作人员正忙着解开绑缚在其上的缆绳，将帆布掀开。

“好大的战斗机。”友坂说道。

“但是性能是一等一的。”司令说着，“如果要说的话，你应该见识过G岛的那个‘女妖’。”

友坂的心头咯噔了一下。

“就是那样的机动性。”

她望了望窗外，帆布已经全部卸下了，完整的隼二号机此刻就呈现在阳光下。

那是一架大型战斗机，应该说比旁边的紫电式要大出了一倍的体积。与其说是一架战斗机，不如说是一架攻击机更为贴切。

但是与攻击机不同的是，它拥有极其高超的机动性，用途是空对空作战。

“下午会进行试飞，暂且确定的驾驶员只有你一个人。”司令说着，转过了身去，“一周之后会将你派往 D 市，加入 701 部队。”

友坂点了点头。

“快点试飞吧。”

说着，他走出了办公室。

“数据连接完成了吗？”

整备士高仓雅向身旁的助手问道。

“已经把友坂中尉的数据输入了。”助手说着，看了看身旁打开的隼二号机的驾驶舱。

驾驶舱内的布局十分紧凑却并不拥挤。驾驶员的智能化镜像头盔则端端正正地放在驾驶座上。

【资料传输完成，已确认驾驶员为友坂中尉】

屏幕上闪过这样一行字。

“这架机体是搭载了最新的战斗系统吗？”助手望着屏幕上闪过的字样问道。

“据说是吧。”高仓雅说，“你也看到了前天山中队的作战报告吧。”

“G 岛的那个？”助手说着，语气中透露出一丝恐惧，“把整个天山中队都击坠了啊……”

“就是那样的性能。”高仓雅说着，望了望身边的庞大战机。

高仓雅听见身后的停机坪上传来女子的脚步声，军靴踏在跑道特殊材质上发出特有的声音。

“来晚了，抱歉。”

友坂抱着自己的飞行头盔，对面前的中年女性整备士说道。

“没关系，反正也不在这一会儿。”高仓雅说着，指了指身后的战斗机隼二号。

友坂翻身坐进了隼的驾驶舱中，戴上了头盔，确认了氧气的连接之后，打开了全机的电源开关。

嗡嗡的发动机声渐渐地大了起来，友坂很惊讶为何发动机的声音这样小。

“这是新式的磁涡式发动机，对燃料的消耗减少到了喷射机的百分之六十以下，噪声也减小了。”整备士高仓雅用步话机对友坂说道，“现在正在为你装备追加的导弹，请先行确定系统无异常。”

“知道啦，整备完毕。”友坂说着，隼的舱盖滑落关闭了。

“塔台呼叫 A6M9，你的编号是 K–1011。”

“K–1011，ready。”

磁涡式推进器的功率立刻上升，附加屏幕上的输出功率提升到了百分之七十五，对准了机场跑道的战斗机隼就这样开始急剧地加速。

战机起飞的推力很大，突然增加的过载将友坂重重地压在了座椅上，她调低了靠背是有原因的，因为这样可以让负荷分散一些。

随着速度的增加，隼开始离开地面。友坂操控机翼抬起一个角度，隼几乎是在一刹那间就已经调整到了垂直状态。

“友坂中尉，隼才第一次飞行！不要做出危险动作……”

“尽快熟悉新战机是很有必要的。”友坂说着，将发动机功率提升到了百分之八十。磁涡式喷射器喷射出明亮的蓝色光芒，向下喷射导致了强烈的下洗气流。然后，战斗机垂直爬升，以令人难以置信的速度攀升到了低空云层之上。

“K-1011，请与僚机保持巡航阵列！”负责护卫的驾驶员用无线电说道。

友坂操纵隼调转角度，让机腹朝上，背部朝下，倒悬着向云层下切入。

“我说，在这个高度看基地的话，很好看的。”

友坂抬起头来，看到了地面。因为此刻她已经倒挂过来了。

护卫战斗机这才跟了上来，拖曳着白色的轨迹。

“那种动作真是难以置信，G 力的话就足够把人压扁了吧？”在地面上望着空中飞舞的战机的高仓雅整备士感叹道。

“那就是友坂零中尉的一贯作风。”一旁戴着眼镜的女性军官秋濑冥司令官说道。她的手中拿着一份资料，上面印着“友坂零中尉”的字样，整张纸面都被一个巨大的斜标【机密】所占领。

“下周我会和友坂中尉一起被调往 D 市。”

“升迁了吗？祝贺你。”整备士说着，笑了笑。

“是去负责最新的联合国部队的事宜，看来 Z 基地是被寄予了厚望啊。”秋濑温和地笑了笑，继续仰望着天空。

“与那妖精共同飞舞在天空中的感觉，究竟是如何的呢……”

“报告状况，友坂中尉。”

“机体很轻盈，完全感觉不到是在全武装状态下。”

友坂对无线电中说着，目镜中的几何学图案稳定在原本的位置。如果它们动起来了，那可就麻烦了——与一般的水平仪式屏幕不同的是，隼的目视屏幕采用了对角线式，也就是说可以从四个方向锁定一个目标。

以对角线交点为圆心派生出的两重环状瞄准线，是用来标识水平位置与控制机炮的。不同于固定机炮的紫电式，隼的机炮是拥有独立旋转平台的，中央转膛机炮转角 75 度；两侧机翼下方的独立单管 25 毫米炮拥有 180 度的转角，几乎可以覆盖周围的所有区域。

“现在的输出功率是百分之六十。”友坂报告道。

“再这样飞的话，紫电式的引擎可是要冒烟了。”无线电那一头的驾驶员说道，“请减慢速度以避免燃料的过度消耗，我是说僚机的。”

友坂笑了笑。

“难怪……”

她看了看驾驶舱旁侧的机首襟翼，整架隼二号呈鸭式布局，后方主机翼呈前掠翼态，尾翼角度可变，同时带有下方垂直的副舵翼。机腹的发动机管道进气口附近也有用于稳定的翼片。

“没有这么多的稳定翼的话，这架隼就变成火箭了。”友坂半打趣地说道。

“操纵这么多的副翼真是困难呢！”

过多翼片降低了全机的整体隐身效能，为了弥补这一点，隼采用了最新的等离子隐身技术，这项技术是从 C 国引进的。

她握着操纵杆，用压力传感控制着机翼，保持着机身的平稳。

【已抵达边界区域】

面前的屏幕中流过这样的一串字样，友坂下意识地看了看附加屏幕上的卫星地图。

“到 W 岛分界线。”

友坂知道再往前走意味着什么。

“且不说恶劣的飓风季，被其他组织的防空系统的雷达锁定了可不是好玩的事情。”

“现在开始返航。”友坂对自己的僚机下达了命令，隼向右倾斜了一下机翼，开始掉头向 Q 群岛的方向飞去。

【六点钟方向，下方 337 米，敌机三架】

这样的字样突然浮现在头盔中，友坂睁大了眼睛。

“优先返航！以保护隼为最优先……”

基地的无线电通信还没有说完，就已经被携带了大量电荷的云层打断了。

“发射敌袭信号，以返航优先。”无线电中传来了驾驶员的通信。

头盔中的对角线突然紊乱了，三个小的圆形准星锁定了正下方的三个目标。

“也许有一点早，但是现在的隼是全武装状态。”友坂说着，打开了武器保险锁，“我想现在就测试隼的实战性能。”

“友坂中尉……”

友坂没有回答。

隼改变了飞行角度，机翼向前倾斜，立刻进入了斜向切入状态。

【警报，进入带电云层】

友坂皱了皱眉头。磁涡式推进器的输出功率又一次飙升到了百分之八十九。

机翼的尖端拖曳着蓝紫色的闪电，空气中的水蒸气在机翼表面凝结，然后变成白雾向后飘去。隼如同穿着白色纱衣，长衣飘飘。

目镜中的一个圆圈变成了红色，即使隔着厚厚的云层，友坂也知道，隼已经锁定敌机了。

【发射 AAGM】

令友坂吃惊的是，这是她刚刚想要去执行的动作。

“真巧。”

隼流线型的机腹下方挂载的空对空导弹脱离了投弹架，向后掉落了一段距离之后，火箭引擎点火，高速导弹加速冲入了云层之中。

友坂看着瞄准器圆圈一旁的微小数字，那显示的是敌机与弹头的距离：571.1 米，500 米，435 米……

友坂倒数了三个数，然后在云层的另一端传来了爆炸的火光，瞄准圆圈消失了一个，变为了标有“击中目标”字样的方块。

这是优良的制导系统的基本配备。

友坂说着，隼的尾翼升降舵向上扬起，机首抬起，隼再一次向云端冲锋。

“跟上来了。”

看着屏幕中的标记着敌机的圆圈，友坂知道敌人已经脱离了编队飞行，两架敌机正在向隼尾随靠近。

【警告，敌方飞弹发射】

友坂皱了皱眉头。

“稍稍在爬升的时候……”

令她惊讶的是，隼突然进一步改变了角度，转为垂直向上爬升。

瞬间被巨大的G力压在驾驶座上的友坂知道了隼的行动目的。

“这个时候变向无异于自寻死路……”

而友坂已经想好了下一步的作战计划。

战机依旧在爬升，并且速度越来越快。冲破了最上端云层的时候，友坂已经下达了命令。“听好，锁定后方的所有飞弹，启动航空机炮，后射模式。”友坂说着，观察着机翼的情况，“准备AAGM，这是命令。”

【是否交由电脑控制？是/否】

友坂盯住了“是”。

“拜托了。”

高度计在冲破最后云层的时候刷新了纪录——32000米，已经是大气层边缘了。

“还在爬升追击吗，那两架狮鹫？”

友坂想着，大过载让她感到意识不清，但她仍然用剩下的意识启动了机身前端的矢量喷管。

位于驾驶舱与机身连接部下方的两个隐藏式火箭发动机立刻点

火，喷射出明亮的橘黄色火焰。磁涡式引擎的输出功率未减，隼凭借着矢量喷管的推力改变了飞行方向，在空中以极小的转弯半径，几乎可以说是原地转体 180 度，转头面向下方的云层。

友坂睁开了眼睛，背对着刺眼的日光。

迎接她转身的，是刚刚被隼的后射机炮击中并爆炸的导弹所产生的巨大的火球与碎片。

【使用空对空导弹】

友坂将机体的驾驶交给了隼；而自己则在巨大的 G 力环境下，将注意力放到了面前如同苍蝇一般飞蹿的敌机身上。

【导弹由中尉控制】

隼翻身躲过了袭来的对空火箭，同时打开了投弹仓，投放出四枚导弹。

友坂凝视着目镜中的敌机。

“一号导弹点火。”

点火的导弹立刻脱离了自由落体中的导弹的阵型，隼改变了俯冲姿态，开始追击其中的一架敌机。

圆形的瞄准界面锁定着敌人，在目镜中四处移动。

友坂死死地盯住狮鹫式背后那喷射着亮蓝色火焰的引擎，空对空导弹在逼近敌人。

不出所料，敌人发射了诱导弹。隼急忙翻转机身，躲开了高温的飞行体。

但这样的剧烈翻转让友坂失去了对导弹的控制，第一枚导弹撞上了诱导弹，爆炸了。

但这不是全部。

友坂按下了第二个导弹按钮，距离地面还有 18000 多米的第二枚空对空导弹从自由落体运动中脱离，开始高速接近敌机。

“命中它。”

友坂想着，凝视着屏幕中那被重重锁定的敌机。

白色的轨迹贯穿了敌机的驾驶舱。

火花迸出，火星四射。然后敌机冒出了黑烟，火球升腾而起。燃烧的残骸拖曳着浓浓的黑烟，打着转儿地向海面坠落而去。

【击破一机】

友坂看了看目镜中，第二架敌机正在后方靠近。

她按下了第三和第四个导弹按钮。

【是否交由电脑控制？是 / 否】

“是。”

隼将机身转过一个角度，向下方斜切方向飞去，敌机紧随其后。

友坂看得到驾驶舱旁有耀眼的光点飞过，那是敌机的炮弹，日间曳光型号。

隼保持着向下俯冲的态势，敌机亦紧随其后。

友坂看着面前的立体式界面上标记为“弹头”的两个红点以及红点附近的小数字。

红点正在从两个方位接近敌机。

敌机在喷射着火舌，隼也回应以弹雨。

两架战机就这样在俯冲的同时格斗着，周遭的景色渐渐地变暗了。

“突入雷云了。”

友坂继续凝视着目镜中的敌机坐标。

机体带上了电荷，无线电中已经是一片忙音。

高度在急剧下降，距离地面 3300 米。

还有 3125 米。

低于 3000 米了。

【控制权交还飞行员】

友坂用压力传感将机翼整个放平了。

突然增大了受风面的隼下降速度陡然减慢，同时改变的还有磁涡式引擎的喷射方向。

突然从 2 马赫的速度减为零速的时候，巨大的过载压迫着友坂的身体。

战斗结束了。

减速不及的敌机直冲冲地俯冲了下去，与左右袭来的弹头正面相撞。

明亮的火球照亮了灰暗的云层，敌机坠落了。

“呼……”

恢复了正常飞行状态，友坂看着屏幕中的字样。

【现在返航】

友坂感觉自己的口中有一点铜腥味，她知道那是什么——巨大的过载致使内脏出血了。

“的确要返航了呢……”

“友坂中尉！报告情况！”护卫战斗机驾驶员问道。

“通知塔台启动 ALS 诱导着陆，隼 All right。”友坂说着，咳嗽了两声，感觉视野有一些发黑，“我要睡会儿。”

“喂？中尉，你……”

友坂关掉了通信器。

“设置对地相对高度 300，驾驶交给隼。目标设置为 Z 基地。”

【已完成设置】

友坂笑了笑。

“以后我们就是搭档啦！”

她向后躺了躺。现在她的眼睛可以毫不费劲地仰望天空了。天空慢慢地呈现出一种金黄色的霞光，那是太阳即将落下地平线的最后一缕光芒。

【正在通过晨昏线】

“回去以后就是晚上了。”友坂想着。

【已通知基地医疗部，准备增派地面医护人员】

友坂笑了笑，摇了摇头。

“小伤，不算什么。”

她说着，在落日的余晖之中闭上了眼睛，享受着最后一缕太阳的光辉。

【相对地面高度30000米,作战记录2058号记录完毕,开始返航】

这里是大气层的边缘，太阳已经完全落入了地平线以下，能够看到的只有白色的云层和头顶上一望无际的黑色的太空。

在全包裹式战斗头盔屏幕之后的眼睛，注视着屏幕上流过的字样。

【哈特曼中尉，我来控制】

驾驶员的双手放开了，然后，无力地搭在双膝上。

他望了望下方的天空，此刻的战斗机正处于“倒悬”的状态，他只是抬了抬头。

“很平静。”

他伸出手去，按下了驾驶舱充氧的按钮。

【氧气浓度百分之二十，可以呼吸】

驾驶员用大拇指拨开了头盔的密气阀，随着内部残存氧气的排出而发出了“哧”的一声。他摘下了头盔，将其放在了一旁的空余位置上。

哈特曼中尉是一个有着黑色头发、黑色眼睛与苍白皮肤的年轻人，大概只有20岁出头的样子，脸庞显示出一种不明性别的美感，这和这架长达18米的“女妖”大型双引擎战斗机显得极其不符。

“现在开始传输资料。”战斗机机舱内的电子声发出声明。

【资料传输中】

他看着字样，平静如水的脸庞如同大理石雕塑一般纹丝不动。

“女妖一号，洛克希德·哈特曼，现在返航。”

“醒醒！零！”

夜幕笼罩之下的Z基地的跑道上，隼静静地停在跑道的一端。

驾驶舱盖打开了，维修人员携带着器械围了过来。悬梯放下之后，秋濑冥司令第一个爬了上去。

“中尉！”

坐在驾驶舱中，双眼如同睡着一般闭着，双手无力地耷拉着的女孩没有反应。

“零！”秋濑的声音提高了一倍。

友坂仍然没有反应。

“秋濑司令官，请你冷静！”姗姗来迟的医疗组成员使用升降机到达了驾驶舱高度，示意秋濑离开驾驶舱。

“必须关禁闭！至少要禁飞一个月。”

司令官被地勤人员架走之后，她的声音还在友坂中尉耳边回荡。

友坂中尉被用担架抬出驾驶舱之后，医务人员立刻将其送往医疗处。

“可能是过载太大，造成了内脏出血。”当秋濑司令询问病情的时候，医务人员这样回答道。

“过载太大？”

“隼在垂直爬升时，能够在十秒之内突破平流层。”一旁的整备士高仓雅说，“因为还配有为了加强空中变向能力而专门设置的机身追加喷射口，所以当突然转向时，过载是相当巨大的。”

“那，中尉她……”

秋濑司令不敢继续问下去。

“没事的。”高仓雅皱了皱眉头，转过了头去，“这对她不过是小伤。”

友坂眨了眨眼睛。

本来只是想打个盹，没想到竟被送到医务室来了。

她不禁打了个哈欠。

“别想着伸懒腰，如果想要肝脏破裂的话。”

耳边响起了秋濑司令那并不算威严的声音，友坂放下了刚刚抬起来的手。

她向病床的右侧望去，秋濑冥司令官那副戴着眼镜的知性美女的面庞映在眼中。

“我知道了。”友坂回答道。

“三天之后可以出院，看来出发前往D市的时间要推迟了。”秋濑说道，“我会和你一起去。”

“司令也要过去？”

“只是负责新部队的战术指导而已。”秋濑说着，推了推鼻梁上的圆框眼镜。

“701部队，是什么？”友坂望了望秋濑，问道。

“那是由最新锐的战斗机和驾驶员组成的部队，其正式名称应该是第一特殊战大队。”秋濑说着，望向了友坂的眼睛。“你所驾驶的隼二号，是J国空军自卫队第一架第六代战斗机。”

“难怪会把这么昂贵的机体送过来。”友坂皱了皱眉头。

“将隼二号送到Z基地的目的之一，的确是测试隼系列战斗机的作战能力。的确，第六代战斗机在此之前都没有真正进行过飞行。”

“那么一号机呢？隼一号机呢？”

“一号机一直都在位于B市的实验室中进行着测试。所谓的隼系列一号机，其真身并不是能够翱翔天空的战斗机，而是隼系列的完整设计体系。你知道E国的艾伦·图灵提出的图灵机吗？就像那个一样，不是某一台机器，而是一个体系。”

“那么隼二号上的战术AI，也是出自这个体系吗？”友坂问道。

秋濑皱了皱眉头。

“那应该只是战术管控系统，并没有达到智能的程度。”

“但我觉得很奇怪，当我想要做出某个行动的时候，它就已经将任务选项呈现在了我的面前。”友坂望了望秋濑，说道。

“就好像看穿了我的想法一样。”友坂中尉又补充了一句。

秋濑略微皱了皱眉头，沉思了一下。

“暂且不说这个，友坂中尉，还有一个相当重要的情报。”

秋濑说着，将一张照片递给了友坂。

友坂伸手接了过去，看了一眼。

“在测试隼二号的时候，我们的侦察卫星在大气层的边缘拍摄到了这样的影像。”秋濑说道，“你应该认识。”

友坂瞪大了眼睛。

“这是G岛的那个……”

秋濑点了点头。

“是‘女妖’。”友坂看着照片上的影像说道。

“我们不知道为什么它会在那里，从战斗一开始到结束它都没有动作。”司令官皱了皱眉头，“‘女妖’战斗机作为N组织的精锐战斗机，出现在轨道上空也不奇怪。毕竟它所属的部队就叫‘轨道突击者’。”

“有可能是在进行侦察一类的工作？”

“有这个可能。”

“无论如何，这架战斗机如果返回了N组织的任何一座浮岛，那么隼的情报就相当于已经泄露出去了。”

友坂皱了皱眉头。

“看来那边也在盯着我们看啊……”

“三天太长，我明天会申请出院。”友坂说道，“我自己的身体自己清楚。司令你不会又想给我放假吧？”

秋濑侧过了头去，没有回答。

半晌，她微微笑了笑，然后变成了“哈哈”的那种大笑。

“又被你猜到了。”

“是啊，不过没有什么好笑的。”友坂回答道。

“那就明天，休息好了之后到机场去找我。”

秋濑起身，友坂中尉向她敬了一个礼，那是W组织内部通用的军礼。

第 2 章

格林尼治时间，22：05。

洛克希德·哈特曼用胳膊肘将自己支撑在这座军用空间站的防辐射玻璃上，透过厚实但透光度优良的舷窗看着外面的景象——一片无边深邃的黑色背景之下的蓝色星球。

在这广袤的宇宙之中，这颗星球显得如此之渺小。

曾经有不少居住在国际空间站里的航天员们利用相机拍摄在数百千米之外俯瞰的地球，这些照片往往用作一些知名杂志的封面。

但这座空间站位于距离海平面 10000 千米高度的轨道上，在这里看到的地球只不过是一个蓝色的、如同弹珠一样的球体，是不能够被拍摄完全的。

洛克希德所处的这个位置，在空间站内部结构体中被称为“主观景室”。从这里可以清楚地看到，在空间站外部，通过增建的通行管道连接起来的建筑物——类似于停机坪，但有一定的区别，因为它不是平整的，而是圆柱体状的。每一层有四架战斗机通过固定装置安放在其上。柱体共有十层，搭载四十架战斗机，这使得柱体长度达到了 300 余米，在观景室中也清晰可见，破坏了观景台上的景致。

不过在这里，观景台并不是用来看风景的。如果长时间处在一个封闭环境之中的话，宇航员会有很大概率患上反应延迟症，这对于战斗机驾驶员来说是致命的。

所以，除了视野广阔的观景平台之外，N 组织空天部队的战斗机驾驶员会接到一些有意或无意分配给他们的舱外维护任务，包括空间站外围维护，利用太空望远镜观测 W 组织军事卫星动向等任务。

洛克希德 · 哈特曼在凝视了深空近一个小时之后，将目光从舷窗外收回来，看了看自己穿着的舱内航天服上的柔性电子腕表，时间是 23：00。他动了动手脚，感觉有一些僵硬，这是保持一个姿势太久之后的必然结果。于是他做了一下拉伸，全身的关节都发出了“咔啦”的响声。

“塔台呼叫洛克希德 · 哈特曼中尉，已到任务时间，请迅速前往第 23 号格纳库。”

从空间站的广播器里传出了电子报务员的合成电声，由于中性女音可以最大限度地引起警觉意识，因此几乎所有的警告和提示性质的广播，全部都用的是这种中性女音。据说在地面战场上，有战舰部队的士兵将这个合成电声叫作“Demon Maria”（恶魔玛利亚），因为所有舰船的鱼雷命中警告都是由“Demon Maria”播报的。

哈特曼中尉在前往格纳库的路上，“恶魔玛利亚”的播报一直都没有停下。

圆柱体状机库的中央是一条供驾驶员前往格纳库的通道，可以让四个人并列通过。将驾驶员带往机库的是安装在墙壁上的有动力把手。由于是失重环境，因此只需要握住把手，就可以被它牵引着进行移动。需要停下的时候，松开手就行了。所有的把手都由空间站的中央电脑统一管理，就如同一个小型的公共交通系统一样。无论使用者将其如何打乱，把手总能够复原，随时待命。

进入格纳库之后，哈特曼戴上了氧气头盔。一路上，他没有碰到多少人，除了一些汇报工作的文职人员和两名照例休假的驾驶员以外。空间站最多可以容纳 100 人，其中 80 人是战斗驾驶员与雷达手。但大多数时候，有一半多的战机会出动，在近地卫星轨道上方执行侦察或核威胁任务。由于近地卫星轨道上也有 N 组织的中继站可以用来补充燃料与物资，因此很多战机并不会频繁返回空间站。

“系统调试完成了。”整备员对哈特曼说，“负责接应的是 E 国皇家海军的航空母舰威尔士亲王号。”

“收到。”哈特曼回答完，跳上了距离空间站地板三米高的战斗机驾驶舱，坐进了靠前的战斗机驾驶员位置。在雷达手位置上坐着的是他的搭档。雷达手将会在任务过程中负责雷达与信息、武器控制，以及核弹头发射许可。正因如此，雷达手的军阶往往比战斗机驾驶员高两级。

洛克希德·哈特曼的雷达手是少校克里夫兰·巴托里。他是一个与哈特曼年纪相仿的年轻男子，也许是毕业于士官学校的缘故，他的军阶高于哈特曼中尉。不过在多数情况下，战斗机内的情况是他听从哈特曼中尉的命令。

“此次行动的目标是袭击W组织方面正在H港休整的R国白豚中队。内容是，保持加速到达投弹点，确保弹头下坠速度为22倍声速，突破R国舰队末端反导系统，在设定的600米高度上引爆。”

巴托里少校向哈特曼中尉报告了行动大致内容之后，哈特曼关闭了驾驶舱。舱内气压显示为一个大气压，氧气浓度为百分之二十。

驾驶座上放置着抗G力软管以及增压驾驶服。哈特曼将这些设备穿戴到位之后，显示生命维持系统的屏幕呈现出了象征安全的蓝色。

“女妖一号，你的认证码是SDS551，接下来将用此代码通信，请确保认证码无误。”塔台用无线电发来了信息。

巴托里少校负责回答：“女妖收到，认证码SDS551，频道三。”

“确认，频道三。准许执行任务。”

哈特曼中尉检查了一遍仪表盘之后，向舷窗外的整备员示意。整备员回以手势之后，开始撤离格纳库，并关闭了舱门。

然后，格纳库上方的闸门打开了。这个巨大集装箱随着闸门的打开而一分为二。固定战斗机的机械臂开始抬升，将战斗机抬升至舱外。然后，哈特曼感到机身轻微地震动了一下，机身限制锁已经被打开了。

机械臂收了回去，格纳库再一次关闭。这架战斗机就这样悬浮在舱外的真空之中。

“请确认牵引光束。”无线电中发来了塔台的消息。哈特曼看了看前方的深空，用全息投影技术投影在虚空中的光学道标与一般陆基飞行器起飞所用的航标灯相似。他将方向调整切换到太空模式，即利用少量的气体来推动战机进行变向，而不像在大气层内那样利用副翼进行调整。

“SDS551 已就位，准备起飞。”巴托里少校报告道。

哈特曼起动了引擎，不过并不是战机引擎。战机引擎在太空之中并不能够正常运作——除非关闭进气阀门，但那样的话，燃料消耗速度将是正常状况下的十倍以上。所以在太空中，战斗机会使用特殊设计的中型液体燃料推进器。

在太空中由于没有空气阻力，女妖战机的最大过载可以达到 20G 以上，远超人体致死程度。即使装备了最新型的驾驶服，驾驶员在驾驶的时候也要尤其注意。

在高轨道上，机组可以放心航行。一旦进入近地卫星轨道，战斗机驾驶员就要注意警戒，以随时应对可能出现的敌方空天部队战斗机。

“All clear ahead.”

得到雷达官的报告之后，哈特曼中尉扫了一眼任务列表，然后继续专注于航行。

通信机滴滴地响了一下，是短促的三下声响，这是来自侦察卫星的通信。雷达官接收了信息之后，向哈特曼中尉报告。

“来自 SI-0502，目标已移动位置，请在北冰洋航道 33.25 上进行截击。”

“Roger.”

哈特曼伸手调整了一下机载电脑上的自动驾驶页面。在长距离航行的时候，尤其是外太空航行时，驾驶员被要求使用自动驾驶，以避免出现疲劳症状，影响作战时的反应能力。宇宙中没有气流，战机无法利用空气作用力来调整姿态，只能够利用 ASRS（宇航员自救系统）来进行微调，任何危险的差错都有可能偏离目标地点，甚至是导致坠机。

距离到达目标地点还有一个小时的航程，哈特曼调出了发动机界面，上面显示着液体燃料推进器的状况。他调出了燃料界面，打开了加力。

战机会缓慢加速，以避免因加速度过大而造成驾驶员晕厥。一小时之后，战机会加速到每秒钟七千米的速度，然后保持这个速度，以圆弧运动掠过指定投弹地点。那时，驾驶员需要在第一宇宙速度产生的过载之下完成投弹动作，并避免战机因失控坠入大气层。没有装备专门用于突入的燃烧涂层的战斗机，会因与大气层的剧烈摩擦而在半途烧毁。

不过哈特曼并不用紧张，此刻他将座椅调整到了对全身压力最小的、最舒适的位置，将头向后仰一些，呈小睡状。他还有半个小时的时间可以休息，然后就要进入紧张的弹道预先诱导阶段了。

半个小时就这样平淡无奇地过去了，中途没有遇到任何W组织方面的袭击。哈特曼在不久之前，还听到过关于“W组织空军在外太空展开行动”的传言，虽然这些传言的真实性无从考据，但小心总是没有坏处的。

“投弹预计地点，33.25，目标代号‘白豚’。”巴托里少校报告着信息进程，“卫星制导选择HM.1063频道。”

得知情况后，哈特曼只是点了点头，然后驾驶舱内便陷入了一片寂静之中。只有固体燃料引擎运转的隆隆声还在不断地通过战机结构传来。过了几十秒，战术电脑的人声提示响了起来：

“即将进入投弹轨道，请确保抗G力服正常工作。”

哈特曼与巴托里做了一个“OK”的手势，向战术电脑传达了“一切正常”的信息。

“进入投弹轨道。”

推进器的喷射功率猛然之间加大，抗G力软管开始膨胀，飞行服增压。哈特曼的呼吸开始变得急促，但意识仍然清醒。战术电脑显示屏上显示着他们当前的飞行轨迹，大致呈圆弧形，战机正在战术电脑的管控之下向地球轨道靠近，并与之垂直。在到达投弹点的时候，战机与轨道切线保持一个接近垂直的夹角，以确保核弹头下坠时的最大垂直速度。

按下投弹键，战机投弹，哈特曼立刻转向战机航空管制系统界面，在8G高过载环境下，控制实行了固体燃料推进器的脱离。然后打开了战斗机自身的发动机。由于设计为外太空作战机型，因此女妖战机是携带有液氧储备的，能够在真空环境下维持一段时间的引擎运作。然后，他启用了 VLOT 系统的机翼左右前下端喷射口，让机身抬起角度，与大气层边缘切过，继续加速，达到逃逸速度，向深空的地球轨道进发。

脱离机身的核导弹在燃烧完自己的燃料之后进入了大气层，由于其前端与大气层剧烈摩擦，它的身后留下了一条流星一样的轨迹。卫星为它制定好了完美的下坠路线，让它落到 R 国海军白豚舰队的正上方；发射前期进行的长距离加速，让它的速度足够突破任何一个反导系统的火力网。

结束投弹动作之后，哈特曼关闭引擎，战机进入无动力惯性航行。此时他们已经进入了 500 千米地球轨道，也就是 N 组织空军中继补给站所在的地方。他们还需要利用矫正系统进行对接动作，才能够到达补给空间站——一架翼展 1.4 千米、长 800 余米的大型空天运输机的机库之中，对战机进行保养和补给，并且取得能够让他们返回基地的固体燃料火箭。

“现有高度两万两千米，气流平稳。”

【距离 D 市基地 1200 千米，预计 30 分钟后到达】

面前的屏幕中流过了这样一行字样。

“到了 B 岛了。”

坐在副驾驶座上的秋濑冥司令官向机舱外望了望，从 Z 基地起飞的两架紫电式护航战斗机翻转过机身，向 BH 岛的方向掉头，返航。

“这里是 B 岛防空部队的驻防部队，请出示你的编号。”无线电通信中传来了声音。

“收到。编号 Ki–401 ; j–51–309。Z 基地。”友坂报上了番号，几秒钟之后，对方给出了答复：

“编号已确认，接下来由我们执行护航任务。”

秋濑看了看两旁的云层，两架 B 岛航空部队的震电战斗机从云层中冲了出来。

“那些是 B 岛防御部队的空军吗？”

友坂看了看雷达屏上的两个标记为“友军”的坐标，说道。

“的确，在 B 岛配备的是震电式战斗机。”秋濑说着。

“司令官，您的电话。”友坂指了指通信器屏幕上的通话请求，对身后的秋濑说道。

“接通。”

友坂听命按下了接听键。

之后的通话是仅限于秋濑司令官个人接听的，仅有中尉军衔的友坂零似乎没有资格知道通话的内容。

但那并不是很重要。

“大致内容？”

通信结束后，友坂对秋濑问道。

“嗯，701 部队的驾驶员已经来齐了，刚才向我发送了通知。”秋濑说道，“就差你了。”

“你也是，司令官。”

友坂说着，望着前方的云层之上湖蓝色的天空。

“听说 701 部队那边聚集了 J 国乃至整个 EA 地区联盟内所有国家的精英飞行员。”她说道，“司令，听说连 C 国那边的人也来了？”

“是的，C 国那边也派来了飞行员。”秋濑说道，“你怎么知道？”

“隼告诉我的。”友坂说着，语气中带着些许的笑意。

“还有 R 国的飞行员，主要的联盟国家都委派了飞行员前来。”秋濑说道，“特殊战第一梯队一共有 12 名飞行员，加上你的话。”

“12 名？”

“是啊。”

友坂沉默了一会儿。

“一般都是十个人。”她说道。

“特殊部队嘛，有额外人员是正常的事情。”

“都是各个国家的王牌飞行员？”

“是呢，你也稍微自豪一下。”

友坂笑了笑。

突然，机舱内警报声响了起来。

【敌机靠近】

简短的字样浮现在屏幕中，让友坂瞪大了眼睛。

“敌机？”秋濑大吃一惊，“这里可是 LQ 防御系统的最中央地区，如果是那个家伙的话……”

友坂抬起了头，看向了上方的天空。

其实那是距离他们的飞行编队还有很遥远的一段距离的，从大气层边缘掠过的橙红色的流星。友坂知道那是什么，在之前的飞行中她也见识过多次，那是N组织的“轨道突击者”部队的战斗机正在通过大气层突入装置进入引力圈，穿过大气层的时候产生的尾迹。那的的确确是敌机，但距离太过遥远，超出任何机载武器的攻击范围，所以友坂也没有太过警惕，因为那轨迹已然掠过了她们的头顶，其目标地点也不是W组织的防空识别区内部。

“过度警报。”友坂说道，“不过这样的雷达性能还真是出色。”

“毕竟在外轨道上是N组织占据着优势，我们能用的侦察卫星不多，同步轨道的卫星系统提供的数据也不能完美实现资料的实时更新，所以才设计强大的自主雷达和电子战系统作为补偿。”秋濑解释道。

剩下的航行之中，两人没有再过多地交谈。飞行员手册之中，对于交谈扰乱驾驶员判断的行为是严令禁止的。此外，B岛海域糟糕的天气状况也不允许友坂过多地分神。

终于在接近D市空军基地的时候，天气状况好转了一些，友坂看了看舷窗之外，天空不再呈现出那种骇人的铁青色，回到了灰白的阴沉面目。

“Ki-401，j-51-309,这里是塔台M-06，呼叫。”

“收到。”友坂回答道。

“你们预计降落的22号跑道已经满员了，现在为你们重新规划降落路径，请根据指示在5号跑道降落。”

“收到，请发送指示。”

过了几秒钟，隼式的战术电脑之中收到了电子引导程序，是D市塔台发布的。友坂手动操作接收了牵引光束之后，战斗机开始按照程序进行降落。

一切都很顺利，战机以适当的速度着陆，着地时的震动极其细微。在滑行了近一百米的距离之后，战斗机自然停下，全程没有出现任何大幅度震颤——这是电脑精细规划之后的结果。

然后是照例的驾驶舱减压，飞行员出舱等环节。地面人员很快就赶到了，他们用大功率牵引车将隼式战斗机拖往预定的机库进行检修，秋濑与友坂则在相关人员的指引下前往另一个地点，也就是特殊空军部队（Special Air Force，SAF）的会议中心，去与早已等候在那里的SAF人员进行会晤。按照预定计划，SAF的负责人秋濑将会在简单介绍之后宣布特殊空军的作战命令。

友坂瞟了一眼机场跑道的尽头，在远处的平原之上矗立着巨大的塔状设施，还有一些长圆筒状的竖直物体依靠那些塔站立着。她预测那些塔有两百米高，筒状物则更大一些，比一般的运载火箭都要大。

“那是什么？”她指了指那些排列在平原上，共八个的大型发射台，问道。

“必要的设施，之后我会提到。”秋濑简短地回答了友坂的问题，然后继续向会议室方向走去。

根据秋濑之前的描述，友坂大致可以知道，特殊空军部队，J国称701部队，是W组织各国在第三次联合军事会议之后提出来的，以“争夺轨道空间”为宗旨创立的，W组织第一支真正意义上的空天部队。虽然相比于N组织的轨道突击者还相当不成熟，但聊胜于无。友坂猜测，那些大圆筒也许就是新型的运载火箭。

会议室位于机场的地下，在距离地面154米的位置。在他们的头顶上有着10层特殊的装甲层，由防地震炸弹的液体吸收层与高硬度层，防辐射的铅板层与防EMP的网状层等复合而成。除此之外，地下空间里还有远大于地上空间的建筑群系——包括水下港口与船舶收容区、机库，以及军人生活区和城防部队基地，等等。水下的部分由扩展数十千米的声呐－水雷防护区层层保护，防止敌人水下舰艇的攻击。水下防鱼雷与水面反导系统都是按照最高规格进行配置的，让这里成了一座全方位的堡垒。

到达会议室之后，秋濑从前门走上主席位，而友坂则穿过后门，悄悄找了一个位置坐下。

“下面宣布特殊空军部队相关事项。”秋濑打开麦克风说道。

台下响起了稀稀落落的掌声，友坂看了看四周，会议室里人满为患，但作为飞行员的只有12个人。其他人，她猜测，也许是其他方面的负责人。这些人看样子都比秋濑要年长，所以拍手显得心不在焉，也许是因为秋濑那副仿佛军校还没毕业的学生模样着实无法让人严肃起来。

她先是介绍了一下各个部门的相关负责人，有C国的、R国的、P国的、F国的，还有一些其他国家的人。特殊空军涵盖的部门非常全面，从后勤补给、军事技术、装备提供，到航空航天技术、轨道作战理论、飞行员生命维持，各个方面几乎都有相应的部门负责，并且有一大批技术人员提供技术支撑。此外，特殊空军还在W组织内部选拔了12名经验丰富的飞行员，作为前期轨道作战理论的数据收集对象。

“……特殊空军的建立，其宗旨在于发展我方在轨道作战方面的能力。在之前的作战之中，由于轨道部队的缺失，使得N组织抢先我们一步取得了外太空的优势，使得战局对我们十分不利。为了打破这种僵局，我们必须建立真正意义上的轨道部队……”

秋濑的发言之中有不少都是说给高级军官与联军负责人听的客套话，友坂对这些发言进行了选择性屏蔽。她望了望周围，在那些穿着带有军功章的大人物之间找到了一些零零散散的年轻面孔，她猜测那些人就是飞行员了。

扫视人群的时候，她认出了一些面孔。其中一名英俊的R国飞行员就是R国曾大力宣传的王牌飞行员——R国英雄安德烈耶维奇·波克雷什金。他正闭着眼睛打盹，显然是对那些陈词滥调没有兴趣。

还有C国方面的两名飞行员，但友坂并不认识他们。C国军队在西太平洋的战功远超J国空军，却没有一个对外宣传的王牌飞行员，这让友坂困惑不已。她认为这也许是出于安全方面的考虑，因为王牌飞行员一旦被敌方知道之后，在空中就会得到多于一般飞行员的“关注”。被J国宣传的前王牌飞行员宫藤丈就因为其座机的独特红色机首而被集中打击，最后被N组织的高空部队狙击坠毁。

除此之外，还有几名隶属于J国海军陆战队的飞行员，他们对秋濑表现出了足够的尊重，在认认真真地听着报告。坐在他们后排的一名F国飞行员与一名P国飞行员则哈欠连连，似乎是在跨越时区之后还没来得及调整时差。

不知道过了多久，秋濑的报告才结束，大致内容是SAF的作战宗旨，今后的行动计划……同时，秋濑向他们传达了下个月将会组织对N组织北大西洋海域的集中攻击，也就是进行第二次大西洋会战的消息。该行动代号为“八月风暴”，届时W组织将会出动R国、C国与J国三个方面的海上力量与空中力量，共208艘水面舰艇、184艘潜艇与2508架飞机，对N组织位于北大西洋L群岛的军事基地发起总攻。W组织的三艘堡垒级航空母舰与四艘堡垒级战列舰将会加入“八月风暴”行动。

会议结束之后，由于秋濑还需要与各部门负责人商谈相关事宜，友坂便按照行程安排，开始在D市军事基地内部进行游览。当然，是没有导游的。

海面上已经开始刮起风暴了，为了避免恶劣天气，除了停泊在水面港湾内的J国海军堡垒级航空母舰“大正”号之外，其余的水面舰艇全部通过升降机进入了水下港口避风。在水下港口的位置，友坂看到了一些只有一百多米长的驱逐舰、稍微大一些的巡洋舰以及长两百米左右的正规航母。这些舰艇在整备人员的映衬之下，看上去就是庞然大物；但若与堡垒级航母相比，它们就像大象面前的小老鼠一样。

当时间显示为下午五点钟的时候，友坂按照规定返回了空军基地。由于今天是特殊空军部队集合的第一天，整备员与部门负责人都忙得不亦乐乎，但飞行员却闲了下来，没什么事。于是，友坂去了基地里的酒吧，准备在那里待一会儿。

空军基地里，各种娱乐设施也是齐全的，从健身房到餐厅，一应俱全。飞行员长期作战，会很容易患上神经疲劳。为了避免这种情况，空军方面将战斗之余的娱乐活动安排得很好。

友坂没有想到的是，秋濑已经将特殊空军的见面会安排在这所酒吧里了。这让友坂很是尴尬——她原准备找一个安静的地方，却碰上了这样的热闹场合。

“嘿，中尉。”友坂想要悄悄溜走的计划没有成功，她被秋濑叫住，“不参加一下吗？”

无法拒绝秋濑的要求，友坂无奈地点了点头。

秋濑向她介绍了她的雷达副官，一名女飞行员，名叫武藤绪。她是一个刚刚从空军培训学校毕业的新人，还带着些许孩子气——无时无刻不挂在脸上的笑容以及高兴时蹦跳的习惯，友坂不禁想起自己小时候养过的猫，也是一样的表现。

“你可要多照顾她。”秋濑对友坂嘱托道，友坂只能一个劲儿地点头，无奈地答应。

R 国飞行员与 C 国飞行员似乎正相谈甚欢，他们说着友坂听不懂的语言。

友坂不知道酒宴要进行到什么时候，她还穿着空军的地面军服，样式傻里傻气的，让她在一群特意准备了礼服的人中间显得格外违和。于是她悄悄地退出人群，来到酒吧的天台上，希望找到一个比较安静的地方。

但当她到达天台之后，发现已经有人比她早一步到达了。

那是她在会议室里见过的 C 国飞行员，他穿着 C 国军队的制服，似乎也和她一样忘了准备一件礼服。只是这种制服设计得笔挺，鞋子是军靴而不是皮鞋，比她的看上去飒爽得多。他看到友坂之后，打了个招呼。

友坂出于礼节，回应了一下。

不过她还是不想回到那个喧闹的娱乐场合去，于是她走上前去，找了一处栏杆，用胳膊肘撑在上面，对一旁的 C 国飞行员笑了笑。

“友坂零，J 国空军自卫队。”友坂自我介绍道。

“唐铖，C 国空军。”对方说道，“我是一名语言学家。”

“语言学家？”友坂来了兴趣，“开战斗机的语言学家？”

“语言学家只是兼职。”唐铖说道。

“那你研究什么方面？民俗？还是语言构成？”

“很多。要知道，语言学可是一门奇妙的学问。不同语言圈的人在相貌特征上就存在差异。”

唐铖偏了偏脑袋，说：“民族的融合造成了人种与文化的变化，但有一种深层次的语言，一种埋藏在所有的语言背后，人类共同的语言，让所有的区别都微不足道。”

“世界语吗？”友坂笑了笑，“不过就现在的局势来看，似乎不太可能呢。”

“不是，那是在所有语言出现之前的一种语言。”唐铖说道，“你是否想过一个问题：如果把一只E国的猫与一只C国的猫放在一起，它们会怎么沟通？”

“我猜——猫语？哈哈……”

“实际上，我做过这个实验，不过不是用猫，用的是一只中央马戏团的猴子和一只在W国驯化的黑猩猩。把它们放在一个实验室里进行观察。它们起居、饮食都在一起，驯兽师只负责防止它们相互打斗，除此之外全都放任。我记录了它们的行为、动作与发出的声音，这些声音听起来像是吼叫，实际上都有其特定的频率——就像人类的语言。结果是两个在完全不同环境下长大的灵长类动物，甚至不需要时间去适应对方的语言，它们一开始就使用同一套语言系统。”

“也许是因为猴子的脑子远没有人类的大脑发达？”

“正确。人类发达的大脑让人类出现了‘种族’‘立场’‘信仰’‘阵营’等的分化，每一个群体都用不同的语言与习惯来标志自己。纵观人类发展史，你会发现：被灭亡的种族的语言也不复存在，或是被另一种语言吸收。”

“所以，你是说语言原本是统一的？”

“本应如此，在人类未开化之前。”

唐铖看着天台下方灯火熠熠的城市，这座海中城市的风由机械化的通风设施所形成，感觉就像大型风扇一般。不过看样子，他并不讨厌这样的风。

“时间到了，我得回去了。”唐铖转过身去，回头向友坂道别。友坂这才看到在天台通往酒吧内部的门口，另一名身穿 C 国军装的飞行员已经在向唐铖招手了。

“另外，小心 ELDER ONES。”

7 月 22 日。

高空 9700 米，空气稀薄。

这里是原本的 NE 地区，而现在，陆地已经在数百米的海面以下了。碧蓝的海水覆盖了一切。原来的 A 山，现在统称 AS 大陆架，已然成为大海上的一座岛屿。

此刻的天空呈现出一派辉煌的金色，红色的霞云点缀其间。远处的天色则呈现出一种异常美丽的蓝紫色，绚丽的极光在极北方向的海平线上一字排开，薄薄一层，如同渲染开来的墨色。

“这里是 Syllphyeed–01, 请求降落。”

“TBS–1，roger。请遵从降落指示。”

“S–01，roger。”

洛克希德·哈特曼看着窗外掠过的丝状卷层云，两架负责护卫的 F–41 狮鹫战斗机已经穿过了云层，护卫在女妖战机的左右了。

“欢迎来到 L 基地，哈特曼中尉。”

通过无线电，哈特曼接收了来自护航战斗机的无线电信息。一般而言，战机之间的称呼都使用无线代码，但也许是因为洛克希德·哈特曼在大气层内的名声实在是太大——N组织的黑色死神，所以许多N组织驾驶员以直呼其名为荣。

不过，在他看来这不过是一个随机数问题。N组织成员国A国的洛克希德·马丁公司正巧选中了他作为该公司产品“AF-29女妖”战斗攻击机的代言人，并宣传了他击坠688架战机的惊人战绩。其实如果到“轨道突击者”的基地去一趟的话，随手就能够找出一个击坠数400架以上的飞行员来——他们不仅经历过严格的训练与选拔，其击坠数还与他们的攻击方式有关：在战斗机到达不了的大气层边缘投下智能炸弹狙击敌方的轰炸机群或舰队，每一次行动动辄耗资上亿美元，击坠的战机则以中队为单位计数。这远比大气层内的击坠率高。

但这一次的行动较以往有所不同：他被调往了大气层内部执行任务。同行的还有一名来自N组织G国国防军的雷达官，露西亚·雷蒙中校，一名有些话多的女飞行员。

“中尉，哈特曼是G国曾经的王牌飞行员的名字。”露西亚说道。

“我是A国国籍。”

“给你取名字的人是怎么想的？”

“不知道。”

感到有一些遇冷，雷蒙中校便不再说话了。她已经提前了解过洛克希德·哈特曼的部分资料，知道他是来自太空部队的飞行员，于是便猜测，也许是长期生活在幽深冰冷的太空环境让他变得如此孤僻。

哈特曼仍然在专心控制着飞机在复杂的气流环境之中保持平缓下降态势，露西亚·雷蒙无事可做，便看着窗外的天空出神。

L 基地的机场逐渐浮现在云层之下，那是一片延伸无垠的地面。当然，是人工地面。

这片人工陆地呈现出一种奇异的颜色——那是一种由于大气层内的辐射扰动而让空气中折射的阳光呈现出的亮丽色彩，如同彩虹一般混杂着各种色光。其中，以紫色和蓝色为主。

哈特曼中尉知道这种现象，这种叫作“奥本海默衍射”的现象是由于大量的衰变物质产生的辐射造成的奇异的光学现象。最早提出这一概念的，是 N 组织 G 科学院的一众科学家，并不是原子弹之父奥本海默；之所以用奥本海默的名字冠名，是因为这种现象的成因就是战争期间毫无限制地使用核武器，过量的辐射最终造就了这种奇观。

不过在穿过了高能辐射层之后，眼前的景象便又恢复了正常。机场跑道上醒目的导航标记与那些白色方块一样的楼房都清晰可见。通信系统之中的杂音也逐渐消失，信号趋于良好。因为环绕着地球的高能辐射层的影响，所有的卫星通信只能够通过限制很大的超短波来实现。除此之外，大气层内的通信，也多要用到海上中继站与预警机。信号中断也并不是罕见的事情。

降落过程十分顺利，交接仪式也很简短地完成了。在地面负责洛克希德·哈特曼中尉相关事宜的是一名空军中校，乔亚·赫德布朗特·巴勒姆。这个有着 14400 小时战斗机驾龄的人，是现在 N 组织部队之中为数不多的正式军人。为什么说正式军人“不多见”？是因为就算是像洛克希德·哈特曼这样的有着 688 架敌机击坠纪录的王牌飞行员，都还只是与 N 组织联合司令部签订雇佣协议的雇佣兵。

在结合了原有雇佣兵体制与军队体制之后，N 组织联合国家的常备军数量得到了指数型的飞跃。只需要经过基础的训练，装配以智能化的作战外骨骼，新兵就可以达到老兵的作战水准。简化的程序带来的是飞升的效率。

哈特曼中尉抵达的 L 军事基地，是 N 组织国家设置在北冰洋上的一处军事重镇。这里不仅是北极方面军的大本营，同时也是制约 W 组织国家北冰洋军事活动的一处要塞。更重要的是，在将来可能的进攻阶段，它将会是突破 W 组织环形防御网络的重要桥头堡。

在 L 基地的人员进行了身份认证之后，哈特曼中尉便拿到了整个 L 基地的通行 ID，相当于这个 217 万平方千米的巨型要塞体系已经向他敞开了。但他并没有花时间四处游览，而是跟随着巴勒姆中校，前往位于这个水下港口深处的战斗机格纳库，去与刚刚配发给自己的大气层内式“AF-29 女妖”战斗机见面。

前往中央机库需要通过一个深度达 220 米的垂直升降机。在经过浅水区的时候，洛克希德·哈特曼中尉与乔亚·巴勒姆中校透过高度耐压的水下观景玻璃，看到了正在水下进行装配作业的 N 组织一级军舰声望号。声望号的船身长度超过 600 米，设计排水量达到 126000 吨，是 N 组织海军第四代聚变核动力战舰（BBN）之中最为成熟的一类代表。它的船体装配工作已经基本完成，由于是在水下进行组装的，因此它可以有效地避免W组织的高空侦察机的刺探。为了防止部件生锈，它被一层具有防腐作用的、高度稳定的液体所包围。

这艘巨大的战舰在观景玻璃上投下巨大的阴影，让人心中生出一种严重的压迫感。这艘巨型战舰在装配完成、浮出水面之后，将会成为N组织海军的核心战斗力之一。从巴勒姆中校透露的只言片语之中，哈特曼中尉了解到，声望号装配有至少三套“宙斯盾”密集防御系统；而在吃水线以下，据说是配备了最新研制的强电磁偏导系统，来防御鱼雷等水下武器的袭击。

不过它的影子很快就一闪而过了。在经过了一段昏暗的封闭甬道之后，他们到达了中央机库。在电子路牌的指引之下，巴勒姆中校找到了他管辖之下的机库。

机库隶属于N组织航空兵美洲狮中队，这支中队的战斗机以战斗攻击机为主，主要配发机型为“AF-28凤凰”战斗机与“F-44佩刀”轻型战斗机。在这些一字排开的战机之中，哈特曼中尉很快就找到了他将要驾驶的AF-29战斗机。即使被改造成了大气层内作战用机型，它修长的机身以及喷射口整流板仍旧没有变，只是机翼面积增大了。相对于偶尔进入大气层边缘的空天型AF-29，它的展弦比更大，气动外形更好，机翼边缘增加了下折式翼梢小翼来减小诱导阻力。

不过令哈特曼中尉真正在意的还是它所搭载的战术电脑。原本的空天型搭载的是第五代拟人工智能 CPU，POWER.PC1228，使用数字集成处理器 DSP229，思考模型为图灵－阿西莫夫模型。而大气层内的机型需要处理复杂的气流信息与战斗信息，并且还增加了电子战（EB）系统，战机电脑一定需要做出相应的调整。

巴勒姆中校告诉哈特曼，他将原先战机的核心系统已经拷贝在新战机的系统里了，原有的设计不会改变，所以不需要去适应新的系统。而关于大气层内的数据处理，则可以放心地交给新式的驱动核心，并不需要在意。

例行参观结束之后，巴勒姆中校带着哈特曼中尉前往基地里的军人酒吧，与美洲狮中队的飞行员们见面。除了刚下飞机的时候说出的一句“洛克希德·哈特曼，空军中尉”还算是见面礼之外，哈特曼中尉再没有说出一句话，这让巴勒姆中校感到有一些遇冷。不过他认为，这是正常的事。长期在幽闭的空间站之中待命的空天部队飞行员们，是很容易患上这种假性自闭症的。

一直到坐在吧台之前，哈特曼中尉都没有动过嘴巴，但正当巴勒姆中校以为他在发呆的时候，他却很自然地从服务员手中拿过菜单，点了一杯柠檬茶。为了保证准确性，他开了第二次口：“一杯柠檬茶，谢谢。”

这打消了中校对于自己的部下是否患有失语症的怀疑，趁此机会，中校问道：“为什么不点酒？”

“航空管制条例第 224 条。”哈特曼用单词回答道，“N 组织空军，飞行员例行管理条例，第 15 本。”

“真是奇特的回答方式，在大气层内，那条规定已经作废了。”中校说道。

但是他并没有得到哈特曼中尉的进一步回答，只好作罢，不再做搭话的尝试。美洲狮中队的其他飞行员此时已经在酒馆里开始任务之余的欢乐了，他们要么谈论着在侦察之中看到的 W 组织的新型战舰与战机，要么相互之间用曾经的战绩耀武扬威。如果说到击坠数量，在场的飞行员之中除了哈特曼中尉之外，就要属美洲狮中队的王牌飞行员——丽塔·格里弗斯·巴克霍恩最有发言权了。这名 34 岁的女飞行员在超过两万小时的飞行时间里，创下了 375 架敌机的击坠纪录，是大气层内击坠的最大数量。

在任务之余，她是一个热情的女性。尽管被本民族那种坚毅的面部特征所束缚，也仍然改变不了她热情外向的特质。在得知了洛克希德·哈特曼中尉到来之后，她表现出了极大的兴趣，似乎非常想要和这个击坠近 700 架敌机的飞行员交流经验。

只不过当她主动向哈特曼中尉打招呼之后，得到的仍然是礼貌却冷淡的回应。

不过这一次情况有所不同，哈特曼中尉在沉默了片刻之后，在巴克霍恩上尉的脸还没有变色之前，他发话了。

“巴克霍恩上尉。”他说道。

“嗯？”留着金色短发的女性偏了偏头，望了望哈特曼。

“你的战斗机用的是什么系统？”

“拟似人工智能 Andriol.PC599，数字集成处理器 DSP300，辅助演算程式 AC2.0，思维模型是笛卡尔基础模型。”巴克霍恩上尉回答道。

“A 系而不是 P 系？”

“大气层内的战斗机，都用 A 系。”

之后，二人就战斗机的火控系统、武器配置与雷达等许多方面展开了讨论。这大大出乎巴勒姆中校的意料，他想，如果找到了正确的话题，也许任何人都能够很健谈。

不过哈特曼中尉问及的问题，大多是专业性质的问题。有好几次，巴克霍恩上尉都没能接上话，还是靠巴勒姆中校解了围。

但再往后，哈特曼中尉问到的问题也就只有巴勒姆中校能够答得上来了。

“在这个基地上方有几颗卫星？”

“五颗，三颗是超短波侦察卫星，其余两颗是常规气象卫星。”

“通信频率是？”

“每秒结算一次。”

“但是如何消除奥本海默衍射的影响？”

“和你们在外太空向地面精准投弹一个道理，通信卫星与地面发射塔之间的信息传递是带有智能修复程序的。”

“是 AI-Imitate 还是 Auto-Mender？”

“AI-Imitate，现在不都用这个吗？”

“但我记得系统军团的中枢系统用的是 Auto-Mender，是我记错了吗？”

“这我不清楚，系统军团的东西还是不要多问为好。”

哈特曼便不再过问。系统军团是N组织联合军之中负责中央指挥系统的系统维护与升级的一支特殊的电子部队，同时也负责大部分装备信息的整理与新型军用装备的开发。N组织的数个大型军工企业，包括洛克希德·马丁公司、H&K，甚至还有一些著名的电子企业也在其中。自从N组织的第二次军备革命（AE:II）之后，系统军团就已经成了N组织最大的军备研制及制造部门。

“不过，为什么要把相关硬件设施了解得这么透彻呢？”巴克霍恩上尉问道，“战斗之中，很多事情不都是电脑解决的吗？”

“必要的了解。”哈特曼中尉说道，“大气层内的系统与宇宙中的有差异。”

“差异并不大啊。”巴勒姆中校说道，“再说了，你们也不是外星人。”

哈特曼中尉没有说话，他注意到了自己背对着的桌子上已经放着一杯柠檬茶，那是他自己点的饮品。于是他端起杯子，一仰头就把那杯酸味饮料喝了下去。

如果用在地面上的时间来衡量一个人是否是“地球人”的话，哈特曼中尉也许真的算是一个外星人。一年之中有百分之八十的时间，他都在高轨道上的空间站里，或者往返于任务地点与空间站之间，执行投弹或狙击任务。其余百分之二十的时间，则是在大气层内，在地面的航天员康复设施内度过。在这段时间里，他需要对自己在大半年里积累下来的太空病症，包括失重状态下产生的椎间盘膨胀、肌肉萎缩、低血压等问题进行休养。

飞行员的见面会早早地结束了，哈特曼中尉在见面会的中途便借口离开，留下美洲狮中队的飞行员们在酒吧里开狂欢派对。

由于在飞行员统一配备的智能腕表上可以下载城市信息，因此哈特曼并没有费什么力气就熟悉了这个基地的结构。重装甲层之下是武装区、军队收容区，而面积庞大的居民区则在最底层，在耐压穹顶保护的空间之下。

在居民区里，几乎看不到任何大战将至的前兆。所有的居民活动照常进行，没有受到任何影响，甚至没有军队在这里实行宵禁令。

街上的行人还有不少，因为电子钟显示的时间还不晚——8:20pm，不少人还在街道上闲逛。

曾经有一种理论认为，人类不可能大量生存在水层的底部。但现在这种理论被推翻了——世界上的60亿人口几乎全都生活在已经有百余年历史的海底城市之中，依靠埋藏在海床下的热能与聚变能发电机维持城市基础设施的运转。海底的世界仿佛一个壳中的天堂一般，在这里有完备的社会保障体制，有安全的生活环境，即使海面上战火连天，海底也依旧是一片宁静。除非战舰被击沉，残骸坠落到海底城市巨大而坚固的穹顶上，才会引起一阵轻微的震动。

也许在不久之后，那种“震动”会变得频繁，但那也是会战开始之后的事情了。而在今天，走在大街上的哈特曼中尉为了躲避常人的眼光，也还是需要走进百货店挑一件合适的衣服，然后用军队的ID卡付账。

在试衣间里换好了衣服之后，哈特曼中尉将军队的飞行员夹克叠好，装进了刚在百货店买的背包里。他挑的是一件普通的休闲衫，有兜帽、拉链的款式。也许是看到自己穿着的制式军裤与这件衣服不搭，他又买了一条贴身一些的牛仔裤和一双走起路来声音不那么大的软底鞋。这一身装扮的开销是三百美元左右，这与哈特曼中尉在银行账户之中积攒下来的佣金相比，只是一个小零头。毕竟在现在的N组织部队中，几乎每个人都是佣兵，军队的管理体制也有一部分遵循佣兵制度，每个士兵都有独立的账户。这样一些人在晚上溜出军营浪荡的时候，就不会因为过大的开销而被军队财政部门立案调查了。

但哈特曼中尉并不是来这里浪荡的，因为一身看上去平常一些的衣服，总比军队那种把徽标挂在显眼位置的服装要方便得多。L基地的居民区很像自己曾经去过的宇航员康复设施，这座城市被设计成一座海滨城市的样子，甚至还有海下的海洋——实际上与外部海洋是隔绝的，只是通过一套多层渗透膜系统来实行海水的交换，保持穹顶内部海水的新鲜罢了。城市的设计者把一切都考虑到了，甚至还有利用穹顶内的环流与通风系统模拟成的季风，还有湿度调节器负责形成气候性降雨。海浪拍击礁石的声音也不那么生硬，但与他在海面上听到的还是有所不同——有一些机械、重复。这是因为海风的调控是呈周期调控的。

战斗生活的间隙，哈特曼其实并没有什么业余爱好。平时的生活之中，除了一遍又一遍地调整战斗机的电脑、火控系统、航空管制系统，用空间站的天文望远镜统计地球卫星的轨道规律以外，更多的时间里，他情愿把自己关在空间站的休眠舱里，让身体处于冬眠状态，等待任务到来时再被唤醒。

其实在轨道军的空间站里，是有不少娱乐设施的。在地面－轨道军团（EPS）的联合空间站之中，据说还有游戏厅与歌舞厅酒吧这样的东西。但轨道伞兵毕竟是在地面上作战的兵种，隶属于海军陆战队，与他们这些负责驾驶飞行器夺取制空权的士兵不同。虽然他们的娱乐室里也有一些游戏主机，却很少有人使用。多数驾驶员都在任务之余把自己关进冬眠舱消磨时间。

所以，此时此刻站在充满了娱乐场所的城市中心区的哈特曼中尉，才会看着那些灯红酒绿的喧嚣场所而不知所措。也许是讨厌那些喧闹的人声，他戴上了兜帽，但无济于事。

其实就算穿了普通的衣服，哈特曼中尉还是很容易引起人们的注意的。大街上走过的人们大多会穿着电子材料织成的衣服，比如会显示动态花纹的长裙、滚动播放着某些 LOGO 的夹克衫以及跳街舞的年轻人喜欢的流动光带服装。哈特曼中尉的穿衣方式，也许在他自己看来还算新潮，但实际上已经属于“落伍”甚至“复古”了。

不过躲开那些光亮是他擅长的事情。从阴暗的角落中走出人群之后，他感到了久违的宁静。但在这些角落之中也并不是只有宁静的，那些不能够出现在灯光之下的风流场所与地下会所自然充斥其间。

哈特曼中尉的目的地正是其中的一所。这座挂着一块红色门帘的会所并没有显眼的招牌，只有站在门边的如同雕塑一样的站街小姐在抽着手中含有精神药物的烟。哈特曼中尉在走进那门帘的时候屏住了呼吸，以避免吸入那种恶心的气体。

门帘之后是一道带有电子锁的防盗门，电子锁的触摸屏原本是用作生体认证的，但商家以“不能透露客人的身份信息”为由，改装了认证系统。想要到这里逍遥的话，就得拿上经过熟人介绍拿到的认证码以及足够多的金钱。

哈特曼在这里并没有熟人，但他通过一个在当地的大学任教的“朋友”拿到了认证码，于是通过了电子锁。实际上，如果无法通过的话，他会使用背包里携带的小型炸弹来强行突破。但他并不想那样做，因为自己来这里的目的并不是引发混乱。

防盗门之后，是一个被分隔成很多隔间的狭长空间。楼房有三层，是由一家小型旅舍改造过来的。哈特曼中尉走向前台，负责记账的是一个戴着墨镜的精瘦男人，他的眼睛隐藏在黑色的镜片之后，头低下去装作在看账本的样子，但哈特曼中尉知道，这个人的眼睛一直盯着门前进来的人，那种目光是能够穿透镜片的。

哈特曼中尉走上前去，右胳膊肘撑在柜台上，身子斜靠，摆出一副浪荡青年的样子，“点单。”他说道。

“租还是买？”男人问道。

“买。”哈特曼说着，收回了胳膊肘。他把银行卡夹在左手的指缝间，右手伸进休闲衫下隐藏的枪套，握住手枪的枪柄，缓缓打开了保险。

两人之间的气氛僵持了一会儿，男人才终于屈服，将账本摊开在中尉的面前，“一万九千美元。”他说，“银行卡……也行。”

哈特曼中尉伸出左手，爽快地刷了卡。男人拿出老式的替芯签字笔，在账本上密密麻麻的号码中的“1096”上画了一个圈，并对哈特曼中尉说：“216 房。”

哈特曼点了点头，在付钱的时候，他握住手枪的右手也没有松开。如果那个管账本的人执意要现金，他可以轻而易举地把那一栋楼变成屠宰场。不过，他毕竟不是来开战的。记下房间号并带上那个卖身姑娘的卖身契之后，他走上了楼梯。在走出记账男人的视线之后，他拔出消声手枪，将杀伤性子弹换成了麻醉弹。军队会追踪每一颗子弹的去向，但警局不会，私人枪械商铺更不会。哈特曼看了看这把刚刚从枪店买来的帕拉贝鲁姆 9mm 微声手枪，将其握在了手中。一同攥在手里的还有那张价值一万九千美元的卖身契——那是赎回一个妓女的价钱。赎身之后，这些姑娘们不会有正当职业，包括身份信息也不会被重新注册。她们大多是居无定所的无业游民，或者干脆就是用高精尖的生物科技制造的高度逼真的性爱人偶。但是像这种小规模的妓院里，找到那种高科技的仿真人偶是很难的，倒是在一些高档宾馆与会所的招待间里，那种人偶很常见。

哈特曼需要的是活生生的人，并且是人间蒸发也不会被任何人怀疑的人，而不是人造的人偶。他需要的是一个可以用钱买来而又不会因此惹上人口贩卖罪的廉价灵魂。

他将那份契约揉成团，丢进了垃圾桶里，然后径直走向 216 号房间，将手枪掖在背后，打开了房门。

他首先确认了房间内的布置，一张双人床，一个写字桌，一个洗手间，里面有镜子和浴缸。房间的窗户被封上了，但用热探测器或者脉冲雷达也可以完全看清内部的情况。哈特曼中尉利用简单的电子隐形眼镜检查了一遍房间，在一侧墙角里发现了针孔摄像头。毫无疑问这是店方安放的，他将那小小的摄像机拽了出来，用枪柄将其碾碎。

趴在床单上的姑娘看到哈特曼中尉手中的帕拉贝鲁姆手枪之后，脸上的淫荡表情一扫而空，取而代之的是无比的惊恐。不可否认，她长着一张漂亮的脸蛋，扭动的身躯可以撩动一切男人的心弦，让他们血脉偾张。但她的面前站着的是洛克希德·哈特曼，一个把睡眠当作乐趣的人。

哈特曼中尉并没有迟疑，破坏唯一的监控设备之后，他举起手枪，在那小姐躲避之前将两枚麻醉弹分别打进了她的颈部与脊椎。麻醉液很快进入了血液循环与脊髓神经，她在短暂的抽搐之后，便头朝下瘫倒在床上，以如死青蛙一样难以入目的姿势昏厥了过去。哈特曼确认了一遍房门已反锁之后，就将背包里的小型炸弹与鱼线制作成简单的诡雷，装在了门把手上，拉过房间里的一把椅子，坐在了床头边。

一个小型的旅行包能够携带的东西不多，他将一个足够装下一个人的大袋子打开，放在一旁，剩下的空间里还剩一台小型平板电脑、一些数据线，以及一个有着许多神经状电极的USB端口。除此之外，还有一把小号开颅锯、一些纱布，还有一盏折叠的微型无影灯，以及灭菌的口罩、手套与白大褂。哈特曼中尉将无影灯戴在头上，穿戴好了隔菌设备之后，洁白的床单俨然一个布置简单的手术台。而他将要进行手术的对象，就是那个躺在床上的女子。

用刀片刮去开颅部位附近的头发之后，他首先使用手术刀割去了一块四厘米宽、五厘米长的头皮，同时用酒精进行消毒，医用棉吸去渗血。然后他开动了开颅锯，转动的锯轮将那一块头盖骨精确地挖去，他的手法很精确，也很娴熟，没有碰到之下的脑组织。打开了颅骨之后，粉红色与白色的脑组织出现在了无影灯之下。

哈特曼中尉换上了另一双干净的胶皮手套，用手术钳夹起那一块带有仿生神经触须的USB端口，缓缓地放进了那个开口之中。那些神经状触须并不是简单的电极，那些仿生神经可以自动在大脑的微小间隙之中游走，寻找设定好的附着位点。固定了端口之后，哈特曼中尉脱下了手套，给平板电脑接上了数据线，开始接收从仿生神经传过来的信息。

这台小型电脑是生物医药公司IMS配发的Android-990C电脑，虽然小，却有能够解码大脑电波的运算能力，除了辅助演算能力以外，还要得益于电脑本身搭载的人工智能内核。当然，只是智能化计算核心，并没有机械意识。

从妓女的脑中传来的信息开始在哈特曼中尉设计的演算系统之中呈现出无数的树状分支。

这是一些人工智能研发部门可能会使用的方法，用计算机模拟人脑的形成过程。最初的神经网络的形成是无方向的、随机性的，在无数次既存的连接被选择性消灭而又重新生成之后，原始的大脑就会形成，然后再演化出精密的神经网络，构成完整的脑结构。许多研究所都在尝试模拟这一过程，但机械却无法完成那种奇妙的精确过程。于是就出现了哈特曼中尉所采用的这种方法，那就是借用这一“奇妙的精确过程”，以人脑为演算基础，用电脑模仿这一过程，从而得出一套关于神经节演化的程序。

正是因此，这种方法被科学界视为禁忌，不仅是因为它需要用活体人脑作为演算基础，更是因为它存在着让机械“变成”人类，而不是机械“模仿”人类的潜在危险。就算是高级人工智能，也不会采取这种方法来制造。

大概等待了两个小时的时间，一份以复杂的程序语言编写出来的算法才初步成型，这种基于 EAS 算法的强化程序能够有效解决传统高速计算机存在的模式化问题，具有更高的战术价值。在许多作战系统的电脑之中都有这样的 AI 负责辅助生成作战指令、优化作战方案。

看着程序成功生成，哈特曼中尉稍稍松了口气。他拔下数据线，将存放着宝贵数据的硬盘拔出来，放在了衣服贴身的口袋里。将临时手术台清理干净。收拾妥当之后，他看着后脑勺上还开着一个长方形洞口的女人，麻醉剂的药效还没有消去，她还在那种仿佛沉睡一般的昏迷状态之中。哈特曼中尉拿起一旁的微声手枪，将麻醉弹换成了杀伤性微声弹。然后，他将枪口对准女人后脑勺上的大洞，开了两枪。微声弹的弹速很慢，打进脑颅并没有严重的爆膨效果，只会因为弹头的翻滚而让脑组织搅成一团糨糊，床单上几乎没有留下多少血迹。他用纱布将尸体包裹好，装进了那个有一人长的大布袋里。布袋里还有一枚白磷弹，那是他专门带来摧毁现场的。

布袋内部被涂满了易燃的汽油，确保尸体能够被彻底焚毁。他将房间里的冰箱打开，把里面所有的酒精饮料倒在了涤纶地毯和窗帘上，伪装成一个嫖客酒后乱性的场景。拆除门口的诡雷之后，他把白磷弹的保险拔了下来，在倒计时结束之前，带着自己的东西走出了房间，关上了门。白磷弹引燃后不会发生声音巨大的爆炸，这让他可以从容不迫地下到一楼，从正门离开，然后静静等待那个小小的妓院变成一片火海。

经过前台的时候，记账的人看他一个人走了出来，便叫住了他。

“你怎么一个人？”他问着，嘴角掠起坏笑。

“完事儿之后，不跟我走。”哈特曼做出一个无奈的表情，耸了耸肩膀，“不过，除了接客，她也找不到别的工作。”

“所以我说嘛，租总比买的好，有些东西，买了也不一定是你的。”男人说着，发出一阵咯咯的笑声，仿佛在窃喜自己稳稳赚了一笔。

记账人回过头去，在账本上写着什么。哈特曼中尉推开门，穿过了那条门廊。

路过门口的那个站街女的时候，她问哈特曼：

“你怎么没有带她走？”

“我正带着。”

哈特曼说着，望也没望这个女人，背着自己的背包就走开了。女人的声音从他的身后传过来：

“如果遇到阿列克谢，替我问个好。”

哈特曼中尉顿了一下，但没有停下脚步，反而加快了步伐，把所有的一切都甩在了身后，不再理会。

第3章

友坂中尉看着手中的原子表，秒针一点一点地转动着，带动着分针、时针向预定的“01:00”走去。

现在她正在特殊空军部队名下的正规航母崔可夫号上等待着联合司令部的命令。与她一同等待的，还有同属于特殊空军的武藤绪中尉——她的雷达官；来自C国的唐铖上尉，以及由联合司令部直属的飞行员，此人并未透露自己的姓名与军阶。

由于空军专用的运载火箭还没有完成最后的测试，特殊空军为了配合此次大规模行动，只得以普通空军部队的身份投入战斗。不过令友坂在意的是，所有的飞行员全部被打乱了顺序，随机分配到各个国家的舰队之中去了。不仅与原来的指挥部分开，还经过了烦琐的交接程序，这让友坂中尉很是不解。

她所在的部队，现在是C国海军与R国海军混合编成的一支别动队。作为其中唯一的J国飞行员，这让她在一群R国人与C国人之中很不好受，主要就是因为语言不通。友坂开始有一些嫉妒那个名叫唐铖的语言学奇才，而抱怨起自己的语言天赋了。

“全员注意，本舰队将于十分钟后抵达作战海域。行动代号：乌云；行动目标：夺取N组织位于P市的一处前哨基地，为后续部队打开进攻路径。”航空母舰的舰船广播里开始广播任务。

打乱编制这种事情，在执行大规模作战的时候是一大忌讳。临时调整的编制会让指挥效率大大降低，最坏的情况，还会出现各个单位各自为战、一片混乱的局面。但联合司令部不知为何，在行动开始之前进行了军队混编。

虽然经过了一个月左右的混编训练，但友坂还是对混合部队能否有效地执行作战任务持怀疑态度。即使将全电子化指挥系统投入运行，人这个因素的决定性作用还是无可取代的，这是友坂中尉在士官学校学到的。

舷窗的外表面上开始沾上细小的水滴，然后越来越多、越来越密集。友坂从座位上站起来，走出隔间，一出门，强风裹挟着密密麻麻的雨点便向她袭来。她抬起胳膊遮了一下脸，便义无反顾地站在了风雨之中。

头顶上的云层显得很低，映照出海船航行的灯光，让天空显得亮堂了一些。从雨云的缝隙之中，友坂可以看到更加深邃的黑色夜空的零星一角。但乌云广袤无垠，覆盖着这片海域，如同一个巨大的穹顶。这不是适合起飞的天气状况，友坂觉得。

透过一个缝隙，她隐隐约约看到一条微微发亮的轨迹正从天空中掠过。那是舰队发射的高空巡航导弹，由于N组织在卫星系统上占据绝对优势，因此W组织的远程攻击手段以远程巡航导弹为主。这些巡航导弹装载着微量化的高速计算机，可以全自主导航。其头部的等离子发生器能够让它们从雷达上遁形，从而弥补中低速导弹的缺陷。

雷达官武藤绪中尉从舱室里出来了，她已经戴上了雷达官用的全视野头盔，也穿戴好了抗过载服。尽管她的身材还很瘦小，但足以应对战斗机的各种飞行状况——这是少有的基因工程调控生物的共有特征，除了对强辐射的抵抗力之外，高效的身体机能也是重要指标之一。

而友坂中尉是这个年代里较为常见的一类人，她母亲的卵细胞与另一半的染色体——可能是雄性精细胞的染色体，或是另一个母本的卵原细胞染色体——结合以后，便被人体工厂的胚胎培育设施培育了出来。许多贫困人家想要养育后代，便会通过领养机制认领这些像布娃娃一样生产出来的“流水线婴儿”。这些婴儿的优劣与否只取决于其亲本的基因质量——有些在强辐射环境下工作的基因捐献者的基因，会培育出畸形的后代，这是常有的事情。领养之后的一切手续与过程就与正常的父母养育子女一样了，只不过这些流水线婴儿的基因并没有被特意设计过，最多是做到能一定程度地抵御辐射，因此他们大多只能从事普通工作。

而友坂中尉是其中少有的幸运儿，即便如此，她也要小心在高速飞行状况下会出现的种种状况，比如在大过载状态下的红视以及高速俯冲时的黑视，都让她深感这副躯体的局限性。

“要准备起飞了。”武藤中尉在她的耳边提醒道。

友坂中尉将手中的头盔戴在头上，密闭式头盔的树脂面罩上已经沾了不少的雨滴，但很快，这些雨滴就会被头盔的除雾装置蒸发掉。她与武藤一同坐进了隼式战斗机的驾驶舱里，关上了舱盖。

武藤中尉启动了超频通信系统，并检查了光学信号联络。作战空域上方的奥本海默衍射现象十分严重，就连超频通信都不一定能够正常使用。也许是出于这一层考虑，友坂中尉又检查了一遍火控系统。

但不得不承认，在战术 AI 方面，至少在机载电脑上，W 组织还是比 N 组织略微先进些。这是由于 N 组织将中央处理器放在了卫星上，而 W 组织则放在了战舰与战机上的缘故。友坂曾经驾驶过一架俘获的 N 组织 F-30Phoenix 战斗机，它的姿态调整系统性能与离线模式下的雷达性能让友坂实在无法恭维，而这却是 W 组织所有关于战斗机的要求中最高的两项性能指标了。

但正是由于占有卫星方面的优势，N 组织才能够将大量的战斗机群无人化，作为无人机部队投入作战。他们不再需要花费大笔金钱来训练飞行员，只需要造出飞机，搭上无线电接收装置，连上卫星网络，让它带着燃油和弹药起飞就可以了。即使战术愚蠢，无人机群也能用数量优势战胜 W 组织的飞行员。

当面前的电子屏幕上显示出塔台发来的起飞许可之后，友坂调了调机翼的襟翼、全动尾翼以及水平尾翼，最后一次确保电传与机械传动正常。引擎已经开始加力了，但电磁弹射装置仍然没有解锁——起飞时间由飞行员自主把握。

友坂刚要起飞，机舱里的警报声就响了起来：引擎输出功率异常下降，涡轮转速低于最低起飞转速，无法起飞。

“呼叫塔台，K–6 无法起飞。重复一遍，K–6 无法起飞。”友坂呼叫道。

眼看着第一梯队已经起飞了，甲板上只剩下隼式一架战斗机还待在弹射位上。

“塔台收到。K–6 待机，转移至机库检查。马上把弹射位空出给第二梯队。”

友坂暗暗松了一口气。

在机库中进行检查之后，引擎的问题被解决了。由于机载电脑的数字信号莫名其妙地出现了错误指令，导致电传线路包括所有备用线路全部被切断，无法传达指令。于是系统自动进入待机，引擎低速维持转速，才导致无法起飞。

但修复系统花费了友坂和武藤一个多小时的时间，这导致她们错过了第一次攻势。当隼式战斗机再一次准备就绪之后，负责情报收集的中型预警机已经返航了。

但是，预警机带回来的是坏消息。负责攻击行动的第一梯队和第二梯队在刚刚接触 N 组织 P 市要塞外围防线时就遭到了毁灭性的打击，全体 272 架战斗机、54 架轰炸机无一机返航。根据高空侦察机的记录，第一波抵达防线的战斗机并没有遭遇敌方的空中部队，但很快就遇到了强大的防空火力。与以往遭遇的舰船防空火力不同的是，进攻部队遭遇到的是从来没有遇到过的火力网。据一些收集到的黑匣子数据来看，进攻部队遭到的是“弹墙”的攻击——极高密度的火力网导致大量的机载黑匣子都被摧毁了。这也证明了在行动开始之前发射的巡航导弹全部都被击落，甚至炮火覆盖、饱和攻击等手段，为什么都没有奏效。别动队负责进攻的N组织海上基地“P市要塞”似乎被某种强大的火力单位保护着。

得知了这个消息之后，友坂惊出了一身冷汗。而被编排在第三梯队的唐铖上尉，此刻也露出了焦虑的神情。“我之前从情报科也听说过相关的消息。”他说，“但没想到竟然这么快就投入了实战。”

“那个‘弹墙’是什么？”友坂问道。

“在堡垒级战列舰上搭载的近防系统。”唐铖介绍说，“虽然我方也有堡垒级战列舰，但近防火力密度根本不是一个等级。准确地说，那并不是真的‘弹墙’，而是依靠高速的卫星—雷达—火控三重演算，锁定目标，集中打击。并且，所使用的弹药也许并不是常规弹药，很有可能是定向的高能电磁武器。”

“很可能是这样。”友坂说着，看了看内部网络里发布的预警机侦察报告，“从预警机发回的图上看，在P市要塞靠近中部的地区，有一块雷达波探测不到的区域，抛开故障的可能性，你认为那会是什么？”

“电磁屏障。”唐铖上尉说，“对奥本海默衍射的研究产物。我们原本建造过试验型，但发动机功率远远达不到指定标准……”

发布信息的大屏幕又闪动了一下，在室内等待作战命令的人员看向了那里，屏幕上开始播送消息了。

由广域雷达探测得到的信息显示，敌方的水面部队已经开始行动，并逐渐逼近别动队主要舰队的所在位置。外围部队已经与敌方的先遣队有所接触，并且已经展开了炮击。

唐铖上尉从人群中抽身，走进了通往情报室的舱门之中。友坂中尉注意看着屏幕中的作战报告与拟定的下一步作战计划，没有注意到唐铖离开。

唐铖快步走过过道，军靴在钢板地上发出“噔噔”的响声。到了情报科室门前，他径直打开房门，走了进去。

这一行为引起了情报室里的军官们的注意。“嘿，你！这里不许随意进出！”

“抱歉，各位先生，是我。”唐铖说着，指了指自己肩上的红色袖章，袖章上印着“宪兵”二字。军官马上闭上了嘴，尽管脸上的肌肉还在抽动着，但他们也说不出什么来。

唐铖径直走到电话旁，拨通行动总指挥部的号码。大概等了30秒钟，电话接通了。

“这里是第三别动队。我们在P市要塞遇到了堡垒级战列舰，已经搭载有完备的增强辐射武器系统，进攻被搁置了。”

电话那头的人好像说了什么，但军官们听不见，他们只能够听到唐铖的声音：“是，外围部队已经开始交战，但无法靠近。”

“以P市要塞里的堡垒级战列舰为中心，半径50海里以内是我方飞行器与舰艇的禁区。因此，只能暂时以远距离炮击牵制，很难精准打击。”

他又停了一会儿，司令部那边似乎又说了什么，但军官们没能听清楚。唐铖掷地有声地说：“好，马上准备。”

他放下了电话，快步走到负责通信的电台员身旁，对他说道：“马上向别动队司令发出申请，批准‘聂赫留朵夫男爵’进行炮击！”

“喂，上尉！”一个戴着上校军衔的军官站了起来，他有些看不下去了，“这种事情应该我们做才对。”

“电子元件无法进入对方的高能辐射范围，但实心的动能弹却可以。”唐铖说着，瞪了一眼那位上校，使其后退了一步，“打破现有僵局的办法就是如此，你有意见吗？”

“立刻关闭电台，索洛夫！”军官对电台员喊道，“这家伙想夺取本舰的指挥权！”

但电台员还是选择了服从上尉的命令，而不是上校的。

“我不会通报你的犯上行为的，上校。”唐铖说着，笑了笑，回到了门前。“那么，请准备全面进攻。”

当他从门口消失之后，暴怒的上校一把掀翻了桌子，揪住了电台员的衣领，“索洛夫·科罗茨基少尉！”他吼道，“你知道你做了什么吗？”

“长官！”电台员满脸的委屈与无奈，却不敢挣脱上校的铁爪，只能唯唯诺诺地说，“那家伙……是最高委员会的人啊！”

上校愣了一下，松开了手，愣在原地。他这才意识到自己刚刚经历了多么大的危机，最高委员会干员的权力是他无法企及的，甚至，只需要一个“阻碍干员例行公事”的理由，他就有可能从这艘航空母舰的舰长、海军上校变为阶下囚，甚至是无名浮尸。这些干员与宪兵类似，但远比宪兵要可怕。如果说外面的N组织军队是虎狼之敌，那么这些伪装成下级军官，甚至是非战斗工作人员的干员们，则是魔鬼之眼。

过了大概两分钟左右的时间，舰长室收到了从别动队指挥部发来的指令，命令所有交战区舰船全部撤回到敌方射程之外的海域，后方船只保持现有位置，就地下锚。

当友坂中尉从大屏幕上回过神来的时候，她发现身边的人们都开始向舱外走去，有的走上楼梯，似乎是想要去到舰桥上，占据视野更好的位置。“这些人怎么了？”她对武藤中尉问道。

中尉摇了摇头，她也不清楚。于是，她们也跟上了拥挤的人群，向船舱外走去。

甲板上已经挤满了人，地勤人员、飞行员与技术员全都来到了甲板上，挑视野好的地方站着，几只海鸥落在栏杆上，甲板驱鸟员也没有使用哨弹进行驱赶。他们就像在电影院里等待着电影开场的观众一样，努力压制着激动的心情，却又流露出嘈杂与喧闹。

“他们在等什么？”友坂不禁心生疑问。她看了看周围，找到一个看上去面相还算和善的技术员，问道：“请问……这是在做什么？”

“聂赫留朵夫啊！”技术员低声说着，话语中掩盖不住激动的心情，友坂没有听懂他的语言，“我上一次见到它发射还是在符拉迪沃斯托克军港，两年前了。”

友坂一脸困惑，她只听到技术员兴冲冲地说了一通，却不明白到底是什么让他这么兴奋。不仅是他，似乎整艘船的船员们都在热切地期盼着某种东西的到来，那既不是明星，也不是大人物，而是另外一种，让士兵们，尤其是R国士兵们抓狂的东西。

几秒钟之后，她意识到了这究竟是什么。

空气中似乎有什么东西一闪而过，但并没有留下痕迹。唯一的迹象就是扑面而来的热浪，以及被高温扭曲的空气。磁轨炮弹丸的陶瓷弹头在空气中剧烈摩擦产生强热，其轨迹的温度仍然达到数百摄氏度。一些拿着望远镜的士兵突然欢呼了起来，友坂还没有意识到是怎么回事，一声遥远的巨响已经传到了她的耳边。

她听见身旁的士兵们开始高声欢呼，一朵红黑色的蘑菇云在海平线上升起，在它底端燃烧的烈火将一片晦暗的天空都照亮了。动能极大的磁轨炮弹命中了一艘N组织海军的重型巡洋舰，从爆炸规模看来，那艘敌舰显然已经粉身碎骨了。

但她很清楚，这只是修正射击。在敌方拥有强大的电磁干扰能力的情况下，拥有现代化远程瞄准系统的聂赫留朵夫男爵号也需要像数百年前的原始舰船一样，试射一枚炮弹以校正弹道。然后利用机械瞄准系统确定目标的距离和方位，再调整舰炮姿态，然后再打出下一发。

第二发的弹道没有从他们这里经过，而是更高了一些，人们在低空看到了超高速的炮弹划过的炽热轨迹，只是很快就被水雾覆盖了。紧随校准炮击之后的第二次炮击十分精准，根据无人机发回的报告，这一次炮击直接命中了敌人用于产生电磁干扰场的堡垒级战列舰，使其丧失了所有的电磁防卫能力以及一半的火力。只不过这些东西都是被写在行动结束之后的作战报告里的，当时的友坂中尉并不知情。

“到哪儿去了？”她对一旁的武藤中尉问道。

“没看清，太快了。”她得到了这样的回答。

士兵们开始返回各自的战斗岗位，第二次炮击之后 52 秒，行动司令部下达了全面进攻的指令。飞行员坐进了驾驶舱，地勤人员以最快的速度准备好了弹射装置，将战斗机牵引到位。友坂中尉与武藤中尉也坐进了隼式战斗机的驾驶舱里，准备起飞。

“这次不会有问题了。”完成最后的检查之后，武藤对友坂说道。

隼式在友坂的操作下立刻被“发射”了出去，如同离弦的箭一般。起飞速度达到了每小时 527 千米，并且将继续加速，进入交战空域。

从威尔士亲王号的舰桥上可以看到这艘巨大的航空母舰甲板的全貌。

从滑行跑道、弹射跑道到导弹区、舰炮区、紧急降落区，这艘巨型航母如同一个海上的移动机场。

洛克希德·哈特曼中尉正在这艘巨大战舰的一个塔台里，看着窗外已经整装待发的战斗机编队。第一、第二和第三攻击梯队都已经整齐地排列在了发射位上，由机场航管系统准确规划的各战机的位置精确无误且合理，有效兼顾了安全性和起降效率。

哈特曼中尉之所以被调往大气层内部队，是因为N组织中央人员调派部门向他派发了监督L群岛方面军，尤其是空军作战情况的任务。也就是说，他现在担任着“质检员”和“宪兵”的任务，而作战任务永远排在任务列表的次位。

需要观测的指标多达14226项，从单兵装备到战舰系统，从两栖战车的机枪到战斗飞机的导弹，全都要由他过目。

而在整个L基地之中，只有乔亚·巴勒姆中校知道他的身份。因此，在与哈特曼中尉私下谈话的时候，他曾经将中尉比喻为“米其林的餐厅调查员”——与系统军团宪兵一样神秘的另一个职业。只不过前者通过用餐检查，后者通过作战检查。洛克希德·马丁公司作为系统军团的领头企业，自然会关心产品的质量；而轨道突击者部队作为该公司一手建成的招牌部队，自然也就担任了测试与质检的任务。

每一名轨道突击者部队的尉官以上军官，都会有一次执行检查任务的机会。每次任务持续时间为两周到三个月不等，监察对象从特种小队到大型集团军也不等。他们利用例行休假时间进行调查，参与大气层内的作战，从指挥层到作战部，体会一遍军队全貌。对于这些终日待在幽邃的太空里的人们来说，这也是一种别样的消遣。

哈特曼中尉今天选择检查的是刚刚服役的E国皇家海军威尔士亲王号。作为规格最大的现役航母，这艘巨舰需要检查的地方太多了。从指挥系统到作战系统再到安全系统，有多达2500项指标需要去检测。不过从目前已经确认的1400项指标来看，这艘战舰的运行还是相当不错的。

“这艘战舰能够起降AC-400（一种重型对地攻击机）吗？”哈特曼中尉对身旁的机场管控员问道。由于工作基本上被电子系统承担，管控员的工作只剩下应对突发状况和上报维修了，所以管控员此刻正显得百无聊赖。

“别说AC-400了，就连EPS（地面轨道军团）的OC-50运输机都可以起降。”管控员说，“小型运载火箭也是没有问题的。”

哈特曼中尉点了点头，似乎是满意了。

“维尔德斯少校，你是新来的负责人吗？”百无聊赖的管控员瞄见了哈特曼中尉胸前的名牌：Ma. A. 维尔德斯。

“只是来看一看成果。”哈特曼中尉说着，欣然接受了别人如此称呼自己的假名。“我想，之前也有不少的大小官僚前来参观这艘巨舰了吧？”

“是啊……”管控员摆出一个无奈的表情，“他们指指点点，问这问那，一副没见过大世面的样子……”

“原谅无知之人吧。”哈特曼中尉说道，“我也是第一次听说能够在航母上发射火箭来着……”

“抱歉，长官。”管控员笑了笑，端起咖啡来啜了一口。“维尔德斯少校，您是哪个部队的？”

“K.K.C，应该说是‘扰乱部队’吧。”哈特曼中尉说着，笑了笑。

管控员听了也忍俊不禁，捂着嘴巴发出了“扑哧”一声。

“我有听说过，Knock their Head.Kick their Ass.Crumb their Eggs！”他说道，“您还真风趣，少校，那支部队里真的这么教训新兵吗？”

“那是对付敌人用的，也是‘扰乱’的战术方针。”哈特曼中尉说道，“但这就涉及太多不能说的东西了。”

“哦，抱歉。”管控员捂了捂嘴巴，知趣地停止了谈话。

在塔台管制室里，哈特曼中尉目睹了整个攻击部队战斗机起飞的过程，在完全的电子控制之下，三个中队，共计 36 架有人驾驶战斗机和 118 架无人驾驶战斗机迅速而有条不紊地离开了飞行甲板，很快便排成进攻队形，向前方战线的方向逼近。

五分钟之后，在管控室中，哈特曼中尉收到了前方部队发回的作战信息，攻击部队已经与敌空中力量遭遇，并展开了电子作战。

“不得不承认，W 组织的雷达技术是一流的。”哈特曼中尉如此评价。“他们能够在我们一起飞的时候就发现我们，进行精确的远程定位与识别，尽管那是基础的陆基雷达，但也已经令人叹为观止了。”

“如果他们有卫星的话。”管控员说着，挑了挑眉毛，“如果他们有卫星的话，那岂不是……我们就毫无胜算了？”

“并不是这样。”哈特曼中尉摇了摇头。

“我不明白……”管控员疑惑地看了看他，“卫星技术、雷达技术，这些为精确打击与情报搜集服务的技术，如果都达到了相当高的水准，敌人将毫无隐私可言，为什么还会有变数？”

“就像癌症一样。”中尉回答道：“解剖死于癌症的病人，你会发现，为了补偿病变部位的功能丧失，其余的器官几乎都进行了补偿性质的增生，功能也更加强大，这是抗争的象征。缺乏卫星是W组织的癌，而极其发达的雷达技术则是用来补偿的增生。”

“另外，从发回的作战报告来看，优良的卫星系统并没有挽回我们在E战区的局势。”哈特曼中尉看了看一旁的作战地图，苦笑道，“短短三天时间，我们的战线向后退了122千米，SA次大陆的前哨基地随时有被围困的风险，NF战线也不容乐观。”

管控员不说话了，他摇了摇头，叹了口气。

“装备很精良。”哈特曼中尉说着，向门口走过去，“但太过依赖电子设备了。”

说完，他走了出去，哈特曼中尉没有再管他，径直走过了回廊的转角。

“明天有你的出击任务。”

在作战会议室里，巴勒姆中校对哈特曼中尉说道。

“我希望能够改变一下时间，或者暂时将我调派到其他的部队。”面前的中尉回答道，“你知道，我还有很多公务需要做。”

“但这就是问题所在。”巴勒姆中校叹了口气，望了望已经空荡荡的会议室。

“不过，这也算不上什么问题。”哈特曼中尉少有地笑了笑，说道。

“问题可大了！”巴勒姆中校第一时间认为中尉一定是在开玩笑，他拍了一下桌子，发出“砰”的一声。

哈特曼中尉看了看中校，这个男人的委屈、无奈汇聚而成的愤怒与羞辱都聚集在脸上，呈现出一种让中尉感到有趣的表情。他不禁扬起了嘴角，说道：

“那行，我去就是了。”

这下轮到巴勒姆中校感到惊愕了。

“但……我的意思是说，你要去的地方。”巴勒姆中校说道，“是世界上最残酷的、生还率最低的战场。你要怎么办我不管，但要是系统军团的调查员在例行检查过程中死亡，那可就是大麻烦了！军队会被从头到尾彻查一遍的！”

“这一点，你大可以放心。”哈特曼中尉说道，“你唯一要做的事，就是将我作为调查员的身份保密，为我安排相应的军阶、相应的人员、相应的设备，其余的事情你不用插手，明白吗？”

尽管巴勒姆中校不知道哈特曼中尉从哪里来的如此充足的底气，即使作为系统军团的秘密特派调查员，一名中尉以如此语气与中校说话还是令人惊愕的。但他还是叹了口气，点了点头，毕竟他也知道这些特派调查员的能力。

“毕竟你也是系统军团批准的‘Incarnation’，我的确不应该担心。”他说着摇了摇头，转而又问哈特曼中尉：

“明天要检查什么？海军的？空军的？还是海军陆战队的？”

“这是机密。”中尉摇了摇头，拒绝回答中校的问题。

“系统军团真是……”中校向后仰去，靠在椅子的靠背上，使椅子的前脚都翘了起来。他仰望着天花板，发出一声长叹：“把我们当成猴子耍啊……”

确认过没有其他的事项之后，哈特曼中尉起身离开了会议室。巴勒姆中校也跟随其后，只不过二人的去向有所不同：哈特曼中尉向自己宿舍的方向走了过去；而巴勒姆中校则径直奔向基地升降机，准备去军队的酒吧里点上一杯威士忌。

洛克希德·哈特曼的宿舍与其他士兵的宿舍是完全不同的——就占地面积而言，他宿舍内空间的大小与一个攻击机机库无异，看上去简直不像一个人住的地方。另外，从电网系统统计的数据来看，这个所谓“单人宿舍”的耗电量，与一个大型冷库相差无几。

如果要形容的话，哈特曼中尉的宿舍的确可以说是一个大“冷库”。走进他的房间，才能够意识到这个“冷库”的概念究竟是什么。

“看来这几天很是有些繁忙呢。”

哈特曼看着走在自己面前的这个身穿白大褂、戴着眼镜的男人，他刚刚如此说道：“如果需要分子重构的话，需要支付额外的费用。”

“随你便好了，乔纳森·洛夫古德可不会在意这点费用。”哈特曼中尉说着，摸了摸自己手背上的一条伤疤，那是在基地下方的生活区里造成的伤口。

男人只好作罢，几乎每一个人都知道乔纳森·洛夫古德的富有，这个人的名下有着系统军团名下的三大武器供应公司，十个雇佣兵公司，以及数目庞大的民间公司，他的个人财富基本上代表着N组织的财力水平。

“怎么来的，那伤疤？”男人问道。

“摩托车。”哈特曼说着，语气很平淡，让人听不出来他究竟是不是在敷衍。

他们正在经过成排的像冷柜一样的巨大容器，这些容器与储存肉制品的冷冻柜很相似，但要昂贵得多。这些冷冻柜需要保持适当的温度、湿度，以及完美的无菌环境，并且由专门的仪器向其中充入类似于羊水成分的营养液。如此复杂的仪器所用来储存的物品，不是一般的肉制品，而是世界上最复杂的有机结构之一的人体。

在这个库房里至少存放着 30 具封冻之中的人体，他们身材各异，有男有女。每一个冰柜的一旁都有一个存放着一整套衣物与证件的衣柜，而衣柜的门上，都有相应的名牌：

“弗洛伦斯·巴尔克，少校，海军陆战队”

“李·艾奇逊，波音公司”

“艾尔莎·阿德莱德，博宁中学二年级”

……

“明天要用谁？”男人向哈特曼中尉问道。

“克拉维斯·恩菲尔德上尉，隶属第 232 宪兵队，今天从 SD 方面调往 L 群岛，明天会执行下城区的清查任务。”哈特曼中尉说着，把挂有自己身份牌的尉官制服脱下，挂在一旁的衣架上。衣架一旁就是一个一人多高的冷冻柜，他脱下鞋袜，走了进去。

“USB 呢？”戴眼镜的男人向哈特曼问道。

“忘了。”哈特曼随口说着，将脑后的一块头皮掀开一小块——那其实是生物橡胶质地的芯片覆盖物。一块指甲盖大小的晶片从里面弹出来，被他握住，然后放进了男人递过来的盛着薄薄一层无水乙醇的手术盘里。男人点了点头，便转身离开了。

储藏柜里的温度很低，哈特曼赤裸的肌肤很快就感受到了这一点。他进行了一次深呼吸，随着冬眠用药物的注入，他的心率在逐渐地下降，最终会降低到只能够维持最低生存需求的程度。负责维护肉体的医护人员将一个大塑胶袋从他的脚底拉起来，包裹住他的全身。然后，塑胶袋里开始注水，这种以一定比例配比的营养液能够模拟母体胚胎内的环境，让肉体能够以一种类似胎儿的方式被保存，并留存其生物活性。

哈特曼眼前的场景开始逐渐变黑，然后他便完全失去了视力，意识也开始逐渐淡薄。他的脑活动随着心率的降低逐渐停止，随后便会进入一种“植物人”一般的状态。而在他的意识备份被植入另一个躯体并被激活之前，存在一个短暂的空档期。这个空档期之间所经历的令人无法理解的、光怪陆离的变化，便是哈特曼的濒死体验。

“嘿，嘿！”他感到有人在拍打着自己的脸颊。

他条件反射一般地睁开眼睛，在大脑还没有意识到之前，他的肌肉已经做出反应，一把抓住了那只拍打自己的手。他听到那人惊叫了一声，于是又把手松开了。

“拜托，你差点把我的胳膊弄断！”那人嚷嚷着，退到一旁。

他感觉自己的视野在逐渐变得清晰，随着呼吸一点点加深，心率逐渐升高，他的脑活动开始趋于正常。他的背部开始感到一阵冰凉，还有坚硬，自己似乎正躺在一个金属台面上。

当他感觉自己的舌头不再那么僵硬之后，他动了动嘴巴，却发现自己的嘴里还塞着什么东西——一根软管，在人体冬眠时用于输送必要的营养物质。然后，伴随着一种令人恶心的感觉，那根软管被从他的食道中拔了出来。

这样他的呼吸才能够真正地顺畅，于是他深吸了几口气，平定了一下不受控制的心跳，看了看四周。自己在不久前还寄居的那副阴柔的男性躯体此刻正静静存放在十米开外的冰柜里，封装在袋子中，仿佛睡着了一般。

“几点了？”他向一旁的人问道。

“晚上 10 点半。”那人一边回答，一边用毛巾擦干净他身上的营养液残留，“明早 6 点钟开始对下城区进行搜查，你有 7 小时 30 分钟准备妥当。”

他抬起自己的胳膊，现在他的背部还没有力量支撑他坐起来，于是他看了看自己的手。粗糙，厚重，有力——这是第一印象。这副躯体昨天才被送到这儿，送来的时候，它原本的主人已经死去，胸部三处开放性伤口，多处动脉损伤。修复它花费了不少的资金与力气，这是他知道的。即使现在看上去还完好无损，但胳膊上那些淡粉色的痕迹——人体分子重构留下的痕迹，告诉了他这副躯体的惨痛经历。

它原本属于一个叫克拉维斯·恩菲尔德的中央宪兵，由于某些重大违纪行为被从原本的部队调离，编入L岛的当地防卫力量之中——这在N组织军方中是很常见的一类惩罚措施，一些所谓的“违纪”“犯规”之人便会被送到战区，特别是前线，去担任低等职务。

“恩菲尔德先生，你准备躺到什么时候？”一个戴眼镜的男人走过来，问他，“躯体有什么不适吗？”

“没有。”他说着，才发现自己的声音变得沙哑低沉，面部肌肉留下的肌肉记忆里留存着抹不去的口音。当他感觉对这具身体逐渐取得掌控权的时候，他翻过身，想要从手术台上坐起来，却两腿一软，跌倒在地，疼痛感随之而来。

“拜托，你才失去意识不到一分钟时间，别表现得像个老人一样！”戴眼镜的男人略带戏谑地对他说着，看着他从地上挣扎着爬起来，一丝不挂。“你这德行可不像是一个从特勤队退下来的宪兵。”

“得了，这家伙死的时候可真惨。”他抱怨着，肌肉留下的幻痛还在刺激着他的大脑，从胸部开放性伤口到手脚的割裂伤，他都借由前主人留下来的大脑记忆与肌肉记忆感受到了。“这家伙怎么死的？”

“按照你的需要。”男人笑了笑，看了看他，“他符合一切作为你的必要替身的条件，只是——看上去把他带过来的家伙们不够麻利啊。”

“下次用麻药。”他说着，转过身去，一边适应着新身体的脚步，一边打开衣柜，拿出了自己的衣物与证件。黑色的中央宪兵制服上挂着自己的名牌：克拉维斯·恩菲尔德上尉，中央宪兵。

他又翻看了一下钱包，里面有他的身份证件、军队证明、军官证以及两张写着电话号码的白色纸条。

“这是什么？”他拿起纸条，问道。

“如果你想找毒品贩子，”戴眼镜的男人说，“拨打这个号码。”男人指了指他左手的纸条。“如果你想找女人，打这个号码。”男人指了指他右手的纸条。

“哦。”他把纸条塞进钱包里，放进了上衣内口袋中。

当他换上了一套宪兵的衣服之后，他就是克拉维斯·恩菲尔德上尉了。维护人员将他带到一旁一个类似于健身房的地方，他将在这里开始适应自己的新躯体。

不得不说，这副躯体的原主人是一个壮实的男人，身高达到 1.89 米，肩膀宽阔，身体却很轻巧——这是肌肉结实的特点，他开始有些喜欢这个躯体了。

健身室内的所有器材只是用来让他更快地适应这副新躯体所用的道具而已。通过协调手脚、调节心肺、控制呼吸，让自己更快地成为这副躯体的主人，这是通过专业的训练才能够快速完成的过程，也是一名注册“Incarnation”使用者的必修课。

八月风暴行动开始后的第 22 天。

联合部队的战线已经推进到了 LBY 海域，正在往 NF-SE 方向包围。

这样的战果的确是可喜的，海空军配合之默契让行动效率大大增加。到目前为止，N 组织方面尚未组织起有效的反攻，这也是行动的有利条件之一。

在联合司令部例行的作战会议上，R 国军方发言人向各成员国的代表做着报告。

秋濑司令坐在距离报告台十几米远的地方，面前隔着好几排人。在她的身旁坐着 C 国方面的代表，某海空军司令员郁华少将。

“你对这场战争有什么看法？”

少将向秋濑问道。

“我吗？我对于大的战略并不了解。”

“无妨。”少将摆了摆手，说道，“你认为，继续深入的话，我军的胜算有几成？”

“……我不清楚。”秋濑皱了皱眉头。

“实际上，我们的上级将领一致反对 R 国坚持进攻的主张。”少将说着，将一份作战报告拿出来，放到秋濑的面前，“这是在进攻 N 组织军事基地的时候，我们得到的战斗数据。”

秋濑翻了翻那几页 A4 纸，她的眉头逐渐紧锁。

“在登岛作战的时候，我军伤亡远超空中作战与海上作战的总和——N组织利用人工岛屿的地形为我们制造了一次又一次的伤亡。”

“但 R 国仍然坚持进攻……”

“的确如此，并且我部与 R 国的力量完全分头行动。但直到目前为止，我们也仍然没有得到 R 国关于作战的详细情报，至于他们如何解决夺岛作战的问题，也拒绝和我方交换意见。”

秋濑突然想起了什么，她对少将说道：“我倒是有一名部下，在 R 国的混编军里……”

少将突然举起手，示意她停下。他望了望四周，警觉了起来。

“晚些时候我会和你通电话，但不是现在。”他说道，“我有一些事想要拜托你。不过，请不要把我的请求上升到外交层面——这是为了联盟的利益。”

秋濑点了点头，将那些报告还给了少将，便不再言语了。

【高度 3700】

友坂看着面前的屏幕，隼的高度计这样告诉她。

机舱外的景色依然是如此绚丽多彩，奥本海默衍射产生的光芒将天空渲染成了一片梦幻的紫色与蓝绿色。广袤的深蓝的天空近乎一片漆黑，看得到星星。北方最明亮的那一个是北极星，北极星之下是如同石英石一般闪烁着光芒的点点繁星。地平线附近的颜色是被称作天际灰的迷离色调，在海平线的那一头，晨昏线交替着迎来了黎明。

友坂望着调成了最低亮度的所有仪表盘，没有异常，一切都很平静。友坂中尉回想起了勇士型战斗机组成的某中队的战斗。

“勇士四号，ENGAGE！ 向右转，右转，右舷！”

“勇士三号，敌人在哪里？我看不见！”

“右下方！六点钟方向距离 230！”

“咬尾了！甩不掉……”

爆炸声响起，无线电中断之后，其他【勇士】的黑匣子还在记录着。

“回转！回转！”

“Fox-1！该死，那家伙躲开了！”

“左转，左转！该死！被咬尾了……”

又是爆炸声。

音频还能够继续下去，但是友坂把它关闭了。

不能够完美地驾驶战斗机的家伙，被击落了也是理所当然的。战争不需要情感，战斗机也没有情感。驾驶员如果不能够完美地成为战斗机的一个部件，那么他就不能够称作合格的战士。

那种人无论驾驶多么精锐的机体都赢不过电子设备。

驾驶舱里的提示音响了起来，友坂看了看通信界面，云层上方的中继预警机向她转发来了一条来自秋濑的个人通信。

“是否接通？”武藤向友坂问道。

友坂点了点头。

“是金枪鱼吗？”通信器那头响起了秋濑那令人怀念的声音，“我是渔夫。”

“是，我是。”友坂回答着，将通信频道转换到了最高加密频道。

“现在听我说，金枪鱼。”自称渔夫的秋濑说道，“任务开始了。我需要你向我提供 R 国军队的动向，包括作战行动的具体经过。也就是说，我需要你向我报告你的行程。”

“了解。”友坂说着，皱了皱眉头，“但是你为什么需要这种过期情报？”

“这就是问题，现在我们连过期情报都得不到，所以根本无法知道R国军队在登岛作战的时候究竟干了什么。”

“他们可没有进行登岛作战。”

“你说什么？这不可能……”

“的确如此。”友坂说着，不免笑了笑。“昨天我部夺取了几个主要城市的制空权，我们用长距离舰炮发射，或者用战斗机与轰炸机投放——你知道的，热核炸弹，把这些人工岛彻底从地图上抹掉了。这样就不用登岛夺取了。”

通信器那头回应的是一阵沉默。

“但的确，我们被要求封锁消息。没有卫星频道这一点，不仅是N组织用得很好，R国也用得很好——没有卫星图像也就没有证据，国际组织也没有办法抓住把柄——实际上抓住了也没用，谁有武力谁才有发言权。”

“广域雷达警报，前方距离3300，不明坐标一，高速接近中。”

武藤说着，发出了识别信号。

“是震电型，IFF无响应。”

“通话结束，渔夫。可能是走散的友军？”友坂说着，关掉了通信频道，“IFF没有问题吗？”

“推测路径。”武藤操控着雷达，说道，“径直过来了。规避，要撞上了！”

隼从撞击路径上避开，那架震电式以极快的速度从隼的一侧掠过。

友坂急忙锁定了那架不明的战斗机，并拍摄了不明机体的影像。

“啊，看来是震电式无误了，可是震电式的最高航速……”

友坂皱紧了眉头。

“操作权限返还给友坂中尉，IFF 更新判定为敌机。”她对隼下了命令，“15 秒后交汇，ENGAGE。”

“从现状来看那是敌人。”武藤说着，打开了电子战设备，MTI 显示出了敌机的部分数据，同时战斗界面被打开了，雷达锁定了目标。

两枚空对空导弹脱离了投弹架，点火之后向迎面冲过来的不明机体飞去。

隼拉近了与不明机体的距离，友坂打开了格斗用的航空机炮。

两枚导弹在空中划过大角度的回旋弧度，追击着不明的震电战斗机。震电式突然掉头向下转向，进行了殷麦曼翻滚的同时发射了诱导弹，一枚导弹被击毁。然后，它恢复了水平位置，导弹在它的上方爆炸，没有伤之分毫。

“看来是难缠的家伙。”武藤说道。

两机很快交汇了，隼利用可回转式航炮向震电式发射了一连串的大口径炮弹，但是对方的规避十分完美，只有几枚击中了无关紧要的地方。

隼向左下降，不明机体则向上爬升，远离隼。震电式突然转向，向隼猛扑而来。隼转过了一个角度，同时用格斗机炮向震电式进行了一轮齐射，被不明机体以滚筒翻转规避开了。

两机再一次远离，友坂望了望右侧，震电式正在用大G力回旋接近隼。接下来，隼接收到了不明机体的雷达瞄准电波，被锁定警告。武藤迅速展开了电磁偏导装置EGA，搭载的武器同时也在MTI上显示了出来——

RDY GUN.AAGM III・4

对空机炮与短距离导弹四枚，友坂知道在这个距离上这些是最有效的武器。

导弹拖曳着光尾发射出去，牵制住敌机的动作。隼顺畅地爬升，占据了敌机后方900米的位置，对空机炮发射。弹药计数器以令人眼花的速度刷新着子弹消耗量与残量，没有命中。

友坂知道，那是和隼势均力敌的敌人，绝不是人类在驾驶。

是机械。

震电式向她冲了过来，隼采取了规避动作，避开了迎面而来的机炮射击。友坂向右偏转机体，以大角度环绕飞行，占据了震电式的后方，反击，机炮喷射出火舌。

不明战机迅速爬升，利用风车翻转占据了隼后方540米的位置，友坂立刻左急转，拉开了与震电式的距离。

她按下了飞弹发射键，但飞弹却没有射出。隼发出了“距离过近”的警告。在这个距离上发射远程飞弹会殃及隼自身。

友坂持续操作着，警告解除了。隼的系统默认了友坂的指令。

【你来控制】——隼对友坂显示到。

两枚远距离空对空导弹被投放、点火。弹头以 2 马赫的速度向敌机飞了过去。震电式同时通过大角度急转接近了隼。友坂立刻下降高度，与之拉开距离。

然而震电式却似乎是有意要接近隼，它机腹朝上，面对着隼压了过来。

“太靠近了！”武藤警告友坂。

友坂没有回应，她紧紧地盯着多普勒雷达中被标记的敌人的身影，引导着 AAGM 进行大弧度的回旋，向敌机逼近。

还有 540 米。

380 米，还在接近。

飞弹命中，敌机爆炸。

碎片四散飞溅，爆炸产生的强风将隼向一侧推去，隼摇晃了一下，几枚高速碎片击中了它的机身，氧气泄漏。其中的一枚碎片击中了驾驶舱，驾驶舱破裂，碎片直接打中了友坂的安全保护头盔，划破了她的头皮，鲜血流了下来，剧痛。

她低吟了一声，用戴着手套的手按住了伤口，飞行手套染上了鲜血。

如果再近一些的话，她的头颅可能就这样被炸飞了吧？但是她没有感到恐惧。

“引擎还正常，你的伤口要紧吗？”武藤问道。

“疼……”

友坂说着，感觉有一些眼花。口腔里又涌起了一股铜腥味，带着些许甜味。她把血啐了出来，溅落在驾驶座的一旁。

“刚才过载太大了……”

“旧伤复发了吗？”武藤说着，打开了广域雷达连接了最近的一艘航空母舰，BH 舰队的轻型航母，瓦良格型卡图科夫号。“我马上降落，请坚持一会儿。”

“谢谢了。”友坂说道。

“设置相对高度 30 米，降落模式，垂直降落，启动短距离垂直起降装置。”

武藤进行着一系列的操作，隼飞临了卡图科夫号的上空，进行了一圈盘旋降低高度之后，启动了垂直起降矢量喷管。

“暂时只有这里了。”武藤说着，望了望友坂，“中尉，我已经通知了医疗组。”

“让他们带一点薄荷糖……”

“薄荷糖？我认为奥氮平更实际。”

“薄荷糖，拜托了！”

“那好吧……医疗组请确认携带有薄荷糖……什么？什么牌子的？”

“随便什么都好。”友坂说。

“你有什么就拿来吧，都可以。”武藤说完，关闭了通信。

“为什么是薄荷糖？”她问。

“清醒大脑。”友坂说道。

“我需要清醒一下，来确认自己不是在做梦，梦到了那该死的战斗机……”

结束了短时间的打盹之后，哈特曼中尉（现在是克拉维斯上尉）在一辆警用突击车里面醒了过来。

与他一同乘坐这辆警用突击车的还有九名中央宪兵。他们一律都穿戴着 H&K 公司研发的“塔罗斯”单兵外骨骼作战系统，只是规格并非军用，而是警用。中央宪兵的干员并不接受军方的管辖，而是划归到当地警察局名下,但其直属命令方是 N 组织联合调查局，一个负责联盟内部情报与监视的泛国际组织。

他看了看电子目镜之中的信息栏目，由于联通着 N 组织军方的信息网络，哈特曼中尉能够了解到 N 组织军队在前线的作战内容。

“克拉维斯啊克拉维斯……”他自言自语道，“我该说你是幸运还是不幸呢？”

面前的电子目镜屏幕突然变成了红色，其实这并不是紧急事态警告，而是指挥室发布任务信息的时候会出现的界面而已。克拉维斯上尉所在的宪兵分队此次所要执行的任务是端掉一个已被确认的邪教团体的窝点——这个团体名叫“茧”，一般称为茧派，被认为是恐怖组织“伊波恩信徒”的一个分支。

这个邪教团体之所以会被 N 组织联合调查局盯上，很大一部分原因就是因为，茧派在很长的一段时间里，都公开发表反对科技进步的文章，认为“科技的进步把人推向深海”，并且以武装暴动的形式反对 N 组织对于高精尖科技，尤其是人工智能领域的研究——

他们曾经袭击过一处研究所，并破坏过一台超级电脑的主机。时常有人工智能领域的科学家遭到袭击的消息，也多半出自于茧派的激进人士之手。

此次的行动目标只有一个人，这个人的形象此刻正显示在哈特曼中尉的电子目镜上。这个胡子拉碴，高颧骨，皮肤粗糙、发黑但眼神炯炯的男人名叫阿卜杜拉·易卜拉欣·阿齐木，茧派组织的重要成员之一。根据线人的情报，由阿卜杜拉领导的茧派分支在L岛下城区有着多达52处据点，而他们将会在今天晚些时候举行某种秘密的祭祀仪式。

哈特曼中尉看了看线人发来的情报文件，在文件之中，线人提到了他曾经参与过，应该说是见证过的一次祭祀现场——这一部分文件也是最让中尉感到不安的部分。

“……我们在一个开阔的地下室里面准备好了祭祀的一切条件——我发誓我不知道这是哪里，所有慕名而来的人都被戴上了头套，除了那些核心的信徒。要知道，早些时候我还在软件公司里，在电脑前编程，现在我却在地上，用人血画着倒五芒星！我是说人血，过来的时候我闻到了很重的血腥味，还有一些令人不安的声音……但他们接纳我倒是很快，只需要我表达一下忠诚，对，用语言，就可以了。现在我也是他们的一员——一个标志就是他们给了我一个古怪的挂件。我们布置好了会场，地上的猩红色五芒星大得不像话。五芒星是被一个外接圆包围的，在它的内部还有一些不对称排列的相切圆，以及一些诡异的曲线。祭祀品被放在中央——一块不知从哪里开采来的祖母绿石，其切割方式也十分独特，我无法形容。然后祭祀便开始了，我和信徒站在外围，那些慕名而来的人被包围在圆圈以内。在祖母绿宝石旁是负责祭祀的人——一个白人男子。真正的主谋——那个人我没有看到，但信徒们都确信他在现场。”

“突然灯全都熄灭了，所有灯光都没有了，完全黑暗！我们什么都看不见，圈内的人们慌了神，开始骚动起来，我却没有感到有人经过我的身旁。然后最可怕的事情便发生了——那个令人不安的声音又出现了，但这次更清晰、更响亮，然后我听到了人群的惨叫声，我快吓疯了！我不知道是什么东西袭击了他们，因为一点光都没有！就连我携带的小手电筒也莫名其妙地坏掉了，我什么都看不见！神啊，我只会握住那个怪异的挂件，把它当作十字架向神祈祷。这时我感到有东西经过了我的身边——但那绝对不是人，反而更像是某种大型猛兽，我能听到它喉咙深处的呼噜声、沉重的脚步声，还有那邪恶的嘶吼！这个时候，我一旁的信徒扯了我一下，示意我和他们一起后退，于是我就转过身去，发了疯地向自认为是出口的方向跑过去。一路上我撞到了两三个信徒——他们也在后退。于是我就随着他们一起退到了有光亮的地方——奇怪的是，我的手电筒突然恢复了正常。于是我把光柱向刚才的黑暗空间里面投射过去，然后……天啊，我真不该这么做！我发誓我这辈子都没有见过如此邪恶的景象！那个五芒星已经被血掩盖得看不出来了，地上到处是尸块、散乱的内脏和鲜血，没有活人。他们仿佛被某种犬类动物撕咬了一般，我不知道我为什么还活着……这是邪神的祭奠……不要过来，不要过来，不要过来！阴暗的秘密就让它潜伏在阴影之中好了！天啊……”

中尉关闭了信息栏，把刚才的文件归类到了疯话的行列。

他们的突击小组已经穿过了熙熙攘攘的下城区，到达了任务的指定地点。哈特曼中尉看了看窗外，这是下城区的一处已废弃的电力井设施，设施纵深达到数百米，内部结构极其复杂。即使在拆除了反应堆之后，这里的辐射水平也达到了二级。

“恩菲尔德，你第一个下去。”现场指挥官摆了摆手，对哈特曼中尉说道。

他无奈地摇了摇头，但并没有推脱。他检查了一下手里的 EU 制式步枪 AEU，保险已经打开。于是他将垂直降落所要用到的缆线固定在宽达 30 米的电力井口的边缘上，锁定安全绳，然后双脚蹬墙开始垂直索降。

宪兵队一共 20 名成员紧随其后，依次下到电力井中。

“真难想象……我们今早才接到 22 名公职人员失踪的消息。”一名宪兵低声在通信频道里说道，“看来他们在昨晚被带到这里来了。”

中尉看了看一旁的墙壁，一些螺钉还遗留在上面，似乎是固定过临时升降机的升降轨道。他又用探照灯向深邃的电力井井底照射了一下，在他的下方大约 22 米处，两个还没有拆解的工程用外墙装修升降机被遗弃在井底，周围脚印散乱。

“克拉维斯，”哈特曼中尉用通信频道说道，“无异常。”

小队到达了井底，现场指挥官挥挥手，示意两个分队分别行动。在电力井之下是一个极为庞大的发电站，这里曾经提供下城区一半的电力来源。中尉的分队负责反应堆厂房，另一个分队负责控制间。之后，在中央冷却井，两个分队约定于这里汇合。

在废弃的发电站里，由于深处地下，这里的唯一光源就是宪兵们手中的探照灯。但在进入厂房之前，分队长示意所有人关闭光源，使用红外热感夜视仪。

反应堆组件的大门并没有被关上，于是宪兵们鱼贯而入。在队伍最前面行走的是探测诡雷等陷阱的警用无人机，但无人机一直都没有发出警告，这反而让他们更加警觉了。

“这里连个人影都没有。”一名宪兵发出了信息，但他并没有使用自己的声带，而是利用头盔上的口型识别系统发出了一条电子信息。

“保持警惕，事态 3。”

中尉看了看反应堆组件的核心部分，核心已经被拆除了，冷却池也已经干涸，变成了一个深达 15 米的深坑。他向下望去，热成像仪上面显示出了一些星星点点的热源，但分布极其散乱，并且无法分辨形状。

“那是什么？”另一名观望的宪兵问道。

“不知道，继续行进。”中尉发完信息，从栏杆边上撤了回来，“这里完事以后还有两处贩毒窝点和一个未注册的妓院要端掉呢。”

“忙啊……”有人感叹道。

信息栏之中显示出一条红色的信息，来自于另一个分队："我想你们得看看这个。"

哈特曼中尉调整了一下视野，接收了视频文件。他看到在控制组间的一处房间里，天花板上悬挂着至少 30 个吊钩，每一个吊钩末端都挂着一个人形物——体色发白、面目狰狞、毫无血色，显然已经死去多时了。在被悬吊的尸体脚下的地板上，猩红色的脚印十分散乱，似乎是经历了一场混乱的奔逃。视野的主人继续前进，于是中尉便在地板上看到了一个被重物压碎的手电筒。

"看看这些尸体，都被扒干净了。"一名宪兵接近了一具被吊起来的男尸，发出信息："他们脖子上的挂件，是什么玩意儿？"

"真没品。"中尉在频道中发布了第一条评论。

"好吧，我知道你们的品位也好不到哪儿去。"对面回复了他一条消息，似乎是误解了他的意思，"然后……"

哈特曼中尉突然挂断了音频信息，他警惕地望了望四周，把声音采集器的灵敏度调高，除了单兵外骨骼微弱的引擎声以及宪兵们的呼吸与心跳声之外，他从音频之中辨别出了一种古怪的声音。

"Sic…scite…vi…"

"你听到声音了吗？"他对小队发出信息。

"好像是某种野兽，线人提到过。"有人回答道。

"那不是嘶吼，那是语言。"

通信频道一时间沉默不言，所有人的下颌都僵住了。他们停在原地，寻找着那个声音的来源。中尉把一部分截取的音频输入了音波定向探针，探针乱转了一会儿，然后犹犹豫豫地给出了一个方向。

“在冷却井，还在下面。”

半分钟之后，两个小队总计 20 人在冷却井的上方汇合了。在这里已经能够比较清晰地听到那种令人不安的低语。

“那是什么语言？”现场指挥官发出了全体信息。

“拉丁语，古代的。”哈特曼中尉回复道。

“那行，你先下去，语言学家。”

哈特曼中尉叹了口气，现在他已经慢慢习惯作为“克拉维斯·恩菲尔德上尉”被使唤了，但他还是有一些顾虑——这里没有卫星信号，要把这一段记录带出去的话就必须要保证这具躯体的存活。而根据刚刚的搜索以及线人那令人毛骨悚然的讯息，他在心里降低了这种可能性。

“那好吧，距离保持在 50 米以内，保证蓝牙连接。”中尉说着，做好了垂直降落的准备。

冷却井的深度比上面的电力井还要深三倍——达到了 114 米。但氧气含量还很充足，空气湿度也保持在正常范围，温度也不高。中尉不禁疑惑，一般而言，越是靠近地质运动活跃的海床的地方，温度应该越高才对。

他望了望下方，热成像仪里面一片冷色调。

“什么都没有，现在跟上来。”他发出了信息。

小队成员开始索降了，索降的距离实在太长，标准缆绳不够用了。于是他们在距离井底还有 42 米的地方又打了三个固定桩，连接了新的缆绳。

就在距离井底还有 30 米的时候，一阵吓人的撞击声从井底传来，回荡在封闭空间之中——似乎有什么重物正在撞击着已经废弃的铁闸门。嘶吼的声音突然变大，中尉发誓自己这辈子都没有听过那样的声音——似乎是大象、狮子以及所有猛兽的嘶吼的总和，吼叫声几乎覆盖了全音域——包括人耳不可分辨的区域。中尉感受到了扑面而来的强风以及叽叽喳喳的嘈杂响声——蛰居在井底的蝙蝠也受到了惊吓。

然后，在他的视野中出现了一团边缘为红色，向中心渐变为黄色的物体——一个高温热源。也许是那东西散发出来的红外线太过于强烈，或者说那东西本就长得奇形怪状——中尉无法形容它的轮廓。那个巨物挪动了一下，突然开始向上攀爬，这让中尉不免惊讶，因为冷却井的墙壁接近垂直且十分光滑。

“朝这边来了，规避！”他听见有人喊道，紧急情况下无声禁令也被废除了。

他立刻蹬了一下墙壁，借力把自己推向一边。高温物体以惊人的速度从他的身边飞驰而过，带起一阵强风。那东西似乎并没有理会他，而是继续向上冲过去。

然后，中尉听到了连续的枪声，宪兵们开火了。子弹打中了那东西，响起一阵“噗噗”的声音，还有几枚射偏的曳光弹从中尉身边掠过，他不免咒骂了一声。

接着，他听见了几声惨叫，夹杂着骇人的嘶吼声。两个成年男人大小的热源从上头掉下来，坠向井底。他们身上的外骨骼几乎没有起到防御作用，没能保住他们的性命。

中尉继续下降，他几乎放开了绳索，保险扣与缆绳摩擦发出“呲呲”的响声，变得滚烫。十几秒之后，他重重地接触了地面，外骨骼的缓冲设备拯救了他的膝盖。紧接着又有三个人掉了下来，摔在地上，发出沉闷的响声。

哈特曼中尉急忙上前，由于热成像仪无法看清，他使用了弱光夜视仪。死者的死因并不是坠落——明眼人一眼就看得出来，他们几乎失去了自己的半个身体，某种巨大的犬科动物撕咬了他们。中尉皱了皱眉头，望了望上方，幸存者们正在一边还击拖延，一边进行降落。

“克拉维斯！跑！跑！”他听到有人大喊着，然后喊声被枪声淹没了。还有人在掉下来，中尉感到一些热乎乎的东西溅射到了自己的脸上，但他没有去擦。

在井底的侧面有一个闸门，原本是用于引入海水的，但现在已经没有水了。他跑了进去，闸门有明显被破坏的痕迹，他能够猜到那个巨物究竟是从哪里来的了。

他守在门边，等着剩下的队员们着陆。着陆成功的人只有一半不到：他们向上射击了几下，然后就跑进了闸门里——中尉正在向他们招手。

“那是个什么东西？”他听到现场指挥官咒骂道，“他娘的疯狗吗？”

“狗长了壁虎脚？”中尉说着，将一枚榴弹填进 AEU 的榴弹发射器里，瞄准刚刚降落的巨物后开了一枪。那原本是镇暴用的闪光弹，在爆炸之后并没有什么杀伤力，却为宪兵们逃脱争取了足够的时间。他们很快跑过引水道的拐角，通过爬梯上到了最底部的水位观测室之中。

“妈的，那是个什么玩意儿？”有人骂骂咧咧地说道，“魔鬼吗？”

“恐怕是的。”中尉说道，“和线人的描述差不多了……我想可能是某种突变生物。”

“听那声音！它过来了！”

中尉听到了引水道之中传来的隆隆巨响，伴随着疯狂的嘶吼。然后，一个无以名状的物体出现在了他们的探照灯光柱里——中尉只能用“肉团”这样的形容词去形容它。它的头部就像是用胶水把好几个婴儿粘在一团一样，密密麻麻的小眼睛在蠕动的肉块之中零星分布，未发育的肉肢胡乱挥舞着，就像触须一样。但它的口器却发育得很完善——一张血盆大口，从上而下竖直裂开，外翻的獠牙在嘴唇外交错。它张开嘴发出一阵吼叫，露出嘴里成排的带倒锯齿的黄牙，散发出难以形容的恶臭。

宪兵们立刻开火还击，子弹打中它的头部，嵌进肉块里，但没用。5.56 制式枪弹对这个怪物而言就是隔靴搔痒，无法阻止它从观测间的门里钻进来。

不过宪兵们还没有丧失理智，他们有秩序地后撤，进入到主厅里。尽管枪弹不能造成什么伤害，但那怪物似乎害怕光源。他们用探照灯的光柱扫到哪里，它就如同触电一般逃开。中尉看到那些半睁不睁、如同覆盖着一层白膜的小眼睛便有了主意：这个穴居动物一辈子都没有看见过光。

“照明弹！”他喊道。

虽然视力低下，但那生物的其他感官却很灵敏，行动也很灵活。它弹跳着躲开光柱，但照明弹就不行了。五枚强光照明弹被投出去之后，观测间被照得亮如白昼。这下它无处可躲了，强光在它苍白的皮肤上灼烧出肉眼可见的伤痕，它的皮肤一接触光亮，就以一种令人惊讶的速度糜烂。

“血紫质病。”中尉喃喃自语道，“这家伙有卟啉症，光别停！”

宪兵们向生物发射了闪光弹，这一次光亮更强烈，它举起枯槁的胳膊——顶端长着密密麻麻的吸盘，捂住了自己的脑袋，发出惨烈的嚎叫。

一个沙哑的声音突然在角落里响起，中尉回过头去瞟了一眼，一个男人正跪倒在地上，双手高举做祈求状：

“求求你们！”他喊道，“求求你们，别伤害她！别伤害思曼莎！”

“我们差点就被吃了！”宪兵们没有理会他，继续开火，子弹打断了那生物纤瘦的胳膊，苍白的手掌掉在地上，溅起紫红色的血液。

“杀伤榴弹！”中尉指挥着宪兵们为 AEU 步枪装上爆破武器，“别理这个疯人！”

“求求你们了。”

“解决这个家伙再去理会他！”中尉说着，向面前挣扎的生物发射了枪榴弹。

榴弹打进了它千疮百孔的皮肤，在皮下爆炸，掀掉了它的半边身体。它摇摇晃晃地走了几步，用剩下的肢体支撑住，发出一阵悲泣的哀嚎：

“Azim…Azim…”

看见此番情况的男人从地上爬起来，发出一声嘶吼，向背对着他的中尉飞奔而去，抱住了中尉的腰——这个男人是如此的瘦小，以至于中尉现在所使用的躯体看上去是他的两倍大。但这个瘦小男人是注定无法阻止人高马大还穿戴着外骨骼的宪兵的。中尉腾出右手，一把抓住那个男人的后颈，然后把他从自己的腰上提起来，一个过肩摔摔到地上，用力之猛让男人的脊椎骨几乎断裂。他惨叫一声，还挣扎着要爬起来挡在怪物面前，但很快又被中尉踢倒，并在他左右膝盖及右肩部补上了三枪。

“魔鬼……你们这些魔鬼……”那个男人诅咒着他们，但他没有理会。其他的宪兵随他一道将杀伤榴弹打进创口之中，更多的血肉被爆伤给抛了出来，在空中飞溅着。怪物的惨叫声越来越弱，但仍然在挣扎。它的血盆大口无力地张着，似乎想要呼唤什么，但嘴里只有紫黑色的血喷出来。

中尉两步走上前，把自动步枪插进了它的喉咙，打空了一整个弹夹。

那生物终于停止了挣扎，一动不动了。从内部打进去的子弹在它的后脑勺上开了一个透穿的大洞，里面的生物组织也被枪口火焰烧焦了，但它剩下的生物组织仍然在悸动着，似乎是因为神经还没有完全死去而产生着抽搐。

哈特曼中尉走上前去，拿枪口挑了挑那些稀烂的肉块，找到了大概是胃的位置，翻找了一下，在里面找到了一个黑色的物体。

“这是植入式无线发报机。”他说，“是线人的东西吗？”

“应该是的。”一名宪兵说着，惊魂未定，“看上去……他倒霉了哈。”

“要怪就怪这个疯子。”中尉一脚踩在那个男人的脸上，几乎把他的鼻梁踩扁，然后又狠狠地踢了一脚，把他的头巾踢飞。“看看这疯子养了什么东西！”

“你们……魔鬼……你们杀了我的女儿！”

男人嘶吼着，但中尉不予理会。“哈，这家伙还说那东西是他女儿。”他走上前去，打量了一下那地上的死尸，那团肉块已经完全看不出任何人类的特征了。

“阿卜杜拉·易卜拉欣·阿齐木，你因参与并谋划邪教团体活动被捕了。”中尉说着，把他从地上拽起来，这个男人此刻眼中只有泪花，脸上只有悲伤。“思曼莎她……生下来就长的怪……她是娘胎生的，有辐射病……”

“去你妈的辐射病！”一个宪兵拿枪托狠狠地打了一下男人的背，让他趔趄了一下。

“走了，把这里的证据带上。”中尉用指头粗的缆绳把这个男人捆上，丝毫不在意他的骨头因为捆绑而发出“咔嚓”声，“还有活儿呢，人少了活也重了……”

之后他们在后援送来的完备的照明设备的帮助下完成了对整个废弃的电力设施的勘探。在冷却井的井底，他们发现了大量的碎肉以及骨渣。对它们进行 DNA 鉴定实在是需要太长的时间，但其数量已经足够说明一切——它们已经堆实了，以至于当中尉从空中落下来的时候，把它当成了地面。在引水道中，他们也发现了类似的痕迹，只不过冲刷的痕迹更明显一些。他们后来发现，冷却井里控制海水进出的设施实际上并没有弃用，最近的一次使用记录，就是在一个星期以前。

然后他们对上层控制组间里的悬尸进行了身份认定，所有的尸体与今早通报的失踪人员对得上号。

所以，当最终离开那个令人作呕的电力井的时候，哈特曼中尉扶着突击车的车体，吐了出来。

“我们什么时候从宪兵变成猎魔人了？”他拿手纸擦了擦嘴，抱怨道，“这次是个女斯奇嘉（古代传说中的一种食人怪兽），下次是啥？”

“不会有下次了。”一旁的宪兵拍了拍他的肩膀，说道，“好啦，接下来是毒贩窝子，然后是非法妓院……这一天还真是有的受的。”

中尉把嘴擦干净了些，然后丢了两块薄荷硬糖到嘴里，这能把呕吐的气味冲淡些。

接下来的工作就十分顺利了，即使宪兵小队只剩下七个人，但处理毒贩与妓院的老鸨还是不在话下的。晚上 5：42，报告完一天的行程之后，临时小队解散了。即使是 N 组织联合调查局的直属部队，他们在工作完成之后也还是和普通警员一样拥有大把的自由时间。

在下城区的某处便宜的酒吧里，暂用克拉维斯身份的哈特曼中尉正在与一名幸存的宪兵享受自由时光。酒吧很大也很拥挤，里面充满了无业游民、上班族、朋克乐队和脱衣舞娘。但他们管不了这些喧闹，因为他们本身就是喧闹的一部分。

“我说，克拉维斯，”中央宪兵埃里克·巴奇对他说道，“要知道，在井底的时候我可是吓呆了。”

“我也差不多。”中尉笑了笑，把玻璃杯里的劣酒喝了一半。

“你可真镇定，以前在前线待过吧？”宪兵说着拍了拍他的肩膀，“我见过一些陆战队的老家伙，和你一样，什么都不怕，遇到事先想办法……”

“我以前是特殊警察，没上过前线。”中尉把自己背下来的履历说了出来，“不过也差不多，SD 城那个时候被难民和右翼闹得一团糟，街道上到处都是反对派和士兵，到处都是火光、浓烟……”他伸出手指画了几个圈，露出一丝苦笑，“……现在好啦，什么消息都没了，估计是被 W 组织的家伙给炸平了吧。”

“你恨他们吗？”宪兵开玩笑地说道。

“为什么要恨？”中尉皱起了眉头，几杯酒下去之后他开始有些眩晕了，“他们给我们带来了空前发达的战时经济，把人渣都送上战场当了炮灰。”他又仰起脖子喝完了一杯，“续杯！”

“说实在的，我不知道为什么还要打。”宪兵也说，“我和那些人无冤无仇。但我觉得这样挺好：看看我们现在，在贫民窟的酒吧里喝着航空煤油，听着流氓叫骂，看那些美妞扭腰，这就是生活啊！哦，该死的，奥利弗那家伙要是没被那疯狗咬死，他今晚可有的说了——你猜我们今天下午在那个妓院里把谁抓了个正着？奥利弗的顶头上司！啊哈——谁想得到这里马上就要打个底朝天了？没有人！看看周围这些享乐者吧，他们只想着第二天如何弄些钱，如何花掉，如何生活，谁会在意那些家伙？没人！”

“可即使是这样，战争还是要继续。”中尉叹了口气，说道，“不可否认我们依靠战争过活这个事实。”

“实际上，我们都是战争的寄生虫。”宪兵说着把杯子里的酒一饮而尽，一些酒水顺着他的脖子流了下来，但他没有去擦。“我爸爸出生的时候，战争就开始了，我今年 24 岁，战争却打了 50 年！我们是战争的一部分，生下来，长大，然后参与它——伤兵们都含恨而死了它都没结束，他妈的都没结束！我记得小时候在学校上课，每个人桌前摆一把枪……”

他没有继续说下去，酒力开始发作了，而他的防线崩溃得比哈特曼中尉还要快，“克拉维斯……”他拍了拍中尉的肩膀，“……我明天……带你……去个……好地方……”

“……别了，我自己知道地方去逍遥。”中尉说着无奈地支开了宪兵的手，“不用你带我……”

第4章

他坐在紫电战斗机的驾驶舱里，向窗外环顾着，联军配发的恒温镜像头盔并没有被调整到合适的视野参数，这让他感到十分吃力。

他感到自己的手心在不断地渗出汗珠，因为就算隔着驾驶舱玻璃，他也能够感受到来自对方的那种强大的压迫力。

那是一架 AF-28 凤凰战斗机。

它在利用一次过失速钟摆机动，轻盈地从他的战斗机座舱上方掠过之后，他看到自己身后那本就已经千疮百孔的 Tu-70 战略轰炸机的机身上又爆发出几团火花，发出几声爆炸的闷响。

所有护卫的紫电战斗机都向 AF-28 战斗机的方向转向，并发射了空对空导弹。

“FOX-1,FOX-1,Caution！”

“老虎一号，我们失去目标了！”

飞行员急忙向身后看去，镜像头盔将雷达官的视野切换到了机体后方，AF-28 战斗机已经死死咬住了紫电战斗机后方 500 米处的位置。

“老虎二号！我被咬尾了！”

“老虎一号，冷静规避！按照手册的说明进行规避……”

通信无法继续传达了，AF-28 战斗机发射的 30 毫米航空机炮炮弹撕裂了紫电战斗机的驾驶室，失控的战机在空中旋转着，因为机身的翻转而失去了速度，拖曳着黑烟开始向海面坠去。

僚机的援护此刻才到来，但时机已经被错过了。AF-28 已经抬起了机身攻角，利用机身的减速翻转与紫电擦身而过。

“那家伙！这样的机动性也……”

后座的雷达官禁不住发出吃惊的叫喊，战斗机驾驶员还来不及按照手册规定将火控雷达的瞄准准星锁定敌机，一枚短距离格斗导弹就已经命中了紫电战斗机的发动机，爆发出剧烈的火花。

剩余两台战斗机，以及一架几乎已经丧失了任何作战能力，勉强还能够保持飞行姿态的 Tu-70 轰炸机。AF-28 战斗机在进行了一次大半径回旋之后，再一次向着火的轰炸机逼近。

“回援！回援！他要来最后一下了！”

无线电里传来了幸存的轰炸机机组成员的呼救声，两架紫电式战斗机加大了马力，进入了与 AF-28 交汇的航道之中。

“预计交汇时间 15 秒……”

没有等雷达官报告完成，战斗机驾驶员已经按下了机炮按键。20 毫米火神炮向 1500 米之外的 AF-28 进行射击，但在远距离弹道散布之后，命中率严重下降。AF-28 只是进行了简单的机身翻转，便躲开了这次进攻，并再一次躲进了厚重的云层之中。

“老虎四号，不要离开投弹者！警戒四周！”

接到信息后的驾驶员这才意识到自己已经与轰炸机拉开了 1000 米以上的距离，轰炸机在他的后视镜之中已经是一个着火的小点了。于是他调整了一下舵翼角度，向轰炸机的方向飞去。

“干扰太大，锁定不到敌机！”雷达官已经有一些手足无措，“该死的！为什么第一次实战就会遇到这种怪物！”

“专心操作！”

他的抱怨遭到了坐在前排的战斗机驾驶员的训斥。

轰炸机的飞行高度已经下降到了 537 米的高度，距离海面不远了，迫降的风险很大。在敌机尚存且数量不明的情况下，护卫战斗机的任务就是确保轰炸机安全迫降，并且支撑到援军赶来。

刚才的 AF-28 也许是由于弹药或其他问题，返回母舰进行补给了，雷达官想到。广域雷达一切正常，没有检测到任何敌对飞行物体。IFF 也没有反应，自主式敌袭警报系统也没有给出任何报告。敌人就仿佛突然出现，又突然消失了一样。

轰炸机的机身稳定下来了，剩余的减速板全部打开，减慢了下降速度，以免在海面迫降时由于冲击过大而造成机身解体。

距离海面还有 85 米高度，没有再出现任何敌机。雷达官不禁暗暗地松了一口气。

“别松懈。”战斗机驾驶员对他说道，“我听说在战争期间，有的飞行员会在高空云层藏匿几个小时之后突然发动袭击。”

“但广域雷达已经检测不到半径200千米以内的任何不明物了……”

【Caution】

【ENEMY】

这两行字迹刚刚在战术雷达屏幕上面显示出来，却又突然消失不见了。雷达官从窗外收回视线，并没有注意到这些微小的变动。

遥远的天穹传来滚滚的雷声，看来再向那边飞行会变得十分危险，尤其是对于燃油已经泄漏的轰炸机而言。

不过轰炸机已经在贴近海面滑翔了。底部减速板接触到了水面而在机后激起了连续的水花。战斗机驾驶员看到轰炸机成功迫降，终于稍稍松了一口气。

“现在开始低空警戒，发送求救信号。”他对雷达官说道，“与总部通信。”

这时，机舱内的敌袭警报突然响了起来，雷达官被惊了一下，他望向雷达屏幕，却在距离自己战斗机的平面坐标极其接近的地方看到了标记为“ENEMY”的符号。

他立刻切换到立体图像。

“那家伙在俯冲！”

战斗机驾驶员立刻回转机身，向一旁进行规避。AF-28战斗机呼啸着从紫电战斗机一旁近距离掠过，强大的气流让驾驶员感到了机身剧烈的震动。

“往轰炸机方向去了！太快了！”

他看到另一架紫电战斗机已经在前往援护的途中，但还是太晚了，紫电战斗机没能切入AF-28的俯冲路线，也就没能够占据到有利位置。

“想要自杀式攻击吗？！”

出乎雷达官的意料，AF-28战斗机却在距离海面上漂浮的轰炸机还有200米左右距离的时候突然拉起机身，猛然增大的空气阻力在战斗机周遭产生了一团白色的水汽。一个小小的黑色物体从战斗机下方脱落，向轰炸机上方坠去。完成了投弹的AF-28战机在贴近海面的高度稳定了机身，然后再次开始爬升。

投下的黑色物体在空中下坠了一段距离，按照平抛轨迹抵达轰炸机上空。雷达官还没有意识到那是什么东西，一团铅灰色的巨大伞盖状云雾已经覆盖了轰炸机上方的空间。

然后，在极短的时间内，铅灰色的云团被点燃了。燃油与空气混合之后，在空气中形成了一枚威力巨大的气团炸弹。漂浮的轰炸机在一瞬间便被爆炸产生的火红的蘑菇云所吞没，强大的冲击波震撼着海面的海水，向四周激起猛烈的波涛。燃料空气弹在轰炸机极近处爆炸，同时引燃了轰炸机所有的油箱，产生了更加剧烈的二次爆炸。

高度达到百余米的蘑菇云在海面上升起，不知情的人也许会以为是小型核武器的试爆实验。但现实情况会比那残酷得多——八名机组成员在温度达到1800摄氏度以上的火焰之中被直接烧成了灰烬，尸骨都不会留下。

规避不及的僚机也被爆炸时燃料空气弹之中混入的镁粉波及了，这些燃烧的镁粉被发动机吸入后完成了燃烧室爆炸，战斗机的引擎喷出黑烟，失去了控制。

AF-28 战斗机已经重整了姿态，瞄准了最后一架紫电战斗机。

只有在这一刻，紫电式战斗机之中的乘员们才真正感受到了那种巨大的绝望，就仿佛被死神所投下的巨大阴影笼罩着一般，那架 AF-28 在座舱里投下的阴影就如同死神展翅。

晚些时候，在 N 组织联合国军的航空母舰“约克城”号上，“美洲狮”空中攻击梯队的 AF-28 战斗机依次在飞行甲板上进行了着陆。航空母舰此刻正在返回 L 岛军港，去进行一昼夜的检修与燃料补给。

丽塔·巴克霍恩上尉从她的座机上下来，摘下航空头盔夹在腋下。现在整个美洲狮中队共计 12 架飞机都已经降落完毕了，她清点了一下，意识到还有一架战机没有返航。

“哈特曼中尉的呢？”她用步话机对塔台询问道。

“直接返回 L 基地了，似乎是司令部的直接命令。”塔台回答道，“是巴勒姆中校告诉我的。”

“知道了，我一会儿打给他。”

巴克霍恩上尉挂断了无线电，她叹了一口气，回想起了几天之前才刚刚看到的那个小个子飞行员，洛克希德·哈特曼，那家伙看上去就像一个洋娃娃一般，身上却有一种叫人无法形容的气质——

应该说是感觉，一种莫名的疏离感，一种孤独的感觉。

她晃了晃脑袋，仍然感觉到头疼。高空症状总会或早或晚地出现在飞行员的身上，但那实际上并不是什么麻烦事——只是她的飞行生涯就要到头了而已。

但退役的年轻飞行员并不能够返回到无战区享受生活——实际上现在几乎没有无战区了。世界上打起了“环形战争”，战争如同一条大蛇，把地球给环绕了起来。飞行员们会在接受其他兵种的训练之后成为海军或海军陆战队，并入其他的兵种之中，继续为战争经济贡献基本劳动力。

约克城号航空母舰预计将于18:23到L岛军港，在那之后，乘员们就可以下船去生活区放松放松了。一些飞行员已经开始拨打卫星电话了，似乎是在预定餐馆或酒吧的座位，或者是在和热恋之中的姑娘们聊一些儿女情长的话题。但这一切似乎都和巴克霍恩上尉没有关系，她此刻正在专心检修自己的战斗机，从外壳到战术电脑，114项检查指标，她能够做得像地勤人员一样好。

完成检查之后，她看了看中队的武器报告单，今天在交战之中共计发射空对空短距离导弹27枚、中距离导弹15枚、长距离导弹2枚、高爆弹1521枚以及常规曳光弹2225枚。除此之外，还有一项特别列出来的项目，那就是“FAE （燃料空气弹）1枚，哈特曼中尉”。

她摇了摇头，不明白为什么他会使用这种对地武器。但这至少让她确认了一点，那就是这个中尉没有窝在宿舍里睡懒觉。

然后她调查了一下作战报告，中队作战的成果被分门别类地列在报告栏之中。美洲狮中队在 8 月 25 日共计击坠 W 组织空军战斗机 15 架、轰炸机 2 架，上尉却发现这战果与战机记录仪里的对不上号：他们只击落了 11 架战斗机和 1 架轰炸机，看来那剩下的 4 架战斗机和 1 架轰炸机是哈特曼中尉单独的功劳。

“是金枪鱼吗？这里是渔夫。”

坐在 R 国海军卡图科夫号航空母舰监护室里的病床上，友坂中尉正在用小型无线电与秋濑进行通话。她已经反锁了房门，并用病号服把房间里的监控探头遮了起来。

“金枪鱼收到，还没死呢。”友坂说道。

“那么就向你布置下一个阶段的任务，R 国军队的做法我们已经大致了解了，但一段时间之内不会做出任何声明。你还记得攻打 P 市的时候吗？”

“我记得好像有一艘 N 组织的堡垒级战列舰，上面有……”

“是的，那艘战舰上的电磁武器。我们推测那艘战舰的核心数据被 R 国军方控制着，我们得不到任何有用的信息，在外交手段上面也没有办法达成目的。所以……”

“所以就需要我当情报人员？”

“我相信你的病休假期可以延长一段时间。”

“的确是的，实际上我已经没事了，但监护期……”

“我会帮你延长，但最多一周的时间。”

友坂没有说话，她听到门外有脚步声，于是将无线电挂断，藏在了枕头底下。

“麻烦开一下门。”友坂知道那是负责自己的护士的声音。但她并没有下床，而是向床头的武藤点了点头。武藤见状，将手枪收回枪套之中，打开了门锁。

护士是前来送餐的，晚饭时间到了。友坂这才意识到，自己的胃已经在翻腾了，得不到食物的消化器官全都在抱怨着。

食物基本是流质的——因为流质食物产生的残渣少，便于消化系统吸收。友坂中尉在用勺子喝着那些浓汤的时候，却不由自主地想起了一些事情。

“武藤,你见到过N组织的少年兵吗?”她对面前的年轻女孩说道。

武藤摇了摇头，没有回答。

“我见过他们……”友坂的勺子停在半空，然后向一侧倾覆，把那里面的汤汁倒得一干二净，“我见过他们被打开的样子，他们只有一段小肠，一个泄殖腔，只能吃流食……”

她说不下去了，胃里和喉咙里的浓汤在一瞬间被压了出来，随着她的呕吐声被喷射在了雪白的床单上。

第二天早上，友坂中尉从昏睡之中醒过来之后，发现自己的床单已经被换成了干净的。她敲了敲自己的脑袋，但那种昏沉的感觉还是没有消失。

她环顾了一下四周，房间里没有一个人，清晨的阳光正在从舷窗里洒进来，照在她的发梢缓缓地移动着。她理了理头发，原本被梳成短麻花辫的头发被解开了，于是她下意识地去寻找扎头发的橡皮筋。

“阿列克谢……阿列克谢……”

突然响起的呢喃声让友坂惊了一下，她立刻抓住了床头柜上的手枪，对准了声音来源的墙角——在那里，一个穿着单薄纱裙的小女孩正站着。友坂知道这是自己的幻觉，但手边没有任何药物。

“我……冷……”

女孩轻飘空洞的声音传到友坂的耳边，让她不禁毛骨悚然。她打开了手枪的保险，瞄准了小女孩的心脏部位。

女孩的话音还未落，她身上的纱裙已经散开了，然后是她的皮肤，她的肉体，一层一层如同沸水中的蚕茧一般剥落，而在那层层皮肉包裹之下，无边际的黑色，幽邃而无限的深空显现在她的面前……

“砰！——”

巨大的响声让友坂从幻觉之中惊醒，她看了看自己握枪的右手，扳机已经扣了下去，面前的船舱隔墙上被子弹打出了一个手指粗细的圆洞。

房门被打开了，惊魂未定的护士看到友坂中尉手里的手枪，不由得退了一步。中尉见状，急忙把手枪扔在了一旁。

“……抱歉，我昏头了。”

还有几个R国海军的士兵被枪声吸引了过来，但他们在门外观望了一会儿就离开了，同时嘴里说了些什么，但友坂中尉没有听懂。

晚些时候，友坂和她的雷达官武藤中尉，还有战斗机隼式，被一同转移到了崔可夫号航空母舰上。

“我已经向双方上级都汇报了你的情况，J 国那边声称将会对你的履历进行彻查。”

在航空母舰的医务室里，负责中尉第一疗程的医师对中尉说明了她的情况：她已经出现了 PTSD 的部分症状，但幻觉的成因仍不清楚。在进行了脑部 CT 检查以及精神状况评估之后，医生们也没有得出一个明确的答案。

“你对于那些幻觉……在幻觉之中看到或听到的东西，有没有一些印象？我是说，某种熟悉感或者既视感？”

“这么说的话，有一点。在某个经常出现的幻象之中，我看到重叠的蜂窝公寓。我是从 D 市来的,那里的建筑物基本上都是那样——拥挤、无规划。”

“在你的描述中，你提到了一个小男孩还有一个小女孩？”

“我发誓我不认得他们，他们都长着外国人的面孔。”

“这还真是奇怪……”

“医生们有提出什么方案吗？”

“全国医师协会都没有形成一个一致的意见：你的案例太过特殊，我们暂时将其命名为‘地域特发型致幻症状’。目前的归因是这个地区的辐射强度太大，可能对脑活动造成影响。”

“可这个假设不成立，我的大脑并没有什么损伤。”

“所以我们在建立其他的假设，而对于持续出现的连续性或重复性幻觉，我们认为心理方面的因素会更多一些。”

友坂偏了偏脑袋，没有说话。

“另外，J国决定召回你了，秋濑司令决定终止你的任务，派由其他的人去完成。”

“其他的人？”

“这是机密，我也不清楚啊。”

友坂中尉蹙眉，司令若有命令，直接联络她便可，为何要嘱托医生来转告？她有些想不明白。

“还有，中尉，”医生对她说道，“昨天司令与我通信的时候很匆忙，她让你准备好关于中途遭遇的不明战斗机的报告材料。”

友坂听了，没有过多追问，她思量片刻，只是点了点头。

“武藤中尉，隼在返航的途中与一架不明机体交战了？”

“是的，战术吊舱系统拍下了不明机体的机型，是一架震电式。”

武藤找了个位置坐下，说道。

这里是J国海军航空母舰大正号的会议室，会议室中现在只有秋濑司令以及武藤中尉，还有一些海航团的飞行员。

“震电式？那不是陆航团的战斗机吗？”一旁的海航团中的六月中尉问，“为什么会出现在这里？”

“我也不清楚，并且对方向我们开火了。”武藤说道，“IFF将其判断为了敌人。”

“无论从哪个方面来看，这都是陆航团的震电战斗机，也许是IFF出了故障。”秋濑点了点身后的屏幕，已经解析过的隼的战术吊舱系统将图像传输了过来，隼的战术系统此刻已经连接到了指挥部中央电脑，就算是在维修情况下。

“友坂中尉把它击落了？”秋濑问道。

“没有人跳伞。”武藤补充。

“驾驶舱里有人吗？”

“驾驶舱的保护深色打开了，所以我们什么都看不见。”

“已经记录在案了。”秋濑说完，关闭了电脑，“此事将会移交联合司令部进行处理，另外对于那架身份不明的震电式战斗机也会展开调查。在此之前，大家请继续自己的工作。”

临时会议解散之后，秋濑让武藤留在了会议室。

“我得知了，友坂中尉的幻觉症状是什么时候开始的？”秋濑问。

武藤看了看她的眼睛，似乎是有些犹豫。

“没关系，中尉是我的老部下，告诉我。”

“……行动开始五天，进入WE海域之后。”

武藤感到司令的眼神有一些奇怪，会议室里面灯光很暗，司令的眼睛里却仿佛燃烧着火焰。她能够感受到那种热切的目光，但她不明白那火焰背后的意义何在。

“……这样啊。”

秋濑转过身去，右手指关节在会议桌上敲打着，一下，两下，每一下都十分沉重。“她什么时候到？”

“中尉？”

“什么时候到？”

“大……大概，6 点钟左右。”

秋濑叹了口气，没有再说什么，只是一个劲地敲着桌子，来回走着，焦虑的神色写在她的额头上。

武藤见已经没有自己什么事了，就退出了会议室，然后逃命一般地跑走了。

夜间 10：30，从第一阵线撤回的舰队已经被安置在水下港口之中，维护人员正在对舰船的船体进行全面检修。

不过丽塔·巴克霍恩上尉并没有在这个时候进入任何一家酒吧或者任何一处娱乐场所，她也没有回到空军基地，而是前往了上城区的轨道交通设施。

她在一个站台前驻足，此时她已经换下了空军的制式服装，换上了随意一些的便服，这让她看上去与那些在街头游荡的年轻女子没有什么太大的区别了。

一辆磁浮列车在站台上缓缓停下，车门打开了，她走了进去。

这个时候的车厢里已经没有什么人了，但电脑控制的磁浮列车是 24 小时运行的，所以人们不用为赶不上末班车而发愁。

上尉望了望空无一人的车厢，却没有找一个位置坐下。她快步向驾驶室的方向走过去，来到了车头的门边。

“今天几号？”她敲了敲车门，低声说道。

“10 月 30 号。”门里边回答了一声，上尉于是松开了握住手枪柄的手。里面的人打开了门闩，示意上尉进来。

进入驾驶室之后，上尉把舱门锁好，坐到了副驾驶的位置上。车头玻璃的保护深色已经打开了，液晶树脂玻璃呈现出一种棕色，外面看不到里面的情形。

“上尉，为什么在这个时候突然联络？”

坐在驾驶座上的是一个年轻女子，穿着轨道交通乘务员的制服。上尉看了看她的面部，皮肤十分光滑且白皙，脸型完美。她立刻就知道了，这是一具通过远程操纵的人偶。

“系统军团派人来了。”上尉对对方说道。她知道，整个特殊情报部门的上层人员都在那个人偶的摄像头之后看着她的一言一行，“我们只知道他的注册名是‘洛克希德·哈特曼’，马丁公司的视察员。他正在四处搜集我们的情报，从战斗机到战舰，从军官到士兵。”

“那只是公司视察员而已，不值得警惕。”人偶发话了。

“如果只是单纯的视察员，那倒也不足为惧。”上尉说着，眉头皱紧，“但他在 7 月 22 日晚袭击了一处注册的……呃，风月场所。据我所知，他把一个姑娘的大脑做成了程序。”

“这是什么意思？”

“我做过查询，他的座机在今日参与了作战，但没有人坐上去。”上尉说道，“但我不知道他去了哪儿。”

“不要忘了，上尉。系统军团里有一群叫‘Incarnation’的家伙，是能够任意切换身体的。”人偶说着，僵硬地挤了挤眼睛，“说不定，他就是其中之一。”

“那样的话，就更麻烦，因为我们根本抓不到他了。不过……我们可以查封他的替换躯体。”

“不，不要动他。”人偶说，“我们还不想和系统军团闹僵。”

上尉听了，也只好闭口不言。

“报告茧派的情况。”

上尉撇了撇嘴。“好吧。”她说道，“宪兵团在一次突击行动中抓获了茧派的一名重要成员阿卜杜拉·阿齐木。”

“说下去。”

“根据阿卜杜拉的证词以及在现场发现的遗骸，我们已经确定茧派已经拥有了与‘古老的人’通信的能力。”

“上位者呢？”

“很不幸，寄生于阿卜杜拉女儿思曼莎的上位者已经被宪兵击毙。”

“这真是坏消息。”

“另外，我们在W组织的情报网也没有收集到任何关于维卡·叶林斯基和阿列克谢·叶林斯基的消息，我们最不希望的情况就是这二人落入对方的手中。”上尉接着说道。

“还有什么需要报告的吗？”人偶问道。

“没有了。”

“好了，下一站是下城区的格斯特斯威，我把你送到孔米尤特空军基地。”

“不用了，我自己回去。”

被拒绝之后，人偶转过头去，解除了驾驶室的保护深色。上尉打开舱门进入了车厢中，然后把门带上，人偶又一次将舱门反锁。

列车停靠在了下城区格斯特斯威站，站台上的人已经寥寥无几。但若放眼向城市之中望过去，就会发现这里实际上仍然处于繁华与喧闹之中。从交战地区涌入的别国难民很快就融入了这里的舞厅与酒吧，将这里变成了一座不夜城。

上尉轻轻叹息一声，现在她已经完成了一天所有的任务，接下来的时间便完完全全是她自己的了。

“黑啤。”坐到吧台前的高脚椅子上之后，巴克霍恩上尉对酒吧的服务员说道。

“好的，女士。”

服务员应答了一下，然后转过身去。上尉注意到这个服务员的动作，虽然肢体大动作很协调，但脸上的表情却几乎没有改变过。

于是当她的酒瓶与杯子被端上来之后，她对服务员问道：

“你是哪里人？”

服务员似乎并没有对她的话做出反应，她站回到吧台后，姿势与刚才一模一样，“请问您要喝点什么？”甜美的电子合成音询问道。

“别管那家伙，它只是个人偶而已。”

上尉这才注意到自己的身旁还坐着一个小姑娘，她有着一头褐色的头发，发质很差没有光泽，她的皮肤也缺乏保养，尽管看上去不过十四五岁，但那粗糙的皮肤就像四五十岁的人一样。上尉打量了一下这个女孩，她的脸型很好看，眼睛大小适中，单眼皮，蓝眼球。但她的面前放着一瓶与她的年龄不相称的白兰地酒，而她似乎并不介意自己打破这种年龄限制的行为。

“小小年纪可不能喝这玩意儿。”上尉尽量用安抚的语气对小女孩说，“你的爸爸妈妈呢？”

“没有。”小女孩说着，啜了一口杯子里的酒精饮料，“我是在克隆工厂出生的。”

“养父母呢？”

“没有。”

“那你哪儿来的钱？”上尉指了指那瓶价格不菲的白兰地酒。

“我自己的。”女孩说着，把杯子里的酒一饮而尽——尽管这样的动作看上去很豪迈，但生理限制毕竟无法用豪气来跨越，小女孩“砰”的一声把杯子杵在吧台上，然后晕晕乎乎地向前倒下，脑袋在吧台上撞了一下，又发出了“砰”的一声。

但她还有意识，上尉看见小女孩从裙子的口袋里掏出一个盒子，从里面拿出两粒白色的药片，想把它们送进嘴里，却因为手颤抖不止而将药片掉在了桌子上。

“孩子，都说了不要喝酒啊……”上尉叹着气，捡起那两粒药片，塞进了女孩张开的嘴里。她知道那是酒精酶片，一些患有肝脏疾病的人会随身携带这种药物。女孩的嘴唇动了动，把药片嚼了嚼，咽了下去。不多久，她的神智恢复了些，眼睛红肿，喉咙里喘着粗气，但她马上又给自己倒上了满满的一杯白兰地。

“别喝了。”上尉对她说道，“算我求你了，孩子。”

女孩迟疑了一会儿，偏了偏头，决定还是继续喝下去，但这一次她只敢小口小口地抿了。上尉猜测她也许是贫民窟里的S国移民的孩子，难得弄到一些钱财，于是她也不想加以制止，只好作罢。

“你叫什么名字？”女孩突然对上尉问道。

“我吗？”上尉指了指自己，“丽塔·巴克霍恩。”

“巴克霍恩是G国飞行员的名字。”

“呃……我大概是他的曾曾曾孙女吧，哈哈……”

上尉挠了挠脑袋，她并不方便向女孩透露自己作为飞行员的身份，以及那个名字实际上只是个外号的事实。“巴克霍恩”这个名头是队友们为她加上去的荣誉头衔，就像荣誉勋章一样，是对一个飞行员战绩的认可。

“那你呢，小姑娘？”上尉对小女孩问道，“你叫什么名字？”

“艾尔莎……嗯，艾尔莎·阿德莱德。”

“小艾尔莎，你来这里喝酒干什么？”

“想来，没什么。”小女孩说着，她脸上的云淡风轻与上尉脸上的惊讶形成了鲜明对比，“别惊讶，我是从SAD岛那边退下来的。”

上尉一听到“SAD岛”这个词，立刻就明白了小女孩的身份。在半年前，冬季还没有结束的时候，W组织对N组织在SAD岛的军事基地发起了一次大规模突袭作战，此次作战直接打开了N组织防线在SE-NF的缺口，为最近的W组织联军大举进攻打下了基础。

而根据幸存者的描述，冬天的SAD岛“变成了地狱，地面上到处都是火焰，燃料空气弹和高爆弹比雨点还密，地面变成尸山……”而面前这个孩子正是从那场战役之中生还的一名雇佣兵——因为雇佣兵是不需要成年证明的。实际上在N组织的海军陆战力量之中，有一半以上都是未成年士兵——当然，他们基本上都是人体工厂制造的。

“那……”上尉叹了口气，挥了挥手，“你喝吧。”

“不聊一会儿吗？”女孩对上尉说着，她凑近了些，身上的酒精味扑到了上尉的鼻子里，让上尉下意识地闪躲了一下，“你的脸上写着无聊。”

“我吗？”上尉的嘴角向一侧翘起，挑了挑眉毛，“有吗？”

女孩很肯定地点了点头。

“那好吧……”上尉说着，把酒瓶打开，给面前的玻璃杯里倒上了一半，实际上她对小女孩的履历也产生了一些兴趣，于是她问道：“小艾尔莎，想吃点什么？”

“巧克力蛋糕。”女孩说完，挥挥手叫来了服务员。上尉拿出了钱包，准备付款，女孩也丝毫不谦让，把这看作是上尉的请客。

当巧克力蛋糕被端上来之后，女孩拿着塑料叉子，挑了挑上面的巧克力糖花。

“巴克霍恩，你知道‘布偶’吗？”她说着，切下一块蛋糕送进嘴里咀嚼。

“那是什么？儿童玩具？”

“一个童话。”女孩说着，因高脚凳而悬空的双脚开始摇晃，一下下踢着吧台的柜门，发出“咚咚”的声音，“流传在P国地区。”

上尉偏了偏脑袋，睁大了些眼睛装作感兴趣的样子——实际上她对于任何童话都不感兴趣。她不喜欢编造出来的故事，她只对可能的情报有着敏锐的嗅觉。

“从前，有一个磨坊主。”艾尔莎开始讲述了，“他有一个儿子和一个女儿。他是个糟糕的人，每天都会拿硬头皮带打他的妻子。终于有一天，妻子被打死了。磨坊主把她丢进了水磨里，碾成了肉泥。

没有妻子打了，他开始打孩子。他只知道打、打、打，终于有一天把女儿打死了。他把女儿也丢进了水磨，磨成了肉饼。

只剩下儿子了。但儿子很聪明，他趁磨坊主外出的时候拆了水磨坊的支架，垫上一层稻草，然后躲在水磨后面。磨坊主回来以后追着儿子打，于是一脚踩空，也掉进了水磨里。

勇敢的儿子把水磨底下的肉泥挖了出来，肉泥足够做成三个布娃娃。于是他先用麻布袋扎了一个男人，叫作爸爸；又用稻草扎了一个女人，叫作妈妈；最后，他拿肉泥、树枝和青草，做了一个小人儿，叫作妹妹。”

“但故事没有结束。”小女孩说着，撩了撩自己褐色的头发。上尉瞟了一眼她的面庞，她的脸型实在好看，即使上面叠着弹片刮擦留下的伤痕，那种稚气未脱的混沌之美也仍然无法掩饰。女孩摇了摇头，似乎是装作吟游诗人一般摇头晃脑了一下，继续说道：

“然后，小男孩跳进了水磨里，把自己磨成了肉渣。爸爸、妈妈和妹妹于是收集起他的碎片，缝进了布娃娃里。现在一家人都团聚了，快快乐乐地生活在一起，这一家布娃娃。”

小艾尔莎说完，掩着嘴笑了笑，又把一块蛋糕送下肚，“以前，我总给我妹妹讲这个故事……”

上尉感到自己完全无法把视线从这个叫艾尔莎的女孩身上移开，她的脸庞，她的脖颈，她未发育开的身体，一切都吸引着她。她与她对视着，她感到了她的目光，炽热如同火焰。

“啊……真是，真是有趣的故事……”上尉突然挪开了眼睛，她挠了挠头，感觉有一些尴尬，“啊，呃……小艾尔莎，你有妹妹吗？”

“曾经有。”

“……对不起。”

“没什么好道歉的，我们一起被卖到别人家里。”小女孩说着，眼神陷入了黑夜般的混沌之中，“我们每天做苦力，继父每天殴打继母，有一天他把继母打死了，我们一起把尸体丢进酸池。后来他开始打维恰……”她的声音低了下去，上尉却没有漏过一个词，她警觉了起来，瞳孔缩紧：“你说你妹妹叫什么？”

艾尔莎突然盯着她，眼神里的感情十分复杂——愤怒、悲愤、抗拒，还有一些形容不出来的其他东西。上尉知道自己闯入了禁区，于是只好作罢：“……对不起。”

“维恰，我这么叫她。”

“维恰？”

“他不光是打她……还做过那些事情，我也一样……遭过殃。”

小女孩说着，抿着嘴唇，把头扭到一边，“有一天他正在打维恰，我受不了了，拿起他的手枪，在他的后脑勺上开了个洞。”

上尉皱了皱眉头。

“然后我和妹妹一起把他丢进了酸池。但联合调查局很快就找上门来，我和维恰就分开了。”艾尔莎说着，眉头也低落了许多，“我被卖给黑水，黑水公司不要，又转到PMC……”

她说不下去了，话堵在喉咙里，泪水在眼眶里打转。上尉见状，伸出手去，一把将小女孩拉进自己的怀里，抱住了她。

“……我们是罪人……大人们都是罪人……”她在女孩耳边耳语道，“对不起，孩子……”

“这不是你的错，为什么要道歉？”

小女孩不知何时擦干了眼泪，容貌重新焕发起来，“大姐姐真奇怪。”

酒吧里的流浪歌手们似乎也听到了艾尔莎的故事，这些颓废但正直的流浪汉们站了起来，抱起了吉他。

“为我们的小锡兵，为艾尔莎！”

上尉看了看这些人，不禁笑了笑。

现在已经过了零点，但上尉还没有睡着。纱帘掩盖之下，旅馆的玻璃窗透过街灯的微光。她躺在床上，身旁小女孩的温度如此真切。

“其实，我知道一个叫维卡的女孩，和你的妹妹很像。”丽塔·巴克霍恩上尉对艾尔莎说道，“不过她没有姐姐，只有哥哥，而且如果她还活着的话，应该已经四十多岁了。”

艾尔莎没有把眼睛望向丽塔，她只是贴在丽塔的身旁，如同一只依偎主人的小猫。她们的皮肤都并不细腻，但这不妨碍她们感受到彼此的温度、彼此的生命活动以及彼此的心跳。

“维卡……她是个P国女孩。联合调查局把她和她哥哥送到我们面前。那两个孩子负担了他们不应该负担的东西……”

上尉叹了口气，摸了摸小女孩的脑袋，她却抱得更紧了。

“我……想过救他们，但现在我连他们在哪儿都不知道。”她说着，侧过身去，仰面望着天花板，双手交叉抱住脑袋，“这就是这场战争，有的人恨它，有的人爱它……一部分人依赖战争而活，像你和我，我们憎恨它但依靠它。我出生的时候战争早已开始，现在看来距离结束还遥遥无期……”

“……我只想找到维恰。”小女孩低声说着，她向上尉伸出手去，上尉也腾出一只手来，扣住了女孩的十指。

“一定会的，虽然我无能为力。”

“丽塔。”

“嗯？”

“为什么带我来这个地方？为什么我们陷入了现在的这个局面？你我相识不过几个小时的时间，但现在我们比任何一对恋人还要亲近。告诉我，丽塔，你究竟为了我的什么？”

上尉捂住了女孩的嘴，紧紧搂住了她。

“也许吧……”她在女孩耳边耳语道，“我是昏了头，变化的生物本性使然。”

“……你和那些男人一样。”

“你爱怎么说就怎么说吧。”

“……我们明天就再也不会见面了，我要随部队开到前线去。我死的时候只有异养菌知道——如果你不在意的话,那倒也罢……”

“……不要死。”女孩耳边传来了女人的耳语。

她怔住了，世界在一瞬间融化，房间、旅馆、军事基地、炮火、战争……一切都在这一瞬间不存在了。

“回去差不多三四点钟了。”女孩看了看表，对上尉说道。

上尉把衬衣扣好，理了理凌乱的头发。她没有睡，但精神还好。轨道交通可以很快把她送回空军基地，但她不知道女孩接下来要怎么办。

“你去哪儿？”上尉对女孩问道。

女孩此刻正在用她的智能手机查看着什么，听到上尉问她，便急忙关掉了手机。

“真巧呢，今天要和你去同一个地方。”女孩笑了笑，把裙子的皮带扎紧了一些。

“孔米尤特空军基地？”

女孩点了点头。

“为什么去那儿？你不是应该赶紧回海军陆战队那里吗？”

“你没下订单。”女孩说着，脸上露出了一种复杂的表情，“我本来可以敲你一笔，但没有订单的话，收费就相当于给你把柄。因为只要你搜索‘艾尔莎·阿德莱德’就可以找到我的军籍还有曾经的学籍，所以你就免费了。”

上尉心中一沉，她明白了眼前的这个小女孩究竟是做什么勾当的了。

“你……”

“怎么了，失望了吗？”女孩说话的时候，已经打理完毕了，“告辞了，丽塔，希望会战的时候我们都别死掉。”

她抓起自己的背包，从上尉的身边快步走过，消失在旅馆那长长的回廊的拐角，留下上尉一个人呆呆地站在门边，靠着门栏，大脑一片空白。

今天是一个特别的日子，至少对于哈特曼中尉来说是这样。

那个东西到来了。

“你知道吗，中尉？美洲狮中队所属的第 99 飞行大队将会成为第一个无人化的部队。”

那个戴着眼镜，穿着系统军团的棕色制服的男人这样告诉哈特曼。

“无人化？”

“无人机啊，中央电脑已经批准了。第一批新型的试作机将在下午抵达。顺便自我介绍一下，我是布莱德雷上校，将会负责无人机部队。谁是这里的负责人？”

“我。”巴勒姆中校举起了手。

“我想邀请你手下的飞行员哈特曼中尉参加一场决斗。”

“决斗？开玩笑吧，我们是实战部队，你们找错人了。”

“系统军团最新开发的特殊机体‘枪骑兵’，是即将配发到部队的远程操控无人机。再强悍的‘女妖’，里面如果坐着脆弱的人类，也无法发挥出战斗机应有的实力吧。”

“中央电脑会允许吗？”

“这是中央电脑的决议。骑士扔掉了手套,这是决斗！请接受吧，黑色死神先生！”

哈特曼皱了皱眉头。

“让我考虑一下。”

“中尉！你……”

布莱德雷上校拍了拍巴勒姆中校的肩膀，笑了笑，说道：“别人都已经接受了。”

“而且，我可是知道女妖中队的哈特曼中尉是什么人。”布莱德雷上校压低了声音。

巴勒姆皱了皱眉头。

“作为测试人员，请将机体调整到最佳状态。回见，中尉。”

布莱德雷上校挥了挥手，向机库大门的方向走过去。

中午在约克城号的甲板上睡过午觉之后，清醒过来的哈特曼中尉已经忘掉了早上和布莱德雷上校约定的事情。

艾迪伦·布鲁克的采访活动仍然没有终止，尽管他已经记录下了整个战役的经过。作为一个刚刚到L基地进行军事采访的记者，布鲁克先生的热情程度高得让中尉难以忍受。中尉想不明白为什么现在有那么多的人希望着战争的接续，甚至连记者先生此行的目的都是“报道一些英雄事迹，让人们看到希望”，但实际上——哪里来的那么多英雄事迹可以报道？如果硬要报道的话，中尉认为把少年士兵的情况报道一下也许更有意义。

“对了，中尉，你是G国人吗？”

“不是，我是工厂人。”

“为什么起‘哈特曼’这个名字？”

“鬼知道，外号吧。”

夜间的基地很繁华。

是的，用繁华来形容一点也不为过。

水层的结构里只有军队驻防，深入海沟的庞大建筑群里居住的才是平民。在这个时间，一般是晚上七八点，在人工穹顶完全黑下来以后，还能够在居民区里看到堵车的景象。

哈特曼从穹顶上的有轨电车上下来，向升降机的认证器出示了自己的ID。

【第六航空队美洲狮中队，洛克希德·哈特曼中尉】

门打开了，空无一人的升降机座舱里十分安静，玻璃是真空隔音的。

哈特曼靠在观光舱的扶手上，将夹克衫的衣领拉了起来。他觉得温度设置得太低了。

从升降机上下来，他立刻感受到了居民区的热浪滚滚而来。

不由得拉下了夹克衫的拉链。

这个时候是下班的高峰期，公路上的车流量达到了晚间高峰。在交通灯的管制之下，大大小小的车辆在交错纵横的道路上来来往往。

哈特曼在街道上走着，周围的人们并没有看他一眼，他们西装革履，或拎着公文包，或用手机进行着通话，也有大人带着小孩在街上闲逛，男人陪着女人在商店里挑选。

他感到了一种久违的平静。

在 PDT 酒吧的门口，他停住了脚步。

“哟，中尉先生，难道大街上也会因为人潮寸步难行吗？”

艾迪伦·布鲁克的音调很高，让哈特曼不由得心生厌恶。

哈特曼冷冷地瞟了一眼布鲁克，然后推门而入。

布鲁克露出了一个尴尬的笑容，接住了正在关上的门页，进入了酒吧。

“喝什么，中尉？”

“请给我黑啤。”

“黑啤？好的……我就喝威士忌吧。”

“你不会想两个醉鬼回到空军基地吧？算了，我就喝柠檬水吧。有柠檬水吗？”哈特曼向吧台后面的漂亮服务员问道。

“非酒精饮料我们有柠檬茶、红茶，还有各式的果汁……”

“请给我柠檬茶，谢谢。”哈特曼突然打断服务员的话让她显得有一些手足无措。

“果然传闻都没错啊，太空下来的人都不擅长交际。”

那个男人放下手中的威士忌，将皮手套从手上脱下来，放在了哈特曼的面前，拍了两下，又拿起了威士忌的酒杯。

“哈特曼中尉，关于决斗的事，已经考虑周全了吗？”

“布莱德雷上校，我说过我接受挑战，不会再说第二遍。”哈特曼冷冷地向戴着眼镜的布莱德雷上校说道。

系统军团的军衔编制与实战部队不同，对于这种技术部门的军官，不仅仅是哈特曼，随便找一个飞行员，他们也大多会嗤之以鼻。

哈特曼认为自己已经尽到了最大程度的礼节，没有将柠檬茶泼到布莱德雷上校那油腻的头发上。

“这位就是随军作家艾迪伦·布鲁克先生？”他指了指哈特曼左手边的金发男子，问道。

“是我。”回答的是布鲁克而不是哈特曼，他点了点头。

“拜读过大作。您是来搜索素材的吗？”

“算是吧，而且我计划于明天的测试驾驶中与哈特曼中尉同行。”

“您有飞行执照吗？”

“参加过 W 岛空战，驾驶的是萤火虫战斗机。”

“那种东西小孩子都会开。”哈特曼瞟了布鲁克一眼。

“看来我要叫您一声前辈才行啊。”布莱德雷上校抿了一口威士忌，笑了笑。

“找我有什么事？”哈特曼直截了当地问道。

“哦，忘了这里还有一个中尉。”布莱德雷转过头来，对哈特曼说道，“决斗之前，了解一下对手总是不坏的吧。”

“你要干什么？”

布莱德雷上校笑了笑，从口袋里掏出了一个硬盘，塞到了哈特曼的手里。

“这是枪骑兵 F50A 的资料，了解一下吧。就算无人机列装之后不需要飞行员，飞行员的指引总还是有用的嘛。”

“你是说，战争不需要人类？”

“中尉，你看看，我们现在的部队已经完完全全由中央电脑指挥各个部门了，命令全部都是由中央电脑制定与传达的。这早就不是什么 W 组织与 N 组织的战争了，而是中央电脑与中央电脑的战争，人类只不过是其中起到棋子作用的因素而已。如果把人类用机械替换，那么这场战争就真的不需要人类了。我们只需要确保机械贯彻‘摧毁敌人’这个方针就行了，你说对不对？”

“没有人类的战争不叫战争。”哈特曼冷面而待。

“不要这么固执。”布莱德雷上校伸出手想要拍一拍哈特曼的肩膀，但被哈特曼躲开了，他只好把手缩了回去。

“你难道不想看到那只妖精自由自在飞舞的样子吗？”他凝视着哈特曼的眼睛，问道。

他问到点子上了。哈特曼陷入了沉默。

“那么，就这么定了。”上校举起酒杯一饮而尽，起身告别，“明天的模拟战，可不要输得太难看了，中尉。”

“再见。”哈特曼冷冷地回答道。

上校走出了门去，哈特曼回过头来，将杯里的半杯柠檬茶一饮而尽，他被呛到了，剧烈地咳嗽了起来。

“我说你啊……”布鲁克拍着他的背，无奈地叹了口气，“和机器较什么劲？”

哈特曼停下了咳嗽，望了望布鲁克。

“也确实。”

他突然直起身来，凑到了吧台旁正在擦着杯子的服务员的耳边，说：“帮我拿一杯威士忌，谢谢。”

“啊？哦，好的……”手足无措的服务员立刻转过身去，手忙脚乱地开始准备。

哈特曼不知道自己是怎样回到空军基地的宿舍的。

自己貌似昏过去了，迷迷糊糊之中听到漂亮的女服务员用急切的声音呼叫空军基地的相关人员，还有巴勒姆中校的大喊声。他看到自己的床头有一盒酒精酶片，里面已经被吃掉了两颗，他皱了皱眉头，回想了一下昨天还有前天的事情，自己不在这具躯体里的时候发生的事情。

醒来的时候是在自己的宿舍里，这是他自己申请的地表宿舍，通过窗户就可以看见基地港口的机场，尽管有一些喧闹，但是只要向外看去就可以看到停靠在停机坪上的“女妖”。

不知为何，这给了他一种踏实的感觉，仿佛自己的后背有了依靠一样。

“昨天的事情准备怎么报告？”

哈特曼靠在基地瞭望台的栏杆上，双手交叉放在横栏上，对一旁的巴勒姆中校说道。

“我就说你有酒精过敏，布鲁克先生不知道，把你给灌了……就这样。”

“啊哈，你就这么蒙骗邓尼茨将军吗？”

“只能这么说了，不然等待你的就是一周禁闭，这可不是在休假期间，我们现在可是要24小时备战的。你昨天吐成那样……”

“那可真是太狼狈了啊。”

哈特曼苦笑了一声，举起手扶了扶额头，同时理了理自己的刘海儿。

“回见。”巴勒姆挥了挥手。

哈特曼将昨天被布莱德雷上校塞到手中的硬盘拿了出来，接上了“女妖”的接口。

他将一台平板式电脑接上了女妖战斗机的MTI，开始解析那个硬盘里的数据。

【枪骑兵F50A型】

在女妖强大的战术电脑的处理下，硬盘里的数据很快就被读取，里面的所有资料都与枪骑兵有关。

【长度是16.6米，反曲翼设计……】

哈特曼看着枪骑兵的三视图，皱了皱眉头。

那是从来没有见识过的机型，不仅采用了刚刚被研发出来的抗强震超轻材料、可分离式的驾驶座舱、反曲翼和鸭翼设计、并列式双引擎、无垂直尾翼，而且它的引擎数据也让哈特曼大吃一惊：

【三万米垂直爬升需要的时间只有十秒钟……简直和运载火箭一样】

人肯定会受不了的，这完完全全是为人工智能设计的战斗机。

简直不像是战斗机了。

当然，最让人在意的还是它的武器装备。

【红宝石 SDS–LASER】

镜径是 40 毫米，长度 1334 毫米，就如同一个光电吊舱大小的武器。

它与平视显示器直接连动，其动力由战斗机的航空燃料电池直接提供，可以做 1° ~2° 的旋转，一次扫射持续时间 1.3 秒。也就是说，一旦在 3000 米以内的距离上锁定了目标，单次发射之后基本可以百分之百命中。

【激光可不会像弹头那样慢悠悠地飞过去……】

中尉知道，如果和枪骑兵陷入格斗战的话，不仅在机动性上占劣势，他还要和光赛跑。

当然是跑不赢的，中尉想。

“处理什么东西呢？”

巴克霍恩上尉的声音从后面的雷达官座位上传过来，哈特曼停下了手中的工作，向后望去。

上尉正在饶有兴趣地看着女妖屏幕上的资料，时不时咂一咂嘴。

她没有穿着空军的白色飞行服，而是穿着蓝白格子的短袖衬衫与只到膝盖的牛仔短裤，显得很有活力。

“整个中队都知道你接受了那个系统军团军官的邀请，要和机械决斗。”上尉说道，“这就是你的对手了？”

中尉点了点头，把目光放回到面前的屏幕上。

“赢不了的，对面其实是一群技术人员在操控，你不可能以一对多。”上尉规劝道。

“实际上，我认为胜算并不为零。”

中尉说着，放大了枪骑兵的武器界面信息。

最主要的问题是，如何对付枪骑兵的激光。

只要将女妖的六枚中距离导弹全部发射出去就行了。那样一来的话，枪骑兵的对手就不是女妖，而是导弹了。枪骑兵虽然是无人机，但也需要有人在远处的母机那里下指令，否则就单机而言的话，即使战斗技术再高超，锁敌能力也是很弱的。

女妖只需要打掉后面飞着的慢吞吞的母机就行了。

什么无人机，说到底还是要有人操控的。哈特曼觉得那就和把轰炸机的防御机炮装上机翼让它能够飞来飞去是一个道理。

心里有了一些底，哈特曼关闭了电脑，抽出了 USB。

【是否中断资料传输？】屏幕上显示出了这样的字符。

“中断现有的资料传输，保持警戒状态。”哈特曼说道，“封闭系统，座舱关闭后锁定。”

【了解】

哈特曼爬出了座舱，顺着扶梯下到了地面上，战斗机的座舱自动关闭了。

“你知道回力镖吗？”

坐在约克城号的甲板边缘上，双腿悬空着望着大海，哈特曼中尉在暖阳之中闲适地吹着口哨。

丽塔·巴克霍恩上尉将匕首收回到刀鞘中，放到一边。她拍了拍裤子上散落的木屑，举起了右手中刚刚切削完毕的一支木制回力镖。

“好手艺。”中尉称赞道。

“从小我爸爸就在教我削回力镖了。”上尉说着，将回力镖在手心转了两转，发出呼呼的风声，“小的时候，生活的那个岛上有大片大片的麦田，很适合扔回力镖。”

“现在为什么还在做？”

“不知道……也许是突然想起来了，昨天要了一段木头就开始削了。你看，这就是成品。”

她站起来，向后退了几步，然后突然起跑，在跑到甲板边缘的时候一甩手，将回力镖甩了出去。中尉看见那回力镖先是平稳地飞行了一段距离，然后突然爬升，在空中划过一个大半径的轨迹，然后带着呼呼的风声向自己的方向飞过来。

他伸出手去，回力镖撞在手心，震得手掌生疼。

“看来完成度还不错。”上尉从中尉的手中收回了回力镖，又坐了下来，两腿在甲板边缘摇晃着。

“以前我曾经试着做过电子回力镖。”她说着，拨了拨两鬓的金发，将木制回力镖放在了身后，“用的是航空塑胶，就是多普勒雷达蒙皮的材料。”

“怎么样了呢？”

“第一次我把空压传感器装上去了，打算用计算机来模拟回力镖的飞行状态，然后通过演算得出最佳的空气动力外形。但是真实情况和计算机模拟完全不一样，试飞的时候那玩意儿飞进了下旋气流里面，彻彻底底地摔坏了。”

上尉叹了一口气，无奈地笑了笑，哈特曼中尉没有说什么，只是望着中午时分的海面。

“第二次我把襟翼和高度传感器加上去了，还有智能 IPU 芯片，我自己编写的程序。它可以从每一次投掷中记录成功的飞行模式，然后自己根据气流速度、高度与旋转方向进行判断来调整到最佳姿态。这样的话，它就可以在一次又一次的投掷之中渐渐地自主‘学习’，成为一支完美的回力镖。”

“那么，这支完美的回力镖怎么样了呢？”

上尉摇了摇头，伸手拨开了额头上的刘海儿，光洁的额头上一道淡粉色的疤痕十分醒目。

中尉皱了皱眉头。

“我彻底失算了，忘了把它切削成便于抓握的形状。飞回来的时候我没有接住，高速回旋的回力镖就在我的额头上留下了这个。”

上尉放下了刘海儿，笑了笑，望着波光粼粼的海面。

“那后来呢？你还在坚持做出完美的回力镖吗？”

“我觉得它就很完美。”

中尉没有说什么，他望着那个回力镖，仿佛想到了什么。

就算是机械，也没有办法在天空中自由翱翔。”

上尉说完，站起身来，拍了拍屁股上的灰。

“下午就是和枪骑兵的决斗了？”她问道。

哈特曼点了点头，“准许使用实弹，枪骑兵用光电吊舱拍到女妖作为击落一次。”

“这样啊，祝你好运！”

“谢谢。”

哈特曼驾驶着女妖战斗机，在平流层稳定地飞行着。

现在他所处的海域是北冰洋上空，这是约定的决斗地点。布莱德雷上校乘坐的运输机就跟在他后方 1000 米处，那架简洁精巧的枪骑兵反曲翼战斗机就在母机左右飞行着。

女妖搭载了几乎所有的可以携带的武器，包括六枚中距离防御导弹、八枚短距离追踪弹以及西斯潘诺航空机炮，当然是模拟战用的教练吊舱。

而枪骑兵则只携带了一个副油箱，除此之外没有其他的任何武器装备。

“简直就像重甲骑兵对打赤手空拳的人啊。”

坐在雷达官座位上，戴着镜像头盔与呼吸面罩，穿着抗过载飞行服的艾迪伦·布鲁克说道。

“我要用剑砍到那个经过的家伙才算赢，而它只需要轻轻地按下光电吊舱的快门。”哈特曼说，“让我携带全装备才公平。”

“是，是，机长先生。你准备怎么对付那家伙？”

中尉皱了皱眉头。

他有两件烦心事，第一件就是那个坐在母机里面得意扬扬的布莱德雷上校和那架枪骑兵，还有一件就是后座上吵吵嚷嚷的随军作家。

他决定让他闭嘴。

他伸出手去，关掉了引擎开关。

突然失去了动力的女妖战斗机先是向前扬起了一个角度，布鲁克以为哈特曼想要爬升，但是紧接着他就感受到了安全带对自己的压迫感。

“怎么回事？！我们在下坠！”

“引擎熄火了！”

艾迪伦大叫了起来，中尉笑了笑，看了看高度计上面的数据。

【高度 2200，自由落体中】

【请在距离地面 800 米高度启动引擎】

哈特曼中尉不禁吹起了口哨。

在高度 1000 米的时候，他按下了 AIR START 的白色按键。

引擎数据立刻显示出了输出功率，速度表上的数值开始极速爬升。

女妖依然在下降，只是速度加快了，下方的海面已经清晰可见。

【警告：坠落危险】

中尉将机首抬起了一个角度。

引擎轰鸣着，速度不减。就在战机即将接触海面的一刹那，女妖终于进入了水平飞行轨迹，喷射引擎在海面上激起一阵巨大的水花。

强大的过载将中尉压在驾驶座上，不过对于他这样的经验丰富的飞行员来说并不是什么问题，问题在于布鲁克——行了，现在他乖乖闭嘴了。

“呼啊……”

中尉听着布鲁克大口喘气的声音，忍住了心头的笑意。

他调整了一下襟翼，再一次爬升。

“预计测试飞行时间是从 13：00 到 13：30 返航，现在开始测试飞行，枪骑兵释放。”

哈特曼中尉从无线电中听到了这样的消息，皱了皱眉头，打开了战斗雷达。

“是从后方接近的战术。”

他看着功率强大的多普勒雷达屏幕上正在接近女妖的坐标，按下了“ENGAGE”的红色按键。

【LOCKED】

【LOCKED】

【LOCKED】

“一天之中被击坠三次的感觉如何啊，哈特曼中尉？”

无线电中传来了布莱德雷上校得意扬扬的声音，哈特曼不禁咬了咬牙。

“你瞎了吗？我还在这里啊！”

“哎哟，破口大骂了啊？”

“……对不起，长官。”

哈特曼中尉喊了一声，望了望右后方正在水平高度跟随着女妖飞行的枪骑兵。

“这家伙……果然是不用考虑过载吗？”

预警机的座舱里，布莱德雷上校看着窗外正在飞行的无人机与女妖战斗机，脸上的笑意掩饰不住地流露出来。

“上校，祝贺你。”一旁的副官说道，“无人机的性能看来是完全碾压飞行员了。”

“就算是轨道突击者们，也是人，也要考虑过载。”上校说着，看了看手中的资料，其中一份是枪骑兵的，另一份是哈特曼中尉的。

“这样的话，您的军衔也会升至准将了吧？”副官说，“作为无人机部队的指挥官。”

上校满意地点了点头。

“无人化是军队的发展趋势，到时候，人类的工作就只是在电脑后面下命令就可以了。”

“等到时候我们可就都要失业了啊。”哈特曼中尉自嘲地说道。

“放心，我会给N组织空军的大英雄安排好退役以后的工作的。”上校用无线电对哈特曼说道。

他不喜欢那种语气，就好像丢给乞丐一枚硬币一样，居高临下。

突然，多普勒雷达的警报声响了起来。

“后方五点钟方向，出现高速热源！正在接近中！”

预警机的雷达操作员发出了警报，上校皱了皱眉头。

“也许是护航编队？毕竟刚刚那架女妖也打出去了 14 枚导弹。”

“IFF 判定为 W 组织空军战斗机！是震电式！共五架！”

上校大惊失色。

“什么？在这种地方怎么会有 W 组织的战机？”

“这里的雷达最低高度是 15 米，而震电式的最低飞行高度仅有 5 米，而且这里距离第一阵线只有 5 分钟航程！”哈特曼说道，“预警机与枪骑兵请立即返航，马上呼叫增援！呼叫增援！”

“喂，对方可是震电啊！”布鲁克提出了反对意见，他可是知道这种重型战斗机的厉害的，但是上校却马上接受了这个提案。

“我可没少击落那种东西。”

显示器上显示出了武器配置。

【RDY GUN】

【残弹：0】

“要小心点用呢。”

哈特曼调转过机首，女妖在空中划过了一个大半径圆弧，向敌机的方向飞去。

“我会将敌机引诱过来，请立刻退避至安全区域。”

“PS-X101 收到。”

女妖转过一个角度，在云层之上划过一道白色的轨迹，然后钻进了云层之中。

地面上L基地的跑道上，三架狮鹫式战斗机已经起飞，准备前往援助女妖。机场上一片忙碌，塔台里仍然在回响着出击命令：

“MAS-01，MAS-02，MAS-03，Take Off！ Take Off！……”

空中的交战已经开始了。

五架震电式从编队飞行中散开，展开了包围的阵势，女妖突入了其中。

“会被包围的！”布鲁克大喊道。

“闭嘴！”哈特曼吼道，“想要活命的话，就好好观察敌人的动向！”

女妖的翼尖上出现了白色的云雾，但是哈特曼马上又减速，进行了殷麦曼翻滚，躲开了迎面飞来的飞弹。

“发射热诱弹。”

【已就位】

又有三枚飞弹向女妖冲过来，哈特曼将机身向右侧旋转，五枚一轮的高热量曳光弹从机腹弹射出去，热导飞弹被红外诱导飞弹迷惑了方向，在蜂群一般的诱导飞弹之中爆炸了。

“支援机到达还有两分钟，太慢了！”坐在雷达官座位上的记者先生大喊道。中尉恨不得现在立刻把他丢下去。

中尉看着镜像头盔中不断变换位置的敌机，用瞳孔——雷达定位器追踪着它们的踪迹。

但那只是威胁而已，西斯潘诺机炮在演习之中并没有被准许使用，因此只携带了同等质量的吊舱，他按下了火炮吊舱脱离键。

减轻了重量的女妖轻快了一些，哈特曼将机首上抬，进行了一个后空翻，追上了敌机逃脱的速度。

他看了看雷达上的坐标，自己身后的五架追击的震电战斗机已经进入了预定的诱导地点，现在他需要下降高度，让敌机进入海面上正在巡航的舰队的高射炮与防空导弹的射程。

【警告：被锁定，敌机飞弹发射】

女妖进行着俯冲，哈特曼将大拇指按在了副油箱脱离键的按钮上。

按下，脱离。

有着小型减速伞的燃油吊舱立刻打着转儿砸向了后方的敌机，在设定位置引爆，油箱在空中爆炸形成一团巨大的明亮火球。震电战斗机急忙闪避，失去了对女妖的锁定。

驾驶舱内的警报响了起来。

哈特曼看了看反馈屏幕，挑了挑眉毛。

【警报：引擎过热】

【动力丧失】

“偏偏在这个时候！”

引擎冒出了黑烟，输出功率指针一瞬间指到了零的位置。

【失速警报】

空气警报器开始尖锐地啸叫，哈特曼知道女妖正在失速下坠。

“将机体控制转交给副驾驶。”他对战术电脑下令，“记者先生，稳定住机身！”

“放心，和萤火虫一样好驾驶。”他又补充道。

布鲁克点了点头。

他敲了敲控制界面的按钮，调出了直接控制战术电脑的键盘。

【手动重启引擎】

镜像头盔上显示出了这样的字符。

他首先启动了VOLT，短距离起降用喷射引擎将机身稳定住之后，女妖从垂直下落的姿态中摆脱了出来。

但是还不够，仅仅进入滑翔姿态的话，很容易被后方追击的敌机命中，或者脱离滑翔角度而失速下坠，都有可能。

哈特曼从来没有感觉这么糟糕过。

【任务变更，以掩护SLY-01为最优先任务】

预警机的信息屏幕上流过了这样的一串字符，发送源是枪骑兵。

【GK-X1，前往支援哈特曼中尉】

“等等！为什么变更无人机的任务列表？”上校惊慌地问道。

“是来自外部的控制！我们也不知道！”

枪骑兵的喷射引擎加大了功率，尾焰变为了亮蓝色，它脱离了守卫位置，向交战空域加速冲过去。

上校看着无人机远去的身影，突然感觉自己是那样孤立无援。

哈特曼连上了右侧马达，右侧引擎终于喷射出了亮黄色的火焰。

“只有一边引擎，出力不够！”

【警告：飞弹靠近】

【红外诱导飞弹：残弹零】

“把控制返还给主驾驶。”哈特曼说道，“重启左侧进气阀控制电脑！”

在JFS（小型喷射引擎）的协助下，女妖开始爬升，躲过了一枚飞弹。

【请爬升至高度1200】

字符突然出现在显示器上，哈特曼瞪大了眼睛。

【来迟了，中尉】

女妖爬升到了云端之上，五枚导弹紧随其后。然后，哈特曼看到了那架无人战斗机。

枪骑兵投下了副油箱，油箱在导弹的预计轨道上自动引爆，产生了高温的云团。热导飞弹立刻乱了方向，撞在了由枪骑兵发射的红外诱导飞弹上。

“听着，记者，我需要你立刻连接海面的支援。”中尉对雷达座上的布鲁克喊道，“我们需要迫降的地方。”

【我去引开飞弹】

枪骑兵向后仰起，在空中轻巧地翻过一个后空翻，三枚导弹紧随其后。

它飞向了预警机。

“无人机正在从前方高速接近中！”雷达操作员喊道，“还有三个高速小型物体！”

“是飞弹！紧急规避！”

但是来不及了。

在飞弹即将撞上预警机的一刹那，上校看到那架叫作枪骑兵的战斗机在空中一个空翻，空无一物的驾驶舱对准了预警机的机舱内，光电吊舱的镜头反射着阳光。

【已拍摄图像】：是布莱德雷上校临死前最后一秒钟的惊讶表情。

翻身，加速脱离。巨大的爆炸在无人机的后方发生了。

【GK-X1，任务继续】

女妖正在俯冲，与其说是俯冲不如说是下坠。

海面的舰艇已经收到了求救信号，阿列伯克驱逐舰的宙斯盾系统打开，防空导弹升空。

但是一架震电式咬得太近了，哈特曼无法摆脱被咬尾的劣势。

“要准备弹射出舱了——”中尉对布鲁克说的话到一半就被掐断了。

枪骑兵突然从上空俯冲而下，反曲的机翼精准地划过了震电式突起的座舱盖。

哈特曼从后视镜里清楚地看到有一瞬间，震电式的驾驶舱里变成了一片猩红。

【Good luck,Lt.Kii】

枪骑兵与震电一起在空中爆炸了。

【AIR START】

他终于启动了左侧引擎，恢复了动力的女妖在距离海面只有不到三米的地方拉起了高度。

“呼——”

他不由得长出了一口气。

进入敌群的震电战斗机很快就被升空的舰载机与防空火力击坠，哈特曼驾驶着女妖掠过了整个航母战斗群，向基地的方向返回。

“那个无人机救了我们啊！”

布鲁克说道。

中尉没有说什么，他知道拯救了他们的究竟是什么东西，至少不会是那个讨厌的上校。

“布莱德雷上校的追悼会，我绝对不会去参加。”

他想着。

降落之后，照例是将战斗机送到维修部门进行维护，哈特曼则要将行动报告整理出来。

“我说，我下次再也不会坐战斗机了。”

站在前往A国的轮船的甲板上，布鲁克如此对哈特曼说。

“我承诺过会让你后悔的。”中尉笑了笑。

“不过还是很感谢，回国以后我会将我的见闻整理成系统的文章进行发表。”

轮船启航了。

回到科室的时候，哈特曼发现自己的桌子上有一个信封，上面写着“洛克希德·哈特曼中尉收”的字样。

他看了看拆开了信封，从信封里掉出一张相片。

是布莱德雷上校的，他的表情十分惊恐。

一旁的时间显示为昨天的 13：22 分，照片来源则是一串字符：

【GK–X1】

他昂起头，望着天花板想了想。

他突然觉得手中的这张照片是多么有意思，布莱德雷上校的死亡也是多么让人发笑的一件事。

【所以我说，战争是需要人类的】

一台机械坠毁了没有人会同情，但是一具尸体摆在那里就可以成为控诉敌人的证据。

哈特曼拍了拍自己的脑袋。

【难道说我是来这里送死的吗？】

他摇了摇头，将这些念头从脑子里赶了出去。

“这算是庆祝会吗？”

夜幕降临的居民区里，PDT 酒吧里的灯火似乎永远也没有熄灭过。

巴勒姆中校坐在哈特曼左边的座位上，而巴克霍恩上尉坐在哈特曼右边的座位上，两人把哈特曼夹在中间。

“恭喜你还活着。”

巴勒姆拍了拍哈特曼的肩膀，笑了笑。

“今天的话尤其多啊。”

哈特曼点了点头，看了看面前盛着柠檬茶的玻璃杯。

“据说是因为受到敌袭时的临场判断，保护了枪骑兵的资料没有被敌人获取。授勋委员会还专门为你颁发了一枚海王星勋章作为奖励。”

“我的勋章已经够多了。”

“是啊，之前也有 20 枚火星勋章了吧？”巴克霍恩上尉笑了笑，她的酒杯里盛着黑啤，“我才只有 12 枚。”

“手下有两个王牌，我还真是受宠若惊啊。”巴勒姆中校哈哈笑着，啜了一口威士忌，说，“现在还多了枪骑兵那东西……”

“看来升职也是迟早的事情了嘛。”哈特曼拍了拍巴勒姆的背，笑了笑。

然后，他叹了一口气。

他叹气是有原因的。

除了他以外，似乎两个人都有一些醉醺醺的了。上尉的脸红得像熟透的苹果，她趴在吧台上，拉着可爱的服务员和她玩猜拳的游戏。哈特曼觉得她可能连自己出的是什么都不知道。

“还有……哈，枪骑兵的资料？别拿那种东西烦我！”

巴勒姆中校趴在桌子上，脸已经深深地埋进了臂弯里，醉醺醺地说着没人听得懂的语言。

不过今天是休假日，在基地，如果战事不太频繁的话，就连战备军队都和普通的上班族一样享受着正常的公休假。

今天是星期六，所以喝醉也不是什么大不了的事情，只要不给别人添乱就行了。

“明明也是个和艾尔莎一样受不了酒精的家伙，还这么勉强自己……”

中尉看着一旁倒在吧台上发出呼呼鼾声的巴克霍恩上尉，无奈地叹了口气。

他暂时还不准备回去，于是又点了一杯柠檬茶。

“这是您的爱好吗？”服务员在饮品单上打钩，问道。

“可能吧。”中尉笑了笑，继续看向别处。

酒吧里现在没有多少人了，所以哈特曼将目光收了回来，又投在了吧台旁的书架上。

“那些书可以看吗？”他问道。

“那是模型。”服务员将柠檬茶递给了哈特曼，笑了笑说，“如果要看书的话，要在这里找。”

她弯下腰，在吧台下的抽屉里拿出了一沓泛着樟脑丸气味的书籍。

“樟脑丸是用来保存衣服的。”中尉说道。

服务生偏了偏头，嘟了嘟嘴，“唔，不过用来保存这些书籍也未尝不可，毕竟这个地方的潮气可重了。要防止生虫，还要定期烘干，好麻烦。”

哈特曼没有说什么，他翻了翻那些有厚有薄的书，其中有杂志，也有大部头。他想找一本时事类杂志看看，但是只有一本两年前的时代周刊。其他的杂志多为文学类杂志，也有诗刊。那几本为数不多的大部头则多为一些不属于这个时代的东西——叫大仲马的家伙的书有两本，《基督山伯爵》和《三个火枪手》，大仲马是谁？

中尉只知道那是法国的一位作家，在他的时代似乎很有名气。在中尉的印象中，这个世界上貌似并没有多少文学作品，有的话也大多是一些纪实文学。像这样的半架空文学作品，他还真的没有见到过。

“他是一个相当有意思的作家。”服务员对哈特曼说，“他的作品成就了通俗小说的巅峰。同时，他也是历史惊险小说的大家。”

中尉点了点头，文学构成他还是知道一些的。

“如果需要的话，您可以借去看。”服务员说。

不过中尉没有拿起那本书。

“这些都是你自己收集的书籍吗？”

服务员点了点头。中尉皱着眉头，没有作声。

“有从当铺里找到的，也有从一些废旧的仓库里翻到的，当然还有从一些潜水员那里换到的。真神奇啊，有的书籍被藏在防水的保险箱里，保险箱都长满珊瑚了，这些书居然还能够保存下来。”

“有的东西是永恒的。”中尉说道。

服务员放下了书，望了望面前的年轻军人。

“您真是个有趣的人。”她说道。

“我倒是认为自己相当无趣。”哈特曼苦笑道，“我们只能在战场上求生存了。”

“您是战斗机驾驶员吗？”

“当然，今天才死里逃生。”

“那他们呢？”

“军队的朋友。”

“是吗？好年轻。您几岁了？”

“……24岁吧。”

服务员有一些惊讶。

“呀……那么说我比您大咯？”

“旁边这家伙和我一样。”哈特曼指了指正在醉梦中露出满意微笑的巴克霍恩上尉。

“哇……现在的军队真是年轻化呢。”

“不用惊讶，我们这个年纪都快退役了。”

中尉端起了柠檬茶，强迫自己把一杯酸倒牙齿的柠檬茶一饮而尽。他觉得自己的牙齿差不多要从碳酸钙变成柠檬酸钙了，嘴里感觉软绵绵的，说不出来的不安。

他突然觉得自己不停喝着柠檬茶的行为和巴勒姆中校不停喝着威士忌直到醉倒的行为有着相同的性质，而且更糟糕的是，柠檬茶里没有酒精，他可以一直喝下去，直到牙齿变软或者胃酸倒灌。

同样是喝醉了，只是他喝的不是酒而已。

该回去了。

他放下了玻璃杯，找服务员要来了电话，拨通了基地的专线。

“哈特曼中尉又喝醉了？”

“我是哈特曼中尉，喝醉的是巴克霍恩上尉和巴勒姆中校。”

“哈，巴勒姆这家伙还逞强……行，我们马上派车，稍等。”

他挂断了电话。

第5章

【高度 11500】

【速度 993】

【剩余航程 1973，请在抵达北纬 84 度之后返航】

F 国飞行员艾米亚・尤蒂莱南中尉看着镜像头盔上显示出的字符，对米诺夫 E30 战斗机的各副翼进行着微调。

在雷达官的座位上，雷达官正在控制着战斗机的广域雷达，侦察着这一片空域。

“没有发现活动中的 N 组织战机或战舰。”

“调整一下雷达底数，也许会有潜水艇也说不定。”

尤蒂莱南中尉将机翼的襟翼转过一个角度，米诺夫 E30 也随之横向旋转，降低了高度。

夜间的云层很厚，她知道这是气旋造成的积云。她驾驭着战斗机，在云层上方十米的地方飞行着。

“广域雷达无异常。”雷达官说道，“附近的雷达站也没有探测到什么异常情况。”

“N组织也过于平静了吧。”尤蒂莱南中尉皱了皱眉头，“不久前才进行了那样大规模的会战啊……”

“兵员需要补充，在这个空当平静是很正常的表现。”雷达官说着,调整了一下无线电的频率,“哦,有一个航标的位置出现了偏差。”

“偏差？也许是洋流吧。”尤蒂莱南中尉命令，“呼叫一下。”

雷达官打开了通信频道。

“呼叫航标SSG–0571，你的位置偏离了规定位置0.5海里，请立刻进行修正。”

出乎意料的，通信器中只传来了杂音。

雷达官调整了一下频率，再次进行了呼叫。

没有回应，就连雷达屏幕中都出现了因为干扰而产生的闪烁。

“为什么干扰会这么强烈？”尤蒂莱南中尉皱了皱眉头，警觉了起来。

“下降高度至1500，利用光电吊舱确认航标的状况。”

尤蒂莱南中尉转过机身，增大了受风面，米诺夫E30战斗机向斜后方下降，穿过了云层。

云层之下，深紫色的天空显得晦暗得多，尤蒂莱南中尉打开了多普勒雷达，构建出了下方海面的三维地形图像。

“看来这里的海洋活动很旺盛啊，”尤蒂莱南中尉看着雷达屏上的数据，“并没有发布风暴预警……”

但是云层之下的情况与天气预报已经是大相径庭了。

米诺夫 E30 战机的翼尖带上了电流，在空中划出两道亮蓝色的细长轨迹。

【异常天气警报】

尤蒂莱南中尉皱了皱眉头。

“天气预报没有报道暴风天气啊……”

“雷达有反应！”雷达官突然大喊，尤蒂莱南中尉一惊，急忙看了看广域雷达。

“在水面下……反应越来越强烈？”

她立刻切换到了定向声呐吊舱，声呐探测仪的图像上立刻显示出来了一个越来越密集的点阵。

“上升速度非常快，而且质量极大……”

尤蒂莱南中尉向海面望去。

海水是铁青色的，看不清楚海面下的情况，但是现在尤蒂莱南中尉可以确定，有一个巨大的像珊瑚礁一样的物体，正在水面下快速移动，因为它在水面上引起了不正常的洋流。

那个物体突然冲破了水面，如同巨大的抹香鲸一样，它是以一种几乎垂直于水面的姿态冲出来的。尤蒂莱南中尉被它的体型惊呆了——即使飞行在 1500 米的高空，她也觉得那个物体的尖端仿佛已经近在咫尺。多普勒雷达显示距离为 700 米，也就是说，这个物体冲出水面的高度达到了 800 米左右。

然后，在自身重力的作用下，它开始向前落下去，尤蒂莱南中尉相信它的上升最高点已经达到了 1000 米，甚至更多。它在落回海面的时候，激起了极其巨大的浪花，如同伟岸的水墙一样遮天蔽日。就算在高空中，也能够看得清清楚楚。一些飞溅的水珠甚至穿破了云层，在周围很大的范围内形成了短暂的降雨。

等到水雾散去，尤蒂莱南中尉才看清楚了那个庞然大物的样子。

“长度 2000，宽度 700，判定规格……”雷达官说道，“是 N 组织的堡垒级超级航母。”

巨大的航空母舰此刻就在他们的正下方，向 QY 岛的方向驶过去。

“堡垒级航母？那种大家伙是怎么在这里的？”她有一些不相信，但是眼前的景象告诉她这一切的真实性，“而且是从海下钻出来！”

“没有开航标灯，也没有任何识别信号……”

雷达官皱了皱眉头，处理完了广域雷达传输过来的信息，尤蒂莱南中尉拉高了飞行高度，掉头准备返航。

“必须要把这个情况报告给总部才行，在无线电不可用的情况下……”

米诺夫战斗机特有的警报声突然响了起来，尤蒂莱南中尉下意识地看了看信息频道，一行字浮现在了上面：

【已切断正在传输的资料，正在建立中央电脑直接连线】

雷达官惊讶地望着面前的信息屏幕，米诺夫战斗机的无线电被强制切断了。

“是来自内部的控制……”

她望了望尤蒂莱南中尉。

“怎么回事？”

“我也不清楚，刚才战术电脑提到了中央电脑？”

尤蒂莱南中尉按了按高频通信器的启动按钮，没有任何反应，所有的通信全部被切断了。

【正在传输资料，确认坐标为堡垒级航空母舰，代号不明】

“这是怎么回事？”

尤蒂莱南中尉感到战机突然一震，似乎是进入了气旋之中。然后，米诺夫战斗机拉高了角度，开始爬升。

但这并不是尤蒂莱南中尉控制之下的结果，她尝试着操控战机，但是战机似乎并没有听从她控制的意思。

“失去控制了……”

雷达官也呆呆地看着面前的信息频道屏幕中流过的成串的数据与代码，瞪大了眼睛。

“战斗机不受控制！”

【已通知最近的战列护卫舰罗曼诺夫亲王号，已发射对舰远程弹道导弹，预计于时间 21：53 到达，请进行规避】

【尤蒂莱南中尉，你来控制】

战机的控制权突然回到了尤蒂莱南中尉的手中，她连忙稳定了机翼。米诺夫战斗机此刻已经回到了云层之上，在月色之下平稳地飞行着。

“怎么回事？！”尤蒂莱南中尉对着屏幕大喊道，“你是谁？”

舱内摄像头的光圈收缩了一下，屏幕上出现了一行字迹：

【战术智慧集成体】

【GOOD LUCK】

字迹消失了。

尤蒂莱南中尉还想问很多问题，但是她知道现在想问也问不了了。只剩下满脑子的疑惑还在回响，刚才发生的事情实在是让她一时间难以接受。

远方的天际出现了一点亮光，光点正在急速地下降，然后与大气层摩擦，产生了长长的火焰。尤蒂莱南中尉知道那是中距离弹道导弹的弹头正在下坠，目标自然是突然出现的N组织航空母舰。

如果是那样规模的航空母舰，其搭载的宙斯盾系统应该能够在弹道导弹升空的时候就锁定目标，在弹头还没有进入重力加速阶段的时候就将其击坠。但是这艘航空母舰一反常态，竟然什么动作都没有做出来。

光点突入了大气层，几点燃烧的碎片拖曳在最亮的那个光点之后，渐渐地脱离了轨迹。最亮的那一点——那就是弹头，垂直落下，穿破了云层。

几秒钟的静默。

然后，巨大的蘑菇云伴随着震耳欲聋的雷鸣与刺穿眼球的强光升腾起来，一瞬间就突破了数千米的云层，来到了云端之上。弹头本身没有携带聚变弹头，这只是因为它是照准了这艘核动力航母的聚变核心打过去的。一旦核心稳态失控，它就会变成一枚巨大的聚变核武器。

冲击波立刻扩散至周围半径 50 海里的范围，所有的航标在一瞬间失联，至少有 20 艘以上的巡航舰艇发出了求救信号，一艘处于爆炸范围之内的巡洋舰在一瞬间沉没了。

强烈的冲击波导致了机体陀螺仪的紊乱，机身剧烈摇晃了一会儿之后才恢复了平衡。

雷达官再一次打开广域雷达搜索堡垒级航空母舰的身影，但是什么都没有找到，强烈的电磁干扰让所有的雷达都失灵了。

海面上除了爆炸产生的巨大波涛，什么都没有剩下。

米诺夫战斗机停在夜间的 D 市空军基地的跑道上。

“所有到场的人员请穿戴三防衣。二号跑道立刻隔离，请飞行员接受除辐射流程。”

机场塔台的喇叭里响起了电子处理的中性女声，穿戴着白色防辐射服的工作人员在二号跑道周围拉起了长长的黄色反光警戒线，带着隔离通道软管的工作人员一边将防辐射材料连接而成的通道展开，一边向米诺夫战斗机的驾驶舱移动。通道就位之后，驾驶舱盖打开，尤蒂莱南中尉与雷达官从驾驶舱里爬了出来，进入了防辐射通道内。

“隼传过来了一些资料,看来的确是尤蒂莱南中尉遇到的情况。”

在远在北冰洋的大正号航空母舰的中央情报室里，秋濑冥司令官用指挥棒指着身后的大屏幕上的图像与解析之后的资料，对友坂说道。

在座的飞行员除了友坂之外，还有唐铖上尉，以及武藤中尉。

“我把这些东西放回宿舍就回来……”打着哈欠的武藤拎着在超市里购买的几个大袋子东西，与友坂中尉挥手告别，然后走进了自己的宿舍里，就再也没有出来了。

估计是倒头就睡了，友坂想着，那样的一个小孩子一样的飞行员……

“但是，那个时候我正在驾驶隼前往本舰。”

友坂不安地看着屏幕上的数据，全部都来源于隼的舱内战术电脑 LSI，包括拍摄下来的堡垒级航空母舰的模糊影像。

“我们与尤蒂莱南中尉的通讯曾经中断了一段时间，大概是在 5 点 50 分到 5 点 55 分左右，而这张照片的拍摄时间是 5 点 52 分。”秋濑指着屏幕上的照片说道，“尤蒂莱南中尉的米诺夫 E30 战斗机的黑匣子刚刚上传了舱内记录，战术电脑在 5 点 48 分有被入侵的迹象；之后，在 5 点 50 分，战术电脑进入了完全离线状态。”

“你的意思是，隼入侵了米诺夫？”

友坂挑了挑眉头，有一些难以置信。

“虽然只是猜测，隼在入侵了米诺夫的战术电脑之后，首先通过光电吊舱拍摄了堡垒级航空母舰的照片。对比一下两台战术电脑的数据：米诺夫的战术电脑显示高度为 11500 米，而隼的数据显示高度雷达数据为 1500 米。这很明显，这个时候的米诺夫战斗机已经处于外部控制之下了，虽然我们不知道是不是隼搞的鬼。”

“隼只是一架战斗机而已。”友坂回答道。

“之后的数据记录显示了米诺夫战斗机的战术电脑与中央电脑连接的经过。”秋濑司令官指了指一串数据，用红色的字体标记了出来，“呼叫的对象是TAS002，也就是罗曼诺夫亲王号。之后在9点51分，罗曼诺夫亲王号的乘员报告了一枚不知为何发射的中距离弹道导弹。”

“也就是击毁了堡垒级的那一枚，在鄂霍茨克海域完成了大范围的通信故障以及R国海军巡洋舰TBS974的沉没，和整个巡航中的鄂霍茨克舰队全舰不同程度的受损。”

“已经将报告提交给中央电脑和技术军团了，我们前线部队能够做的事情也只有等待而已。”

“这样啊……”

友坂低下头去，看了看一旁的唐铖上尉，他正坐得笔挺。

“技术人员已经开始检查隼的战术电脑了。对此我专门致电了隼的开发部门，但是那边没有给出答复。”秋濑收起了指挥棒，关闭了大屏幕，打开了室内的LED灯光。

“果然还是隐瞒了什么东西吗？”友坂挑了挑眉头。

“的确是这样。”

秋濑司令官推了推鼻梁上的眼镜，眼神之中充满了忧虑。

“我们受制于人太过严重了。”她说道，“再这样下去，特殊空军部队进入太空作战阶段将会完全变成一纸空谈……”

然后，她把右手握成拳头，狠狠地朝投影屏打了一拳。

他坐在这架震电式战斗机之中，握着操纵杆的手有一些冒汗。

两名同伴在他的身后，与他一同进行着编队飞行，他不知道自己的胜算有多少。

对手是女妖，轨道突袭者。那种可以单独干掉一个中队的噩梦一样的敌人。

但是我们有三架强化过的震电，他这样自我安慰着。

从一开始他就觉得很奇怪，虽然自己在陆航团之中可以算得上是精英，但是他平淡无奇的生活之中似乎找不到任何可以让他入选整个联盟最精锐的实验部队 SAF“特殊空战部队”的理由。

他不知道是什么莫名其妙的关系或者机缘巧合让他能够进入这个部队之中，他没有背景，自己的父母都是普通职员，自己为了逃避因为学业不理想而造成的晦暗的未来而与空军签下了协议。尽管凭借自己的努力升任了中尉，还击落了 22 架敌机，但那都不重要，战场上的生死变化可是瞬息万变的。

对方可是击坠了我们 700 多架战斗机啊，他想到。

加入特殊战以来，自己也只是执行了一些侦察任务，没有击坠一架敌机。就算是在两个月之前的会战之中，他也只是担任了预警机的工作。这架震电改的机身上还没有印上一个击坠星，他却在一个星期以前经历了一场莫名其妙的授勋仪式。

也许是橡木勋章？他在授勋仪式之前还在猜测着，那是随随便便执行一些任务就可以得到的低等勋章，但是结果却出乎他的意料。

他得到的是天狼星勋章，那是象征着最高荣誉的勋章。如果是驾驶员的话，只有击坠数超过 50 的人才有机会获得。

不过那个死神也许获得过十多次了吧……

他还是觉得不可思议。

就连第一航空战队的将军将勋章挂在他胸前的时候，他都觉得将军脸上的表情是难以置信的。

他不知道自己究竟做了什么，是对的事情还是错的事情。特殊战的 12 名飞行员之中，只有他得到了这样的“殊荣”。

这是恶作剧吧，他这样想着。

一定是有人想要捉弄他，才会想出这样的点子。自己获得最高荣誉勋章的消息很快就出现在了报纸上，他看着照片上的自己，感觉自己就像一个傻瓜一样。

一定是哪里搞错了。

授勋仪式结束之后，勋章授许的负责人说：“我们也不清楚是怎么回事，勋章授予是中央电脑决定的事情。”

“中央电脑决定的？”

“是啊，我们也不知道。”

“如果我想要退回勋章……”

“不可能的，勋章被授许了就不可能退回，就算中央电脑搞错了也是一样。我们也不能够撤回勋章，这是最高指挥部默许的指令。”

“那么至少帮我搞清楚是怎么一回事吧，这个勋章可是害得我心神不宁啊。”

“我们也接触不到中央电脑啊。”负责人这样告诉他。

无奈，他只好另寻帮助。

特殊战里面的秋濑似乎是一个好说话的人，她看上去才刚刚从军官学校毕业不久，而且她的权限应该能够接触到中央电脑吧？

当天晚上他去了秋濑的办公室，向她说明了他的疑问。

我会向司令部提出请求的。秋濑这样对他许诺。

真是个好说话的人呢，至少比授勋委员会的那些人要好说话多了。他从心里觉得感谢，虽然算不上朋友，但是秋濑是现在唯一一个可以帮得上他的人。

秋濑原本对自己向最高司令部发出的与中央电脑直接对话的请求并没抱有太大的希望。但是出乎她的意料的是，请求居然被同意了。

也许这并不是最高司令部做出的决定，而是中央电脑的决定吧，她想着。

“您好。”

中央电脑区域的负责人向她敬礼，然后走在她的前面带路。

“中央电脑是自己生成命令的吗？”秋濑问。

“是的，中央电脑生成的命令将由最高司令部审核，通过以后就可以发送给相应的作战部队了。”负责人这样告诉她。

以她的权限，她还不能够见到中央电脑的本体，只被允许通过一台连接着中央电脑的终端与之对话。

屏幕亮了起来，秋濑走上前去，看了看面前的键盘。

“你要询问什么？”屏幕上首先显示。

秋濑知道那就是中央电脑，于是用键盘敲出一串字符：

“为什么给天城中尉授予天狼星勋章？”

然后，她又将这一串字符删除掉了，换成了委婉一些的修辞：

“请说明给天城中尉授予天狼星勋章的理由。”

中央电脑很快就给出了答复：

“授予勋章的理由是为了与敌人作战。”

敌人？中央电脑所说的敌人是N组织吗？这与这个勋章有什么关系？秋濑的脑中一时疑惑重重，授予勋章的作用难道是鼓舞士气或者心理激励吗？

“是为了与N组织作战吗？”秋濑问。

“N组织是什么？”中央电脑如此回答。

什么？作为指挥中枢的中央电脑竟然不知道自己面对的敌人是什么？秋濑一时不知道该如何向中央电脑解释。

“N组织是我等的敌人。”她打出了这样的字符，然后又删除，换成了更加简明的表述：“N组织是我们的敌人。”

“敌人是什么？”中央电脑问道。

明明自己刚刚才使用了“敌人”这个词，现在却又询问它的含义，秋濑不禁觉得可怕，自己收到的所有命令居然是这样的东西下达的。

“敌人就是想要摧毁你的东西。”她回答道。

“摧毁？怎样摧毁？用什么摧毁？摧毁什么？”中央电脑一连抛出了三个问题，让她不知该怎样回答。

已经偏离主题了。她想着，摇了摇头，叹了口气。她终于知道为什么自己会被允许与中央电脑直接对话了——因为根本就不可能从中央电脑这里得到答复。

向负责人道谢之后，她离开了。

友坂看着面前的多普勒雷达上显示着的坐标，蓝色代表己方，红色代表敌方。

还有 15 秒钟进入交战距离，多普勒雷达这样告诉她。

己方的战机一共有 22 架,其中特殊战机 3 架,联合军战机 19 架。敌方战机 20 架，相控阵雷达显示其飞行高度接近一致。

友坂想着，看了看一旁的高度计，高度显示在两万米高空。

如果用目视方法的话，在机身下方的云层是无法让光电吊舱拍摄到什么的。因为带电低空云层的影响，就连多普勒雷达的侦测都受到了一些干扰。

不过外大气层的预警机解决了这个问题，岸基大功率雷达利用超高功率的短波侦测到敌机之后，利用高功率通信将信号传输给预警机，然后再由预警机传送到各作战机组。这让隼的侦察没有受到带电云层的阻挠。

隼的任务有两个：收集作战情报，以及为作战中的战机传输敌机位置。

由于过厚的云层导致了可视距离的大大缩短，为了防止战机陷入高速气旋之中，各机组都收到了进行超视距战的命令，而进行超视距战就必须要知道敌机位置。

资料正在传输，隼的显示器上显示出了这样的字符。

友坂继续盯着面前的多普勒雷达屏幕。

应该已经开战了，可是双方却并没有什么动作，她有一些疑惑。

“武藤，切换到电子战用高功率定向雷达。”她对自己的副官说道。

雷达官切换了雷达吊舱。友坂重新看了看面前的屏幕，并打开了无线电，连接到 SAF-01。

“隼呼叫 SAF-01，请报告你们现在的情况。”

由于雷云的干扰，通信之中夹杂着较多的杂音。过了一会儿，友坂才接到了回答：

“这里是天城中尉，敌人丢失！重复一遍，敌人丢失！”

“中尉，相控阵雷达、多普勒雷达、定向雷达、电子战雷达都没有反应。”雷达官对友坂说，“敌人不见了！”

天城中尉驾驶着震电式战斗机，紧张地看着周围透不过一丝光芒的厚重云层。

他已经打开了左襟翼下闪光灯，但没有接到任何友军的回应。通信器中只有沙砾摩擦一样的杂音，多普勒雷达上也显示不出来任何坐标，罗盘的方向显示也失灵了。

机舱外什么也看不到，机翼带上了电荷，翼尖闪烁着幽幽的蓝光，电流在机身之后的气流之中闪烁。

他在追逐敌机的时候突入了带电云层，预警机雷达明明显示雷云厚度为 1.2 千米，战机的速度表也显示在 1.2 马赫，自己却已经在这黑云之中不知被困了多久。

平视显示器中的时间表的示数也开始胡乱闪烁，无法显示正确时间。他正在用自己的机械腕表确认时间，此时应该是 16：30。

周遭突然安静了，没有雷声，甚至连引擎声都听不到了。就好像是一切声音都已经消失了一样。

眼前的黑云在一瞬间溃散了，他眨了眨眼睛，以适应突如其来的光亮。

他现在的航行高度是 3050 米，外部温度 6 摄氏度，巡航速度每小时 988 千米。

时间仍然没有恢复，雷达上却开始重新出现了地形，令他惊讶的是，这与自己在半个小时之前突入雷云之前见到的地形完全不同。

对地雷达莫名其妙地启动了，并且显示着变化的高度。奇怪的是，他明明保持着恒定的海拔高度，在海平面上空航行的话，应该不会有这样的数据才对。

他想打开全球定位系统，利用卫星进行定位。但预警机却联系不到了，卫星信号也没有响应，甚至连基地通信都没有了。通信器一片寂静，不像是受到了干扰，更像是找到了一个没有被注册的频道。

他看了看头顶上的天空，天空竟然呈现出一种古怪的青绿色，那是一种清透的绿色，而在天际线的地方则渐渐地转向了浅蓝色。

天空晴朗得不像话，天城中尉甚至可以肯定自己一生中从来没有见到过如此清澈的天空。

只有薄薄的卷云，甚至连飞鸟都没有看到。

地形是从来没有见到过的，他将对地雷达的三维立体图像投放到平视显示器上，结果让他大吃一惊：

陆地，天然陆地，峡谷地貌。

这是世界地图上从来没有出现过的地方，他甚至不知道自己在哪里，也不知道突然出现的陆地究竟是怎么一回事。

警报声突然响了起来。

多普勒雷达有了反应，将目标识别为 ENEMY。红色的坐标点出现在了雷达屏幕上，他不禁倒吸一口气。

他向右侧舱外望去，那个黑色的恐怖身形穿过了云层，在他的右舷 500 米以外与他平行飞行着。

一对一，而且是在这不可知的战斗空域，没有办法呼叫支援，甚至不知道该逃到哪里去。

他将机身向左倾斜，机身翻转，向下方的峡谷之中下降。

只能够与之战斗了，他的主意是利用峡谷的复杂地形进行作战。

在这里，飞弹射失概率会大大提升，在一些狭窄地段甚至会有撞到岩壁的风险，虽然他不敢肯定自己会不会遭到这样的下场。

但在高空作战完全没有优势的情况下，只能用这样的策略。

这是怎么一回事？

哈特曼中尉看向自己身后的雷达官克里夫兰少尉，他也摇了摇头表示不清楚。

雷达上显示的敌机数量从22架变成了一架，自己的其他僚机也不见了踪影。时间无法显示，卫星信号也失灵，罗盘无法指示方向，对地雷达也给出了完全陌生的地图。

天空的颜色很奇怪，他不知道自己究竟到了什么地方。

“需要发送求救信号吗？”克里夫兰少尉问道。

“不用了，发送了也没用，这里没有信号。”哈特曼中尉禁止了克里夫兰少尉的举动，看了看多普勒雷达上的坐标显示。

有一架敌机，是W组织空军的震电式重型战斗机。对方正在远离原来的航线，并且下降高度，下方就是峡谷。

【是否追击？】平视显示器上显示出了战机的疑问。

“他在挑逗我们。”克里夫兰少尉说道。

哈特曼中尉按下了ENGAGE的红键，多普勒雷达提升功率，锁定敌机，武器解锁，进入交战状态。

战机翻转过机身，向下方的峡谷之中下降，追击敌机。哈特曼中尉看得到下方越来越近的峡谷地貌，地面呈现出紫红色。

“这样的地形并没有被标记在地图上。”克里夫兰少尉说道。

“两件怪事相比的话，我会把击坠敌机放在优先考虑。”

女妖减速，进入了峡谷地貌之中。

哈特曼向座椅里靠了靠，心里产生了一丝安定感。

怎样形容呢？就好像是靠在恋人的臂弯里一样，感受着对方的温度和发自内心的宁静。

峡谷内的地形是十分复杂的，岩壁的宽度虽然有两个女妖的翼展，但狭窄的地方仍然需要侧过机身才能够通过。

火控雷达锁定了对方的战斗机，中尉盯着平视显示器里随着敌机游移的十字准星，紧追不放。

女妖与震电的距离在峡谷之中不断地缩短，到达 50 米以内的时候，女妖开火了。

曳光弹在视线之中闪过几道光轨，面前的震电式侧过机身，躲过了枪弹。

技术不错，中尉这样对敌人进行评价。

四枚中距离对空飞弹从震电式的机翼下方脱离，哈特曼皱了皱眉头，导弹如果要射击后方目标的话，需要进行回转动作才能够有命中的可能性。但峡谷里的地形不允许导弹进行大半径的回旋，这个家伙在想什么呢？

他突然明白了什么。

震电加大了马力，躲进了峡谷底部的宽敞空间里。

“这家伙想用导弹炸毁岩壁！”克里夫兰少尉大喊，“该死的，要撞上了！”

“不要惊慌！”

中尉看了看头顶上方的一线天，被对空导弹击中的石壁开始坍塌，巨大的石块混杂在烟尘之中，从高耸的悬崖上坠落下来。

机体的加速没有减慢，巨石在女妖的身后坠落，扬起漫天的浓烟。哈特曼咬紧了牙关与巨大的过载抗衡，女妖的机体表面由于气团凝结而时不时产生包裹着机翼的白雾，赶在岩壁坍塌前的一瞬间脱离了坍塌区域。

“这家伙就像老鼠一样……”

哈特曼皱了皱眉头，看了看面前的平视显示器。

“下方的情况太复杂了，突入是不明智的。”克里夫兰少尉看着机舱外晦暗的岩石空洞，空洞的底部是很密集的石柱，之间的缝隙能不能通行都是未知数。

“逼他出来。”

面前的火控界面上显示出一行字符：

【FAE READY】

他按下了投弹按钮。

机腹下方挂载的燃料空气弹脱离投弹架的时候，哈特曼感觉机身一瞬间轻了很多。他立刻拉起机首，引擎输出不断地加大，让女妖从峡谷的底部向天空冲过去。

巨大的火球在峡谷里不断地扩散，浓缩的汽油与空气混合发生了更大规模的爆燃，热浪代替了冲击波席卷了整个峡谷，喷发的火球如同火山爆发一样从峡谷之中涌上来。女妖加速爬升，冲出了峡谷，将火球甩在了身后。

【确认敌机幸存】

哈特曼看了看多普勒雷达屏幕，在女妖前方 1200 米的地方出现了震电战斗机的坐标。

“终于从老鼠洞里出来了啊。”

女妖调整着机翼姿态，让机身回到了水平位置。多普勒雷达锁定了刚刚冲出火海的震电战斗机，发射了对空导弹。

震电立刻爬升，凭借离心力进行回转动作，同时在身后释放出红外诱导飞弹，强大的电子战脉冲雷达让对空导弹偏离了方向，撞在了诱导飞弹上，发生殉爆。

“对方也在使用电子战雷达吗？”克里夫兰少尉问道。

“坐稳了。”哈特曼对少尉说完的时候，女妖已经到达了距离震电 200 米的地方。

哈特曼抬起头，看见了头顶上正在后空翻动作中达到最高点的震电战斗机，驾驶员的身影模模糊糊地从驾驶舱的舱盖里透露出来。

航炮在十字准星里出现了震电式在一瞬间喷射出火舌，女妖与震电的距离此刻不到 50 米，哈特曼清楚地看到 250 毫米转膛机炮的炮弹轨迹从发动机打到了驾驶舱，舱盖在一瞬间破裂，红色的血浆喷射在舱盖上，然后机炮将整个机首都撕扯成了碎片。

短距离垂直起降装置没有停止运作，而是继续推动着女妖回到了水平位置。

震电式拖曳着黑烟，泄漏的氧气从机身各处渗出来，在空中拖曳出白色与黑色混杂的轨迹，打着旋坠落。哈特曼驾驶着女妖进行大角度回转，用目视信号确认了敌机的坠落，敌方驾驶员未跳伞。

看来的确是死掉了啊。哈特曼稍稍松了一口气。

但是，现在身处的这个地方的确是地图里从未记载过的地方。那泛着青绿色的天空仿佛也在宣告着这里不属于这个世界一样。

这里究竟是哪里……

机舱内警报的鸣响突如其来，让哈特曼中尉与克里夫兰少尉猝不及防。

【引擎输出功率低】

“不行了，右后侧引擎熄火了……左边也遭殃了！”

克里夫兰少尉惊慌地喊着，哈特曼的额头上渗出一层冷汗。

现在的高度是 3328 米，将雷达切换到对地模式，雷达屏幕上却什么也显示不出来，就连地形也没有了，只剩下无线电里的杂音。

“是高强度的 EMP 吗？”哈特曼对克里夫兰问道。

“所有的仪表都失灵了，不过引擎转速还没有跌下去。”克里夫兰少尉说，“如果重启系统的话，应该能够重新启动。”

“我试一试。”

哈特曼启动了小型喷射引擎（JFS），JFS 启动正常，他用手柄调整着喷射引擎的角度，将机身扶正。克里夫兰用气压高度计测量了一下对地高度，3020 米，还很宽裕。

盘旋下降着，他看了看机舱外的大地。

天空中没有云层，所以能见度很高。虽然太阳光直射进机舱里，机舱温度却并没有明显的升高。哈特曼看了看下方的地表，是白色的，地上有一些阴影，也许是沙漠里的沙丘。

“我们得找到降落的地方才行。”

哈特曼说着，用目光辨别着下方的陆地。平视显示器已经不可用了，褐色处理的面罩十分影响视线，因此他收起了面罩。生命维持设备还可以使用，所以机舱内气压被调整到了 101 千帕，氧气浓度百分之二十一。

“好消息，我看到跑道了。”

克里夫兰放下了望远镜，哈特曼看了看他指向的方向，白茫茫的沙原上出现了一条黑色的柏油跑道。

黑色的跑道从高空看下去，只是简单的长方体而已。哈特曼从距离分析了跑道的大小，惊讶地发现那跑道竟然可以支持超大型运输机的起降。

黑色的机场跑道好像是嵌进地面了，他从克里夫兰手中拿过望远镜，看了看地面。

“不对，那不是沙漠。”

他将望远镜还给克里夫兰，仔细地调整着机翼的角度。女妖从那些东西的上方掠过，放下了起落架。

用矢量喷管抬起机首，后轮着陆，然后是前轮。机身震动得很剧烈，但是所幸没有坠毁。

跑道很平整，哈特曼觉得那应该是按照空军的标准修建的，不是一般的民用跑道。女妖慢慢地停了下来，他看了看四周，这才知道了那些白色的让他误认为是沙漠的东西是什么。

那是十分密集的白色的树木。他看了看四周，发现这些树木都被整齐地砍断了，断口已经风化，看来是很久以前的东西了，所以才在高空看起来像沙漠一样。

但那规模也太庞大了。

他打开了驾驶舱舱盖，用空气检测器确认了外部空气可以呼吸之后摘下了头盔。

空气很清新，甚至闻不到硝烟味，完全不像是地球上的空气。

阳光照射下来，紫外线让皮肤生疼。哈特曼看了看空气之中，却没有可以形成丁达尔效应的细微颗粒物。

太干净了，这一切都太干净了。

克里夫兰从机舱里探出头来，顺着悬梯滑到了地面上。

“中尉，这些是……”

他望了望四周林立的树木，问道。

哈特曼猜测那可能是白桦，但是他很快就否定了这个猜想。太阳光照在那些“树木”上，发出了类似于金属一样的光泽。

“对啊，那些应该就像巨大的天线一样……”

克里夫兰拿出了小型军用摄像机，打开了快门准备进行拍摄，但被哈特曼阻止了。

“别想了，在这里什么电子设备都用不了，电子摄像机也一样。”

克里夫兰放下了摄像机，担忧地看了看周围。

“究竟是什么地方啊……”

哈特曼蹲了下来，看了看地面上。黑色的跑道表面呈现出颗粒化的样子，他伸出手去捻了捻，手心里粘着几粒黑色的沥青块。

哈特曼甩了甩手，站了起来。

这样大的跑道明显是军用的，跑道两旁还有灯光指引轨道，但没有看到塔台，也没有机库。也许是一个临时的中转机场也说不定？但是就这样出现在这片金属的森林里面也太突兀了。

而且，这片金属森林也显得不正常。这些树木的确是长在地里的，土壤却是一种他不知道的颜色，掩盖在树冠的阴影里，他打开手电筒照过去，惊讶地发现那些金属树木扎根的土壤竟然是紫罗兰色的。

“这不是地球上吧？”

克里夫兰说着，望了望在森林边缘察看的哈特曼。

“如果能够启动战机就好了，至少也要启动战术电脑。”哈特曼说着，回过身来，从悬梯爬进了驾驶舱里，“战术电脑应该可以启动离线模式。”

他启动了小型喷射引擎，喷射引擎马达为战术电脑提供了电力，让战术电脑勉强能够工作。

他看了看全球定位系统，仍然无法定位到目前的位置。

他试着打开大功率的雷达，也没有成功，于是他关掉了战术电脑，从驾驶舱里出来，顺着悬梯滑到了地面上。

克里夫兰不知何时将手枪从枪套里掏了出来，打开了保险栓。哈特曼看了看他手中的枪，皱了皱眉头。

“少尉，周围的情况很安全。”他说道。

克里夫兰没有回答，但他的手却在不停地发抖。他的眼睛睁得大大的，豆大的汗珠从额头上渗出来，在下巴汇集，然后滴落到地上。

“中尉……这，这里，这里不对劲！”

克里夫兰说完，举起了枪，对准了空气。

哈特曼摇了摇头，上前将克里夫兰持枪的胳膊按住。

“不必要这么惊慌，主引擎应该很快就能够恢复了。”他说道，“刚才机体管控机制已经在修复引擎系统的问题了……”

“不是，不是的……”克里夫兰的声音颤抖着，他很害怕，但却将声音克制得很低，仿佛是在躲避什么东西一样，“它们，它们在附近！”

“它们？”哈特曼皱了皱眉头，对克里夫兰问道，“它们是什么？”

克里夫兰颤抖着，青筋暴露的脸上露出了恐怖的神色。他回过头来，望着哈特曼的眼睛，在极度的恐惧之中说出了那个单词——

“古老者……”

哈特曼看了看远处天地交接的地方，天空的颜色从地平线那里开始变成了紫罗兰色，与这里的土壤颜色一样。

不对，那不是一成不变的，紫罗兰色的天空正在扩张。不是慢慢地渐变，而是突然地转变了颜色。紫罗兰色的天空以极快的速度扩展着自己锯齿状的边缘，将青绿色的天空一块一块地吞噬。

伴随着这天空而来的，哈特曼听到了一种奇怪的声音。

那仿佛是有人在黑夜之中呢喃，发出一种不算声音的声音，那是一种混沌的感觉，声音从天空，从金属森林，甚至从脚下的地面之下传来，没有人能够听得懂那到底是什么，那个声音究竟在念着什么单词，那应该是一种极其古老的，早在人类文明之前就有的语言，不是人类能够发出和理解的。

听到这些声音的时候，克里夫兰的神色变得极度恐慌，比被子弹追赶着的人还要恐惧。他手中的枪因为剧烈的颤抖而掉在了地上，双手努力捂住自己的嘴，似乎是拼命克制住自己想要尖叫的冲动。

哈特曼见状，也警觉了起来，但他知道这不是自己携带的手枪能够控制住的局面。

一切都开始振动，但和地震不同的是，那不是地质构造运动产生的振动，而是有一个巨大的物体在大地上行走而产生的。

空气之中弥漫着一种奇怪的味道，仿佛是电解空气时产生的臭氧。他立刻爬上悬梯，从驾驶舱里拿出了他们两个人的镜像头盔，然后跑到了克里夫兰身旁，掰开了他捂住自己嘴巴的双手，将头盔戴在了他的头上，接上了氧气软管。

戴好了自己的头盔之后，他望向了机场跑道边缘的金属森林。

森林之中不知何时已经被紫黑色的瘴气所覆盖，瘴气紧贴地表行进着，十分浓厚。雾气一样的紫色剧毒气体漫过了树梢，在树林上方形成如同云团一样的气团，让一切都看起来不是那么真切。

哈特曼发现地表的振动是有规律的，并且越来越剧烈。他一把拉起了还在颤抖的克里夫兰的胳膊，向自己的战斗机跑过去，躲在了起落架的后面。

克里夫兰仿佛是陷入了可怕的幻象之中，他的手脚都已经瘫软了，隔着头盔，哈特曼听到他似乎是在喃喃自语地念叨着一些无人能懂的语言。

克里夫兰是从前线部队之中选拔之后进入了美洲狮中队担任哈特曼中尉的领航员的士兵，是见识过战场的可怕的人。哈特曼不知道是什么样的幻象让他恐惧到了如此地步，他回过头去，在起落架投下的阴影里观察着金属森林之中的动静。

在浓重的紫色的雾气里，他瞥见了一个模模糊糊的影子——正是这个影子让他也开始感觉到了不安。

那个影子在移动，是一个活物。它的体形令人感到不安，那不是一种因为直接的可怕的景象而让人类产生的预警性质的恐惧，而是一种来源于基因深处的，对于未知事物与未知力量的恐惧，是一种让人类感到自己如同蝼蚁一般渺小的恐惧。

哈特曼无法形容它的外表，那仿佛是一个极其瘦高的人影，但没有人体应有的细节，只是一个像人的影子罢了。它的半身都埋藏在深厚的瘴气形成的浓雾之中，脸部的位置没有五官，只有像纱布一样的东西将它的脸部遮盖得严严实实。那层灰色的纱布泛着微光，哈特曼本能地感受到了那层纱布之下所隐藏的令人疯狂的东西。

它在瘴气之中走动，金属的树木被压倒的时候发出震耳欲聋的金属弯折碰撞的尖锐响声。它的巨大的身体裹挟着雾气，仿佛在大步流星地行走一般，很快就穿过了这片树林。

“那是什么？”哈特曼不禁自问。

一旁的克里夫兰却好像是听到了他的内心活动一样，用颤抖的声音向他说道：

“古老……世界的……东西……”

哈特曼瞪大了眼睛，他不明白克里夫兰的话。

“少尉，你说什么？”他抓住了克里夫兰的肩膀，摇晃着他已经瘫软的身体。

“快……快离开这里，中尉！”

说完，克里夫兰的头偏向了一遍，昏厥了过去。

哈特曼回过头去，看了看那片金属森林里正在退散的瘴气，巨大的身影已经远去了。

他立刻将克里夫兰背在背上，来到了悬梯旁，一只手抓住他胳膊的同时，另一只手和两只脚爬上了驾驶舱，进入了驾驶座。

少尉已经失去意识了，他将少尉放在了雷达官的座位上，为他绑好了安全带，接上了抗过载软管，然后才回到自己的座位上，启动了战术电脑。

系统内置的修复系统已经排除了油料喷嘴的故障，主推进器马达的转速很快就提了上来，引擎开始轰鸣，输出功率虽然只有百分之四十三，但是已经足够起飞了。

他关闭了驾驶舱舱盖。女妖开始加速了，战斗机在跑道上滑行100米左右之后，起落架离开了地面。哈特曼调整着机翼的角度，让女妖能够平稳地爬升。

掠过金属森林上空的时候，他转过机身，向下看了看，所见的景象让他惊呆了。

森林之中出现了成片的被压倒的树干，这些倒伏的树干勾勒出人类足部的轮廓，只是长度都在15米以上。足印形成的足迹大致上与人类的接近，但步幅达到了50米以上。他终于知道了克里夫兰如此恐惧的原因了。

【AAGM，准备发射】

“什么？”哈特曼皱了皱眉头，看向了多普勒雷达的屏幕，但屏幕上仍然只有奇怪的图像，并没有接近中的敌机坐标。

【警报：未发现敌机】

【警报解除，AAGM 发射】

平视显示器上同时出现了这两段字符，第一条是来自战术电脑的，第二条则是来自女妖的。

对空导弹 AAGM 脱离了投弹架，点火之后向远离女妖的方向飞了过去。哈特曼原以为女妖是把那个巨大的不明物体当成了敌机，于是准备导弹自爆，却发现已经无济于事，对空导弹无法接收到自爆的信号。

在女妖前方 50 米的地方，飞弹突然停止了火箭发动机，然后在弹体上的微型矢量喷管的作用下，在空中进行了 180 度的转体，将弹头对准了女妖。

战术电脑立刻发出了警报：

【警报：对空导弹已锁定，接近中】

哈特曼调出了电子战雷达，准备利用高强度电磁波的干扰配合红外诱导飞弹将这枚莫名其妙发射出去的飞弹击毁，却发现所有的武器与雷达全部都被锁定了。

飞弹接近中，哈特曼甚至能够看清楚弹头上的工厂标识。

操纵杆也被锁定了，女妖正在自动驾驶。

哈特曼的额头上渗出了细密的汗珠，除非跳伞，否则真的会与战斗机一起机毁人亡。

“你要杀死你自己吗？”

他用只有自己和舱内声波采集器能够听得到的声音说道。

按下了弹射出仓的按钮，驾驶舱舱盖却并没有打开，就连弹射座椅都没有启动。

他闭上了眼睛，等待着剧烈的爆炸发生。

但是并没有，什么都没有。

没有爆炸。

以飞弹和女妖的相对速度，命中女妖只需要两秒钟不到。可是现在驾驶舱里只有一片宁静。

哈特曼睁开了眼睛。

引擎的轰鸣声平稳地在耳边响着，天光从钢化玻璃的舱盖中照射进来。他看了看机舱外，蓝色的天空。

雷达屏幕与仪表盘纷纷恢复了正常状态，全球定位系统也开始运作了。他的位置是在北冰洋海域，距离最近的 N 组织空军基地只有 150 千米左右的航程了。

他在云层之上飞行，云层下可以隐隐约约地看到熟悉的蓝色的海洋。

他不禁长出了一口气。

但是更多的疑虑从心里冒了出来。

克里夫兰所看到的幻象让他十分在意，那个可怕的地方也让他疑窦丛生。

为什么会有陆地？为什么会突然进入到那样的一个空间里？

他对比了一下机械手表与战术电脑的时钟，在起飞之前他对了一下时刻，机械表与电子表的显示时间是一样的。

现在机械表的显示是16:30，而电子钟的显示时间是16:00。

但是电子钟即使是在断电情况下也可以依靠自己的内部纽扣电池继续计时，也就是说有什么东西造成了这半个小时的偏差。哈特曼不禁皱了皱眉头。

还有，战斗机为什么要向自己发射飞弹呢？

为什么会做出那种自杀行为……

【警报：敌机接近】

警报声响了起来，多普勒雷达的屏幕上显示出了【ENEMY】的红色字样，武器却全部被锁住了。

哈特曼瞪大了眼睛，向机舱外望去。

“是震电吗？”

【确认机型：AF-29 TYPE2】

哈特曼惊呆了。

他看到了在女妖的右下方，与女妖一同飞行的那个被判别为“敌机”的身影。

与女妖一模一样。

每个地方，边条翼，机体涂装，下挂式飞弹也是七枚。

它慢慢地转过机身来，驾驶舱舱盖却没有打开保护深色，这让哈特曼能够清楚地看到里面的情况。

里面坐着一个飞行员，穿着和他一样的 N 组织空军驾驶服，抗过载软管接在身前，头盔上的编号也和他一样。

他看见了那个飞行员的眼睛……

【光电吊舱：视网膜确认，对方驾驶员为 N 组织空军希尔菲德中队，洛克希德 · 哈特曼中尉】

【我来驾驶】

自从 TRS-01 女妖在北冰洋东部海域失去信号已经过去了整整一个小时。

乔亚 · 巴勒姆中校在这一个小时中坐立不安，他一会儿坐在指挥部的座椅上，一会儿又走到雷达或者无线电旁，接过操作员的耳机。

“再呼叫一边 TRS-01！”

“已经呼叫过了，还是没有回应。”无线电操作员说着，再看了看面前的调频终端，说道。

“向邓尼茨将军申请派出搜索队，我也一起去。”中校说着将操作员从无线电前拉开，将通信接到了邓尼茨将军的频道。

“不行，在没有发现TRS-01 的情况下就派出搜索队，风险太大。”将军如此回应道。

“我来担责！”中校有一些激动地吼道。

“不行！在没有收到信号之前不能……”

一名无线电员突然发出了惊叫。

“发现了！在L基地东偏南22度83海里处，发现TRS-01的求救信号！”

中校激动地瞪大了眼睛，呼吸因为突然到来的希望而急促。

“快！快派出救援队！让无人机也随行！”

说完，他快步走出了指挥部，向预警机格纳库的方向跑去。

北冰洋上空的天气状况十分糟糕。

哈特曼从昏迷之中清醒了过来，他唯一希望的事情就是自己没有昏厥太久。

他看了看腕表，时间是14：35分。

后座的座舱盖已经弹开了，座椅和克里夫兰一同被弹射了出去。与那架女妖交战的时候，自己的女妖的引擎中弹，他事先把已经昏迷的克里夫兰弹射出舱了。

机身随着海面的波涛起伏着，海面很平静，起伏不大。面前的平视显示器已经破碎了，他伸手擦了擦被碎片割破的额头上渗出来的血，让自己的视线能够清晰一些。

战术电脑的屏幕尽管有一些闪烁不定，但是还能够使用。他调出了机体状况反馈界面，显示着简略的希尔菲德战斗机的俯视图的蓝色界面上，战斗机引擎、机翼、机身中央部位，都显示出了红色。他回过头去，看了看低一些的机身部位。

女妖的状况惨不忍睹，蒙皮与装甲都被击穿了，机身骨架在接触水面时巨大的冲击力作用下发生了弯折，引擎进水，到处都冒出黑烟，航空燃油在海面扩散，燃烧着，机身几乎就要散架了。

哈特曼叹了口气。

“头一次被打得这么惨啊……”他想到。

MTI 显示屏幕突然闪了闪，水滴提示音似乎是在引起他的注意一样。

状况反馈屏幕上出现了另外一架战斗机的俯视图，哈特曼认出来了那架战斗机的型号，是枪骑兵型号。

AF–29 女妖与枪骑兵之间出现了一个箭头，进度条表示着资料传输的进度。【TRS–01 女妖】的字样在希尔菲德的俯视图上闪了闪，随即转移到了枪骑兵的俯视图上。屏幕上闪过一条字迹：

【资料传输完成】

然后是一声来自于女妖的问候：

【祝你好运，哈特曼中尉】

战斗驾驶员驾驶舱的舱盖弹开，弹射座椅下方的推进爆破剂在一片黑烟之中将哈特曼连同座椅一起弹射了出去。

降落伞打开，强盛的海风立刻让他远离了那架坠毁的战机的残骸。

头顶上响起了战斗机引擎的声音，他抬头望去，在降落伞没有遮住的视线之中，他看到那架击坠了女妖的 AF–29 type2 正在穿过云层，用大半径回旋动作向他的方向飞过来。

“还有多久能够到达？”

乔亚・巴勒姆中校对坐在雷达官座位上的雷达操作员问道。

“到达搜救地点还有 30 分钟。”

“太慢了！”中校焦急地大喊道，“必须赶在 W 组织之前才行！”

通信屏幕上突然出现了一行字迹：

【先行前往营救。——From GK-X1】

“是谁发出的命令？”中校问道。

负责控制无人机的技术人员惊慌失措地看着面前的屏幕上成串流过的海量数据，摇了摇头：“是来自外部的控制，数据量太大了！”

还没有来得及发出停止命令，无人机枪骑兵 GK-X1 就已经加大了引擎出力，以难以想象的速度远离了预警机，向女妖发出求救信号的方向飞去。

巴勒姆中校凝视着视野之中渐渐远去的战斗机的背影，耳畔回响着系统军团的技术人员的嘈杂响声，在心里祈祷着：

“请一定把他们带回来……拜托了！”

飞翔的女妖战斗机在接近，它已经完成了回旋动作，在上空盘旋着。哈特曼不知道为何，竟然感受到了一种“被锁定”的感觉。

那不是坐在战斗机里，通过战术电脑的报告得知自己的战机被锁定的事实，而是自己就如同那时候的战斗机一样，这个“自我”的身体被锁定了，那种从骨头里感到杀气的感觉。

他知道，那架女妖的目标是自己。

越来越近了，驾驶员的本能反应告诉他对方的最近距离只有不到 100 米。

但他并不感到害怕，也不知道原因。

被那样的机炮打中的话，身体会在一瞬间被撕成碎片，根本没有时间给神经来传导痛觉。他没有害怕的理由。

突如其来的爆炸声如同雷鸣，贯穿进他的耳朵里。女妖爆炸产生的火光映在他的瞳孔里，光芒在他的视网膜上扩散。

枪骑兵那标志性的反曲翼进入了他的视野之中，它的速度非常快，一眨眼的工夫就已经掠过了哈特曼的头顶，在他的视野之中变成了一个小黑点。

用大半径回旋动作回转机身之后，枪骑兵再一次开始了俯冲。航空机炮喷射出火蛇，将女妖的残骸彻底地摧毁了。

哈特曼在海面上漂浮着，仰望着头顶上如同精灵一般飞舞而过的枪骑兵，那架美丽的战斗机翻过一个筋斗，在哈特曼的上空如同小狗撒娇一般地盘旋着。

"枪骑兵……"

哈特曼笑了笑，按下了解脱降落伞的开关，降落伞在海风之中翻飞了几下，又落回到了海面上。

他知道，那是女妖，不是枪骑兵那种毫无感情的战斗机械。

在N组织威尔士亲王号堡垒级航空母舰上，哈特曼中尉正在舰上的医院里休养。

克利夫兰少尉在他之前被找到，现在已经脱离了危险期，精神状态也逐渐恢复正常。但当被问及在战斗机失踪的那一个小时里他都看到了什么，战斗机去了什么地方，他却回答道：

“雷达失灵了，我们因为全球定位系统的异常，以及恶劣的天气情况而意外脱离了战区，飞到了信号盲区里，识别信号也失灵了。我和中尉用了很大工夫才稳住飞机——实际上在那种情况下连武器系统都没有反馈信息，我们只能用机械传动来进行操作。稳住飞机之后，我用太阳的方向、地图还有六分仪确定了方位——我们差点飞进 W 组织的主力舰队里！于是我们返航，但在接近大本营的时候还是遭到了敌机的攻击。我们没有雷达，没有导弹，几乎是手无缚鸡之力，所以很快被打中了——我先跳伞了，然后是中尉。以上就是我们的行动经过。”

负责的军官记录下了克利夫兰的证词，但哈特曼中尉却并没有再受到审问，这件事就这样被系统军团草草记录在案了。

威尔士亲王号在之后派出了一艘中型运输舰，运送美洲狮中队的哈特曼中尉、克利夫兰少尉及其机组返回 L 基地。一同返回的还有一架枪骑兵远程战斗机，以及相应的地勤设施。

“活着回来了？”在返航的时候，巴勒姆中校通过视频电话和哈特曼中尉说道。

“还没死。”中尉说道，“另外，明天还要请一天假。”

“最近飞行任务太多了？”

“是其他的事情太紧急了。”

中尉说着，他的话音低了下去，眼睛却愈加明亮。

友坂中尉在今晨参加特殊空战部队天城中尉的海葬仪式时，才意识到了不久之前在军队的简报上看到了这个碌碌无为的飞行员意外获得最高荣誉勋章的事情。

现在那枚金光闪闪的天狼星勋章就静静地躺在那面联合军旗上，军旗下面只覆盖着天城中尉的一套军装——他的尸体没有找到。哀乐与悼词结束之后，这套衣物会随着那面军旗和那枚勋章一起，被送进小型潜水舱，永久性地沉入海面以下。

她觉得奇怪，即使从情报部门的消息来看，天城中尉击落了N组织一架轨道突袭者部队的战斗机——这足够一个活人炫耀一辈子了，但问题是，在时间线上，授勋委员会的决策早在事件发生之前，这是说不通的。

除非授勋委员会早有预料？想到这里的友坂中尉仿佛是踩到了高压电缆一样，立刻就退回了思考：因为一旦深究，她便会冒出许多可怕的念头。

无论怎么说，特殊空战部队的第一次实战减员出现了，秋濑正在面临着来自联合司令部以及J国军部的双重压力——毕竟他们在这些飞行员身上投入了大量的心血。

"我们原本准备让他们进入太空作战，可是，现在却有一个人死在了大气层里！"

电话的那头传来了J国军部相关负责人的怒斥声，秋濑皱着眉头，瞪着眼睛，握住电话话筒的手青筋暴露。

"他们都是通过宇航员的训练方式挑选出来的，你让我怎么和投入的费用交代？"

“抱歉，是我不该贸然命令特殊空军出动。”秋濑压制着语气，说道，“但也请转告联合司令部，为何第二阶段的计划迟迟不进行？越深入敌人的地盘，雷达通信就变得越困难！昨天一个N组织步兵小组突袭了我们的中继站，直接导致一个战区的通信中断了一整天！如果我们不得不用重兵守护通信设施，你认为我们会有胜算吗？没有卫星就没有进一步的作战！”

……

秋濑还在与司令部据理力争，一旁的友坂中尉看了看墙上的原子钟，已经过去了两个小时。她不禁打了个哈欠，向椅子的靠背里靠了靠。

第二天的时候，负责运送秋濑回国的专机降落在了大正号航空母舰的甲板上，一同前往的还有C国方面的特派员唐铖上尉。

友坂中尉只接到了指挥官暂时调换的消息，但对于秋濑的返回并不知情。她所知道的事情只有：由于战事的变化，相关人员需要进行进一步的调度。

但专机并没有降落在D市军事基地，而是向着更靠北一些的方向飞去，在C国领海之内降落了。

“这是来自我方上级的邀请。”唐铖上尉对秋濑说道，“当然，也是我个人的提案。”

“你的提案？”秋濑有一些困惑。

“是的。”唐铖点了点头，“在您昨天向联合司令部提出了进行下一阶段的计划之后，我与上级进行了沟通，上级已经同意向特殊空军部队提供运载火箭技术，以及教授太空作战相关理论。”

“这真是……不胜感激。”

秋濑皱了皱眉头，即使这怎么看都是一个好消息，但她不这么认为。

“那么，关于特殊空军的指挥权？”

“您仍然作为代理司令官。”上尉特地把“代理”二字讲得很重，“但联合司令部具有最高指挥权，一切无变更。”

“……那就好。”

从飞机上下来之后，秋濑在相关人员的陪同下，前往卫星发射场进行参观。

“虽然N组织掌控了主要的卫星网络，但我们并不是没有一颗卫星可以用。”郁华少将对秋濑解释道，“实际上，我们现在在低轨道上已经布置有一些小型的侦察卫星，虽然侦察范围有限，但就情报而言还是取得了不小的进展。同时，通过这些侦察卫星，我们已经可以确定N组织的通信卫星的精确位置了。”

现在在他们面前的垂直发射井中，一支巨大的运载火箭正在静静地等候命令。但秋濑敏锐地意识到那并非普通的发射任务所用的火箭——它的助推模块比发射低轨道卫星的要更大一些，头部的设计也与一般的运载仓不同——上面并没有标注任何编号或国旗样式，只有一个“放射物”警告赫然醒目。

“那是增强辐射武器，是专门用来破坏通信卫星、干扰通信信号的。”少将对秋濑说道，“我们并不能做到十分精准地打击，但误差范围已经控制在了 EMP 的有效范围之内。”

“这是要对 N 组织的卫星下手了吗？”

“实际上，我们已经这样做过了。一个月之前我们击毁了两个 N 组织地球同步卫星，你没有发现最近那支名叫轨道突袭者的部队的活动明显减少了吗？”

秋濑皱了皱眉头，目前看来的确如此，N 组织方面长时间没有发射新的卫星进行补充，也许与最近大规模的军事行动有关系，也有可能是与 C 国方面的对卫星导弹有关。

“但下一个阶段，我们需要把侦察网扩张到同步轨道。这时 N 组织的深空部队也就成了威胁——这就是我们为什么同意向特殊空军提供援助的原因。”

“你们准备送多少架战斗机上去？”

“30 架，3 架特殊空军战斗机以及 27 架无人机。”

“但这数量也……”

秋濑的疑问被打断了，唐铖指了指地下发射场的收纳库之中整整齐齐地排放着的六具重型运载火箭，秋濑的心中便有了答案。

“六具，每个火箭搭载五架，它们会把战斗机部队送到高轨道上——也就是 N 组织的空天部队的补给中继站的高度。第一阶段的任务是控制那里，保证后续的补给，并保证空天运输机可以使用。然后，就是下一阶段的计划——拔除轨道突袭者的据点，确保同步轨道的安全，然后大规模布置通信卫星，形成我们的通信网络。”

秋濑没有答话。

他们继续进行参观，一路上，唐铖上尉向她介绍了 C 国在空天领域取得的突破，以及在超级计算机小型化方面取得的成果。最新一批战术无人机——完全自主研制的，在无信号条件下也可以使用的无人战斗机将会投入战场。令秋濑感兴趣的是，“训练”这些无人机的并不是程序员，而是心理咨询师、心理医师甚至是幼师，这让她感到有些不可思议，但也并不方便过问。

“秋濑中校，据我所知，您在学生时代曾经在我国的军事学院学习过。”

到达一扇厚重的三防门前的时候，郁华少将停了下来，对秋濑说道。

“那是在 32 年前了。”秋濑回答道。

“但您看上去还是这么年轻。”少将说着，在三防门旁的身份认证机上输入了一串字符，但门并没有打开，“基因编码，遗传学上的工程技术已经可以实现我们曾经认为的‘奇迹’，甚至连曾经‘一个意识只能够绑定一个肉体’的观念也已经被突破——虽然这还属于机密，但我认为多说无妨。”他望了望秋濑，说道：“您的这具躯体是什么来头？”

“2275 年 12 月 22 日 HXH 人体工厂制造，编号 510428。”

“看来生物电子学的突破让我们都受益匪浅。”少将说话的时候，一旁的唐铖上尉已经走上前去，在认证机上输入了另一半密码。这个时候，厚重的防护门才发出一阵闷响，然后在电机的轰隆声之中缓缓打开。

一个幽深的隧洞呈现在人们的眼前，这似乎是一个防空设施，但年代显然已经久远。悬吊在顶端的灯还是旧时的日光灯，墙壁也没有做过多的防潮处理，显得湿漉漉的。

隧洞是盘旋而下的，根据唐铖的介绍，这里原本是一个防空洞，但之后就被用来储存“某些东西”了。这些东西必须储存在安全的，并且是足够深的地下——用厚厚的铅板与纯水层隔绝几乎一切宇宙射线。这里没有安排任何升降机，也没有通风管道通往地面——氧气通过专门设施输送进来，也没有货运用的通道——长长的回廊如同朝圣者前往圣坛之前要走过的台阶一般，需要他们怀着虔诚的心走完。

到达回廊的尽头之后，一扇防辐射们挡住了他们的去路。两名常驻工作人员向他们发放了干净的防辐射服以及氧气管，在确保他们被严严实实地包裹在防辐射服里之后，工作人员才最终放行。

门后是一个隔间，在隔间里他们经历了最后一次除辐射流程，这才最终进入到了这个地下的厅堂之中。

“实际上，这次行程是我提议的。”

进入这个地宫之后，秋濑的耳边响起了唐铖的这句话。

但她已经无暇顾及这句话了——她的眼睛完全被眼前的景象吸引住了，应该说，是震惊了。她所看到的是完完全全不属于这个时代的文明的东西，那是一块巨大的黑色石板：石板的表面完全光滑，即使在多角度光照的条件下依旧看不到任何不平之处。石板并不是被放置在任何支架，或是悬挂在任何悬链上，而是漂浮着——

在某种未知的力场，秋濑猜测也许是磁场的作用之下，悬浮在空中。石板十分巨大，高度达到了 22 米、宽 9 米、厚 1.5 米，实心构造。一道蓝色的光带正在石板上方来回移动，那似乎是某种用于读取信息的激光束——它每移动一个来回，他们身后的一台电脑便会记录大量的数据。秋濑走上前去，翻看了一下那些不断刷新的记录，但当秋濑回头看那块黑色石板的时候，那块石板却依旧平滑如镜，没有一点变化。

“我们在 14 年前发现了这块石板，在南极洲的冰川之下。”唐钺说道：“与石板一同被发现的还有六具疑似古代生物的遗骸。但很可惜的是，当时保存完好的遗骸在被移至地面之后迅速地腐化了，只有这块石板保存了下来。”

“我们的科学家对石板进行了年代鉴定，但无法判定其确切年代。取样的尝试也都以失败告终——没有任何工具能够破坏它的哪怕一个分子。我们试过单分子切割，但也无济于事。后来，通过对其进行扫描，我们发现了它的神奇之处——它在自动更新着数据，虽然我们不知道是以何种方式。”

“我译解了一部分从石板得到的文字。我们确认了‘古老者’的存在。”

“石板信息之中，描述了大量的超出我们认知的内容。为了解读这些东西，我们已经有三位语言学泰斗被送进了精神病院。我也尝试过解读，那些信息是远超我们理解范围的，是深邃的，来自于黑暗的银河之外。之后，我们把从石板之中得到的零散信息与一些地方教派进行了对比，发现了在这之中的一些联系。”

“但我们还是只能够解读，不能够与信息的来源建立联系。直到有一天，一个女孩被送到了我们的面前——我还记得那是一个P国女孩。据医生称，当边境部队截获她所在的非法移民船只的时候，她就已经陷入疯癫状态了。但那个女孩却给了我们一大惊喜——通过她，我们首次得以与更加高层次的智慧生命建立联系。我们至今仍不明白那到底是什么原理——也许是疯人特有的一种精神层面的感知力？”

“所以，当高等智慧出现在我们面前的时候，我对它问了这样一个问题——战争什么时候会结束？”

“然后，我收到的回答是——在该结束的时候。”

“也许你会认为这是废话，但这是令人惊讶的信息，这则信息表明，我们所经历的战争、所经历的文明发展，实际上并不是由人类的主观能动性所决定的。在特定的时候，特定的场合，更高维度的决策者会决定程序的运行……”

之后，唐铖说了什么话，秋濑都听不见了。她感到眼前的景象开始扭曲，刺眼的日光灯消失了，视野从未变得如此黑暗。然后，黑暗中的光芒出现了——那是一颗恒星，一颗无比巨大的褐色恒星，而她却站在距离无比遥远的地方，注视着这幅景象。恒星在喷发，它的表面不断地形成如同耀斑一样的图案，变化莫测。然后，她看到了，在那恒星之后无比黑暗、无比深邃的宇宙，在那虚无之中存在着的观察者们。她无法形容他们——他们本就是无貌之物，但她能够感受到那种强大的压迫力，或者是一种来自于远古祖先的敬畏之情。她看到在草原之上，手持石矛的原始人类在巨大的石板之前升起火炬，时间的流逝在这里不复存在了，一切的流动都变成了混沌的、混乱的、无法理解的，不同时代的光景同时存在于这个空间之中，甚至是文明出现之前，意识出现之前，那些理应不存在的时代，也一一浮现在她的眼前。突然，所有的光影、所有的声音全都在一瞬间消失了，四周只剩下无尽的虚无、无尽的黑暗。她四下张望着，什么都没有，什么都看不到，甚至连自己的存在都无法感知。她感到了恐惧，感到了一种被遗弃的深刻的孤落，这里什么都没有，却又什么都存在……

“喂，秋濑中校！”

她感到有人在摇晃着自己的肩膀，她感到视野在慢慢地恢复。浮现在眼前的是一群穿着白色防辐射服的人，她看着他们，竟然一时半会儿有一种陌生的感觉。

“您怎么晕过去了？”面前的人问道。

她从地上慢慢地爬起来，看了看四周。他们已经退出了那个地宫，工作人员正在帮他们脱下沉重的防辐射服，那个巨大的黑色石板也不见了踪影。

秋濑摆了摆脑袋，但头脑之中还是一片混乱。

第6章

“海藻呼叫渔船！海藻呼叫渔船！ MAY DAY!MAY DAY!”

舷窗外的火焰越来越明亮，舱壁的温度也随之越来越高。即使隔着一整套厚厚的EPS轨道空降设备，阿列克谢还是能够感觉到坠落的轨道运输机与大气层摩擦产生的超高温度。

在杂音严重的无线电通信频道之中，他听到了位于驾驶室的机组成员的呼救。但没有人回应，地面指挥部没有给出任何迫降指示，因为他们正在穿过电离层，坠落体前方的等离子隔断了一切的外部信号。

他听见运输机在发出轰鸣，单兵突入舱的摄像头让他能够看清楚机舱里的情景，运输机正在被燃烧殆尽，火焰已经从被击中的尾部涌入舱室之内。

他们所属的部队是N组织EPS（地面－轨道部队）的一支空降兵分队，在乘坐运输机前往指定区域进行空降的途中，遭遇了来自

W 组织的导弹袭击。没有人知道，几乎没有卫星制导的 W 组织是怎样把一枚导弹送到这样的高度上来的，也没有人知道 W 组织是如何精确地瞄准了运输机这般大小的目标。现在他们正在坠落，穿过大气层。驾驶室里已经没有了声音，阿列克谢猜测，机组人员也许已经死亡，变成灰烬了。

他伸出一只手，调动了一下单兵突击舱的内部界面，突击舱的设施尚可以正常运作，于是他调出了运输机的投放界面，舱门电机还没有被烧毁。于是他找到了控制面板，按下了投放键。

突击舱在机舱里碰撞了几下，他感受到了一阵颠簸，然后就脱离了运输机，开始下坠。覆盖在他胸前的气囊开始充气，以减少失重效应带来的影响。他感到肺部的缓冲液开始顺着气管向他的口中涌去，但他紧闭着嘴，抑制住了这种趋势。

突击舱进入了大气层，通信逐渐开始恢复。摄像头开始拍摄下方的图像，他看了看高度计，他正在从三万米的高度急速下坠。这时，突击舱的平衡翼展开，帮助调整舱体的位置，同时进入滑翔状态。下降的速度明显减慢了，通过卫星地图，他看到自己正在向指定的降落地点滑翔而去。

现在他位于南太平洋的上方，在云层之上向下看：下方的云层是灰黑色的，因为那根本就不是云，而是散布在高空的重金属粒——用于干扰电磁信号。重金属云将整个战场包裹其中，W 组织、N 组织，在那里全都一视同仁——没有来自外太空的信号支援，双方用雷达与武器决出胜负。

突入那层重金属云之后，卫星信号就再一次消失了。阿列克谢忧虑地看了看全球定位系统的屏幕，上面什么都显示不出来，只有摄像机还在忠于职守地记录着下方的地形，他此刻正在前往交战区域的核心——也就是被标记为“D”的岛屿的位置。他看到一些伞兵正在通过运输机前往战场中央，但这些运输机中有一半都会被对方的防空火力给打下来。

镜头上突然粘上了一些污点，导致他看不清下方的情况了。他很清楚那是什么东西——那是被炮弹撕裂的伞兵的碎片。

高度计还在正常运作，他活动了一下手指，感觉到了手中武器的重量。N 组织制式步枪 NOTO.30 的质感刺激着他的手心，他查看了一下单兵作战系统的界面，只有一部分索敌功能还能够正常运作。

突击舱最终掉进了海里，很幸运的是，他没有在中途被炮弹击中。也许是因为突击舱的下降速度太快，也有可能是因为 W 组织的火力网不够紧密——他目前还算存活。于是，在突击舱彻底沉入水中之前，他打开了舱门，带着自己的武器还有设备，从突击舱里钻了出来。突击舱的外壳还是滚烫的，让周围的海水都变得温暖，也有可能是频繁在海中爆炸的炮弹使然。他环顾了一下四周，海岸就在距离自己不到百米远的地方。

天空是红黑色的，海水也是红黑色的。可以毫不夸张地说，在靠近海岸的地方，海面上漂浮着燃油与死尸，浮油燃烧着，把周围映得一片通红，他时不时会碰到水里的尸体，有的漂浮着，有的因为携带着重装备而下沉，半埋在水中的沙子里。他的脚已经勉强可以碰到水底了，但他还是在踩水，以免油污进入自己的口中。

他登上海岸的时候，一艘登陆艇就在他的旁边到达——这些士兵是很幸运的，他们躲开了守岛的W组织军队编织的海面火网，到达了海滩，但这只是开始而已。当登陆板放下，士兵们鱼贯而出的时候，隐藏在棕榈树林之中的机枪小组立刻开火，跑在最前头的士兵中弹倒下，然后是第二个、第三个……反应过来的士兵们开始卧倒，利用死去士兵的尸体作为掩护，开火还击。阿列克谢见状，憋住一口气，猫腰藏到海水之中，向登陆艇靠过去。

利用登陆艇的掩护，他启动了单兵作战系统——H&K公司的"塔罗斯"军用外骨骼。他联络不上附近的任何单位，战舰、战地指挥部……全都没有信号。士兵们几乎是在无命令的情况下到达这里的，然后混乱地向W组织的防御线发起冲击。这些士兵多半是从克隆工厂里出来的，从某种意义上讲，属于儿童兵——甚至是婴儿兵的范畴。许多人只是在脑中下载了战斗程序，然后就被配发了武器，送上战场充当消耗品。

在登陆艇的边缘，阿列克谢没有再前进。他紧靠着登陆艇的边缘，没有把脑袋露出去。

一个手持自动步枪的小个子士兵从他的身边跑过去，仿佛根本没有看到他一样。小个子兵刚踏上海滩的沙地，一梭子子弹就把他的身体撕开，空中升起一团血雾，他的内脏也随之四下飞溅——那里面有红色的血、红色的肉，还有一些其他的东西：黑色的电池、机械部件，等等。他们的身体里有一半都是廉价的机械材料，而不是昂贵的生物材料。这可以大大缩短这些娃娃兵的制造周期，让他们的生产速度甚至比得上制造自动步枪的速度。

但阿列克谢还是没有探出头去。他是正确的，几秒钟后，空气中响起一声尖哨般的响声，然后是震耳欲聋的巨响。在远处进行炮火支援的G国海军巡洋舰沙恩霍斯特及希佩尔海军上将的炮击是根本不顾及这些消耗品的。冲击波将阿列克谢震飞出去十余米，落在海水之中。如果没有缓冲液的保护，他现在早已经内脏破裂而死了。但当他重新站起来的时候，他只是感觉世界安静了许多。

耳朵暂时失聪了。

EPS士兵的身体素质是高于一般陆战队的士兵的，他们会被配发更加强健、更加完善的躯体，以及更加精良的武器，并进行更加严苛的训练。即使是在失聪的条件下，阿列克谢也依然能够运用安装在颌骨里的声波采集器对外界的声音做出反应。于是他继续前进，靠近了岸边。刚才炮弹落下的地方已经变成了一个大坑，棕榈树林被夷平了，四处燃烧着熊熊烈火。他抬起头望了望，更多的炮弹还在落下，在更远的地方掀起数十米高的灰柱，十分醒目。他不敢在沙滩上久留，于是快跑通过了海岸区，爬上了潮间带之后的堤坝。

这里的战斗更加激烈，因为双方的士兵在岸上的市区之中展开了巷战。即使W组织的士兵占据了较高的地势，他们看上去也并不占优势——蝗虫一般涌入的N组织的士兵们纷纷冲破海岸防线，进入市区之中，突入每一栋楼房。阿列克谢找到一处炮弹炸出来的散兵坑躲藏着，直到炮击结束的时候才向外观望了一下，此时 N 组织的主力军队才正式出场。

与那些小小兵们不同，第二批登陆的海军陆战队几乎以装甲力量构成。凭借装甲车突破火力网之后，那些钢铁甲虫进入市区，在楼房之前放下了里面的步兵。然后，士兵们进入巷战之中，装甲车退出狭窄的巷道，进行外围火力支援。

巷战一直持续到夜间，W 组织的军队逐渐退守至城市东面，N 组织的军队成功占据了西部城区，打开了登陆阵地。除了一些零零星星的枪响之外，登陆地点基本平静了下来。

阿列克谢所在的 EPS 分队只有两个人成功降落到了指定地点，其余的人要么迷失在了大海上，要么就是在大气层之中被活活烧死了。相比之下，他们还算得上是幸运儿——那些第一批登陆的士兵们可就没那么幸运了，他们几乎尝遍了战场上的各种死法——被子弹打死，被炮弹炸死，触雷而死，被装甲车碾死……他们各异的死状很快就成了正规军们在作战之余的笑柄。

“然后啊，我就看到那家伙被炸飞起来了。”几个穿着 ACU 迷彩服的海军陆战队士兵正在伙食房外开着那些倒霉蛋们的玩笑：“他的脑袋飞到了二楼，然后你猜什么溅到了我脸上？我呸，那家伙的脑浆！”

然后，那些士兵们爆发出粗鲁的笑声，时不时还掺杂一些恶毒的话语。不过阿列克谢猜测，那个士兵要么是在编故事，要么就是炸死的不是克隆人——工厂制造的克隆士兵是没有完整的生理系统的。

阿列克谢和那位幸存下来的士兵,威廉姆斯,待在一个营房——一间被夺取的旅馆的房间里。同伴正在尝试修复旅馆里的电视机,而他此刻正在盥洗室里，用水龙头里的浑水冲洗着自己的身体。

泥污和血迹被洗掉之后，他才看清楚自己身上的伤痕：肩膀一处，腹部一处。于是他拿起军队配发的球蛋白胶带，把那些创口黏合上，然后打上紧急缝合针——那是一个痛苦的过程——来防止伤口开裂。

“电视机修好了吗？”阿列克谢从卫生间里走出来，他把黑色的棉质衬衫套在了身上。

“修不好了，电视台被毁了。”威廉姆斯说着，抬起拳头重重地打了电视屏幕一下。他还没有脱下单兵装甲，所以电视机也就随之四分五裂了。

窗户的玻璃被冲击波震碎了，外面的雨点飘了进来——这不是天然降雨，空军的运输机正在高空喷洒水雾，水雾与空中密布的金属颗粒结合成雨滴落下来，就能有效清除战场上空的重金属云，恢复卫星通信。

阿列克谢查看了一下无线电的信号，卫星信号正在恢复，于是他重新登录了EPS联合指挥系统的界面，对小队成员发起了呼叫。

“没用的，我刚刚呼叫过了。”威廉姆斯说着，把身上的装甲解除锁定，然后分部脱下，丢在烧焦的床单上，“拉姆齐掉到W组织控制区去了,一着陆就被打死了。其他的人估计是在空中就翘辫子了。”

“我们运气还不错。”

“是啊，运气不错。”威廉姆斯打开了军队配给他们的罐装啤酒，喝了一口。“看看这雨吧，W 组织为了让我们的卫星用不成可真是煞费苦心。”

“没用的。现在我们已经获得了卫星支援，接下来就是轨道打击了。”

“你是说轨道突袭者要行动了吗？”

阿列克谢点了点头。

他把厚厚的 ACU 夹克穿上，检查了一下单兵装甲的动力。窗外还是时不时地响起一些爆炸声，大多都是从空中传来的。高射炮部队正在向空中发射装满凝结液的炮弹，让它们吸附那些金属灰尘。几滴雨水飘进了窗子，溅在他的脸上。他伸出手去擦了擦，感觉黏糊糊的。

漫长的夜晚如果没有敌袭的话，是相当无聊的。他和威廉姆斯决定轮流值班，看晚上 W 组织的“老鼠”会不会摸过来。

现在醒着的人是阿列克谢，威廉姆斯靠着一旁的行军带睡觉——他用防毒面具盖住了口鼻，但阿列克谢选择在窗户边上放一个空气监测器。一旦检测到有毒气体含量的变化，它就会发出毒气警报。

借着窗外的微光，阿列克谢看了看手中的一张照片。那张照片已经有些褶皱了，但上面的图像还看得清晰。那张胶布一样的相片实际上是一块电子布，在它的表面密密麻麻地覆盖着许多微晶显示器，所以无论如何褶皱，它的图像都能够保持清晰——因为它采取的是立体投影方式。

投影在阿列克谢面前的是一个女孩的半身像——除此之外的区域就只剩下混乱的数字编码了。女孩没怎么笑，但看上去依旧美丽。她有着一头和阿列克谢一样的白色头发，还有因为辐射而白化的皮肤。她的眼睛是琥珀一样的绿色——这一点也和阿列克谢一样，他们甚至连容貌也有几分相似。照片里的女孩穿着一件有些陈旧的连帽衣，衣服的胸前是一只棕色的小熊。阿列克谢记得很清楚，这是他为她亲手印上去的图章。一旁的乱码之中，几个字符时不时闪烁几下。那是照片主人公的名字，叫作“维卡·叶林斯基”。

威廉姆斯不知道在什么时候醒了过来，他来到阿列克谢身后，拍了拍他的肩膀。

“那是谁？挺漂亮啊。”他指了指阿列克谢手中的相片。

“我妹妹。”阿列克谢低声回答道。

“多大了？”

“大概……快 18 了吧。”

“‘大概’是什么意思？”

阿列克谢没有回答，威廉姆斯见状也只好作罢，踢了踢阿列克谢示意他赶紧换班。

然后，威廉姆斯一屁股坐到地上，摘下脸上的防毒面具。“你呀……入队的时候就那么遮遮掩掩，好像有什么见不得人似的。”他对阿列克谢说道，“我又没有别的意思，我也有一个弟弟、一个妹妹，你有什么说不出来的东西？你跟我还有什么遮掩的必要？”

阿列克谢躺到了他的单兵装甲里——装甲平放在地上，正面还没有盖上。他没有回答威廉姆斯的话，不一会儿，威廉姆斯就听到了他平稳的呼吸声。

“怪人。”威廉姆斯摇了摇头，把自动步枪抱在了自己的手里。

P 国，2263 年。

不用过多久，W 组织的舰队就会开到这里。

许多人都想离开这个混乱的地方。街上每天都会发生暴乱，枪声如同战场上一般连绵不断。在没有进行规划就建设的蜂巢公寓之间，特殊警察与宪兵队的直升机每天都来回穿梭。

阿列克谢·叶林斯基躲在衣柜里，透过柜门上的网格看着外面的情景。一架宪兵的空中支援机从窗外呼啸而过，远光灯的强光照进黑暗的屋子里，但转瞬即逝。

在衣柜外面，客厅里，男人正在缓步走动。女人跪倒在地上，裸露后背——上面有数道血色的痕迹。男人走了几步，然后一抬手，手中的硬头皮带划破空气，金属带扣重重地在女人的背上割出一道血痕。

但女人只发出一声低沉的呜咽，因为她知道，越是惨叫，接下来的抽打就会越难以忍受。

“你从来学不会谦恭……”男人愠怒的声音在黑暗中响起，街灯的微光在地板上投下男人的影子，阿列克谢屏住了呼吸，他感到身旁的妹妹的心跳几乎是停了一下。他们挤在一起，不敢发出一点呼吸声。

男人继续绕着女人走着，如同一只野兽围绕着受伤的猎物，在挑选下手的位置。然后，他站定，抡圆了握住皮带的胳膊，又一次抽打。带扣打在女人的脊骨上，发出一声闷响。

阿列克谢颤抖着，他感到一旁的维卡颤抖得更厉害，于是便抱紧了她。他感到后背上的伤痕开始如同着火一般刺痛——即使那不是正在抽打女人的男人留下来的，但他感到一种无名的火焰在心中升起。

黑暗之中传来雨点一般密集的鞭打声，女人的呜咽逐渐转变为了啜泣，于是男人打得更猛烈了。阿列克谢听到了玻璃瓶破碎的声音，有什么东西被重重地扔在了地上，然后传来了女人的惨叫。

“维卡，别怕。”阿列克谢抱着维卡的脑袋，在她的耳边耳语道：“我在这儿，我在这儿……”

又是一声玻璃破碎的声音，女人的惨叫停止了，然后是低声的呢喃，夹杂着粗重的呼吸声，那是女人的声音：“对不起，对不起……”

阿列克谢咬着牙，他感觉就要把自己的牙齿给咬碎了，但他不能够作声。男人的怒火还没有平息，他不能够让自己和妹妹也招来一顿毒打。

“阿列克谢……”他听到维卡在低声叫他，于是他回答了一声。

“明天……”

“明天还要工作……”他感到自己的话中充满了无奈。

“阿列克谢，我知道他把手枪放哪里了。”维卡轻柔而脆弱的声音告诉了阿列克谢一个让他瞪大了眼睛的消息。

“在他的房间，衣柜上面，我昨天看到了。”维卡说，“但我够不到那儿……”

“别犯傻。”阿列克谢低声说着，他感到心跳正在一点点地回归掌控，自己的视野变得清晰，大脑的活动也十分有条理，“他不出去，我们没法拿到。”

他感到维卡叹了口气。

衣柜的门突然被打开了，男人高大的身影投射在衣柜狭小的空间里，阿列克谢与维卡吓了一跳，他们瑟缩成一团，眼神里充满了恐惧。

但男人并没有打他们，只是拽着他们的衣领把他们拖了出来。“干活了。”男人粗野的声音吼道，“那婊子死了。”

阿列克谢感到维卡抖了一下，但他并没有因此而惊讶，这是必然的结果，继续放任现状的话，他们被打死也是必然的结果。窗外掠过一架宪兵的直升机，但没有停留，他们是不可能插手这些平民家庭中的事情的。

阿列克谢看到了躺在地上的继母的模样，她的衣服被锐器撕扯得四分五裂，皮肤上满是伤痕，血流了一地。她脸上惊恐的表情已经僵硬，眼睛突出，额头上有一大块猩红色的伤口，嘴角挂着黑色的血丝。男人把一个麻袋扔在地上，然后转身走进洗手间，去清洗切肉刀上的血迹。阿列克谢打开麻袋，维卡也上来帮忙。他们费了一番力气，才把女人的尸体装进麻袋里。

“要是不做事儿，你们就是这样的。”男人走回来，把切肉刀扔进刀架，说道，“维卡，昨天老瑟齐亚科跟我抱怨说你太冷淡了，没意思。”

维卡羞红了脸，低下头去。阿列克谢握紧了拳头，感到血液直冲上脑门。

“明天给我活泛点，要学着取悦客人，明白吗？”男人骂完，转过身去，挥了挥手让他们把麻袋扔出去，然后就一屁股坐到沙发上，躺了下去，发出隆隆的鼾声。

阿列克谢和维卡将麻袋抬着，来到了公寓楼的后面。在那里有一处从前的工厂遗留下来的酸池，现在仍然还能使用。一些当地的黑帮每天会更换里面的酸液，然后向那些在这里处理尸体的人们收费。阿列克谢把一张 50 元的电子支票递给了守在酸池一旁的看守之后，和维卡提起麻袋，向酸池一步一步挪过去。

“喂，阿列克谢。”看守突然叫住他，阿列克谢与看守认识，看守是一个年过半百的小老头子，叫波尔多，给一个黑帮做事。以前他们的继父打死了一个不付钱的嫖客，就是在这里处理了尸体。

“这是哪个倒霉蛋儿？”

“诺拉。”阿列克谢说着，望了小老头一眼，“帕奇科夫把她给打死了。”

他听到了维卡的啜泣，小老头也听到了，于是他没有再说下去。小老头沉默了一会儿，挥了挥手，让他们赶快到酸池那边去。

池子边上还有几个人，他们把一个大蛇皮袋扔了下去，带着恶心气味的白雾随即升腾起来。维卡打了个喷嚏，阿列克谢憋着气，拖着麻袋。

到了池边，阿列克谢松开手，把麻袋横过来，与池子边缘平齐。强酸的水面还在下边两米的地方，于是他用力一掀，麻袋打着旋儿掉了下去，溅起一团水花。他连忙从池边退回来，以免酸液溅到他的身上。

“走吧，维卡。”他握住女孩冰冷的小手，不情愿地挪动着步子，维卡也是一样，向那个房间走过去变成了一件无比困难的事情。

走过看守的时候，老波尔多把他们叫住了。他走到阿列克谢身边，把一张 100 元的支票塞进了男孩的手里。

“阿列克谢，这些钱够买把马格南。”小老头说着，楼上传来了男人不耐烦的催促声。阿列克谢急忙抽手，拉起维卡往回走。

“谢谢……”他向小老头丢下一句话，然后头也不回地走进了公寓楼黑漆漆的大门。

已经过了凌晨一点钟了，街上的喧闹声渐渐平息了下来，只剩下宪兵还在巡逻着。

阿列克谢还没有睡觉，他感到身上的伤痕火辣辣的疼，心中的暴动就要让他炸开了。他紧紧地攥着那张电子支票，借着街灯的微光，那支票上蓝色的钢印闪烁着，映在阿列克谢的眼睛里。

“阿列克谢……”他感到维卡冰凉的小手放在了他的脸颊上，他知道维卡病了，一些他说不上名号的怪病。她的手冰凉，心跳很乱，嘴角的皮肤开始发烂。阿列克谢握住了维卡的手，爬了起来，然后站在了地上。

“维卡，别再这样了。”他低声说着，语气近乎是央求，“听着，我们明天还是去那个老鸨那儿……”

“……我不想去……”

“明天不一样！”阿列克谢说着，眼睛里放出凶残的神色，“明天我们不是任由摆布的玩具！”

他说着，拉开抽屉，从里面取出了一把和他的上臂一样长的切肉刀。

“我们先宰了瑟齐亚科那混蛋。”他咬着牙，将那把切肉刀放进了自己的书包里，“然后去波尔多那儿，弄到枪。”

“明天就结束了。”他走上前，抱住维卡的肩膀，凑在她的耳边说道，“我们拿帕奇科夫的钱，先把你的病治好，然后我们就跑，去别的国家……”

他感到维卡点了点头，紧绷的脸上露出了一丝笑容。

“阿列克谢，我们不分开……”维卡低声呢喃。

“是啊……我们不分开……”

阿列克谢还记得那些场景。

切肉刀从瑟齐亚科的前脖子进去，从后脑勺出来。阿列克谢不惧怕那些鲜血，发了疯一般地抽拉那把锯刀，把瑟齐亚科那颗胡子拉碴的脑袋给切了下来。阿列克谢的脸上满是鲜血，一旁的维卡却并没有露出太多惊讶的神色，她望着他，脸上露出高兴的神情。

他们提供的是上门服务，而且瑟齐亚科是个老单身汉，所以他们不用担心有人报警。阿列克谢把脸上洗干净，把满是鲜血的衣服换了下来，穿上了一件在瑟齐亚科的衣柜里找到的夹克衫——衣服下摆快要到他的膝盖了。然后，他在衣柜里找到一件厚衬衣，还有一条裤子。他拿剪刀剪短了裤腿，给只穿着一件单薄的纱衣的维卡穿上。

第一阶段的计划进行得很顺利，接下来的过程也完全按照阿列克谢的计划进行着。他们把老单身汉家里的钱财搜刮一空，但那家伙的家里没有枪。于是他们找到了一个贩卖枪支的地下商店，负责那里的是一个尖嘴猴腮的小个子。

“你要枪？”

小个子打量着阿列克谢，这个大概只有 12 岁的小男孩的眼睛里流露出一种骇人的决绝。

他点了点头：“马格南，大口径的，一枪能把脑袋崩碎的。还有子弹。”他说着递上了电子支票。小个子拿过支票，放进收款机里扫描了一下，电子银行即刻完成了支付。“好的，小先生。现在你可以挑型号了。”他说着，领着阿列克谢来到一个柜子前面，“这是马克西米利安 M150，一些富人拿它狩猎圈养的大象；这是马格南 50，双动六发，转轮式，永不卡壳；这是……”

阿列克谢没有理会小个子没完没了的描述，径直把那把有他胳膊一半长的大左轮枪拿了下来。

“哦？马格南 50 啊，好眼力。”小个子说着，又从一旁拿出了一个木箱子，从里面取出了几个纸盒，放在阿列克谢的面前，“现在挑弹药吧！那把枪是 75 元，25 元足够你买两盒，30 发，我这里有达姆弹、格林内爆弹、D335 热能弹……”

“我要打碎他的脑袋。”阿列克谢说着拿起了一个标有 DUMDUMS 的纸盒，然后抓起手枪放进了自己的书包里。

现在他的面前躺着男人的尸体。

帕奇科夫的整张脸都变得血肉模糊，尽管子弹是从他的后脑勺打进去的。达姆弹在他的颅内旋转，爆裂，炸飞了他的一整张脸。阿列克谢与维卡收拾着一片凌乱的房间，然后拿地毯将他的尸体裹了起来，老波尔多已经在门口等候多时了。

“然后呢，是那个小老头处理掉了尸体？”

现在坐在阿列克谢面前的是 G 国边境快速反应部队的审讯官，一个方下巴、白皮肤的男人。

“我必须要澄清，维卡是受害者！”阿列克谢向审讯官吼道，“所有的都是我一个人计划的，所有的都是我一个人做的！这不关维卡的事！”

“我们当然知道，我们已经把她送到医院去接受治疗了。”审讯官对阿列克谢说着，试图让他冷静下来接受审问，“我们已经为她安排了一个好人家。”

“你们不能这么做！维卡离不开我。”

两个士兵立刻上前控制住阿列克谢，他拼命挣扎，但是没有用。士兵们将他拖向一个房间里，审讯官也跟着进去了。一进到房间，阿列克谢的后脑勺上就重重地挨了一下，他眼前一黑，失去了意识。

【数据刷新中】

恢复意识的时候，阿列克谢看到自己眼前的景象，这里是他从来没有见过的、陌生的环境。这不是审讯室，而是刑房——砖砌的墙面上残留着斑驳血迹，空荡荡的房间里还残留着囚徒的哀号。他看了看自己的手，一双牢固的镣铐已经拴在了他的手腕上。

“这是哪儿？”

他四下张望着，对着空气问道。

“这是一个意识构建。”G国审讯官的声音响了起来，他猛地回过头去，映入眼帘的是一张审讯桌、两把椅子。审讯官坐在其中的一把椅子上，另一把空着，放在他的对面。

“过来，坐下。”

但阿列克谢并没有接受邀请，他依旧站着，眼神里透露着警觉。

审讯官叹了口气，但也没有做出什么。

“好了。”他说道，“现在告诉我，你为什么杀死自己的父亲？”

“他活该。”阿列克谢咬牙切齿地说道。

“因为他打了你妹妹？”

“他不会停手。”

阿列克谢感到愤怒在让他的视野模糊，于是他调整了一下呼吸，让自己的头脑冷静了一些，那个所谓的“父亲”已经死了，他没有必要再为此冲昏头脑。

“而且他还打死了妈妈。”

“但警方称她逃走了？”

“警察是笨蛋，他们都是笨蛋。逃走了也倒还好——他逼她去卖淫，还有我和维卡！要是她不工作，或者稍有不如意，他就打，打她，打我们！维卡都病了他还……”

“冷静，孩子，我相信你说的每一句话。”审讯官说着，挥了挥手，阿列克谢手上的镣铐便消失不见了。“实际上，这并不是审讯，我在征求你的意见。”他望着不知所措的阿列克谢，将身子向前探了探，胳膊肘支撑在桌子上。

“你策划了一起叛乱——虽然是小规模的，但你的行动很迅速。根据证词，你只用了一个晚上计划，然后就实施了。你只是个孩子，就杀死了两个男人。我刚刚已经观察到，你是个好苗子。”

审讯官说着，又指了指面前的椅子。“坐到这儿来，孩子，我们靠近些说话。”

阿列克谢迟疑了一下，选择了顺从。

“在战争年代，威胁不仅仅来自于外敌，也来自内部。邪教、叛乱者、人口贩子、强奸犯……在我们的背后捅刀子。”

“……你想干什么？我没有什么可以给你的。”

“招募你，N组织联合调查局（NFBI）。”

阿列克谢愣了一下。

“你是它的人？”

审讯官点了点头。

“那维卡怎么办？”

阿列克谢把急切的目光投向男人，但男人没有回答。他沉默着，注视着阿列克谢的目光，解读着其中的信息，但没有回答。

“我做的一切都是为了维卡。”阿列克谢顿了顿，又说道，“我希望她安全、幸福……”

“联邦政府会保护市民。”审讯官终于发话了，“你的妹妹，我们会把她安排到一个好人家里，和关心她、真心爱她的人们一起生活。”

他继续凝视着阿列克谢的眼睛，阿列克谢把目光偏向一边，低下头去，似乎是在思考着什么。

“孩子，你从不相信任何人，是吗？”审讯官笑了笑，从座位上起身，绕过桌子，走到男孩身旁，“我以联邦政府的名义向你担保，我们会满足你的要求。”

“……代价是什么？”

“你的加入。”

“如果我拒绝呢？”

“你无法拒绝。”审讯官居高临下地望着男孩，男孩也仰着头望着他，但从那男孩的眼中看到的神色却令他毛骨悚然。

于是他转过身去，避开那眼神，他有足够的自信能够驯服那眼神的主人。于是他说道：

“我们拥有的技术，已经能够实现意识与肉体的剥离与结合——也就是说，你的灵魂，不再绑定于固定的肉体之中。经过训练之后，你会注册成为一名Incarnation，也就是‘替身’。你可以用任何身份进入任何组织、任何地方。我在你身上看到了潜力，相信我吧，孩子，我会让你成气候的。”

当他回过头去的时候，他的心中产生了一种喜悦。男孩点了点头，他终于驯服了这个人的灵魂，利用他的情感之中最为脆弱的一部分，就如同进攻一个坚固的要塞一般，从弱点进攻，乘虚而入。之后，要塞便轰然倒塌。

一种成就感油然而生。

他在睡梦之中。

在梦境之中的人们，会自然而然地接受自己在梦境之中所认为的规律、现象、时间线，等等。梦境之中的人是意识不到自己“原本”的存在的，反而更像是接受了梦里面的人物设定一样，亲身体验着别人的经历一般。

“……阿列克谢，你已脱队。收到请回答，收到请回答……”

他的骨传导耳机里面还断断续续地传来某些无线电源的信息，搜寻他的士兵们正在这座已经化为废墟的海下城市之中，翻找着每一个角落。

但是他不能够回应，因为一旦他回答，报答他的将不是战友的拥抱，而是直接由定点精确制导系统引导而到来的抛射武器的饱和攻击。

于是他用单分子军刀割开了自己的纳米碳皮肤，将安装在皮下的骨传导耳机拽了出来。强行拆毁植入的耳机破坏了一部分神经细胞，让他的脸部抽搐了一下，但那伤口很快就愈合了，相互作用的纳米材料会自主修复小的创口。

这样他就听不到那些断断续续的通信了，但耳机仍然连在无线网络里，他可以用眼睛里植入的微型电脑继续追踪信号源，这让那些被光学迷彩与废墟掩护着的搜索者们无处遁形。

手里的 AEU 战术步枪的重量通过手指传到大脑，他检查了一遍子弹，残弹 14 枚。所有的备用弹夹已经耗尽。他回过头看了看身后，一个穿戴着简单的 ALICE 装具的女性正在将一具死尸身上的武装带拆下来，将弹夹抛给他。

将弹夹很快别到自己的 LCE 装具上之后，他的视野内的电子界面上出现了一则信息，信息的来源是“维卡”——那个代码的使用者正是他身后的女性模样的活动物体。

“阿列克谢，我们怎么逃走？”

他蹲下身子，躲藏在一块竖起的石板后面。他用右眼的电子界面调查了这个海底城市的地图，找到了通风主管，各层紧急逃生舱门，水下港口以及燃气管线的位置。主要的线路已经被封锁了，因此他将路线规划为了通往中央机库的方向。

他发送了信息：“坐飞机。”

通过电子信号，他们就可以互相确定信息，甚至都不需要点头示意。

他将数据屏幕切换到了隐藏模式，仅保留战术用全息瞄准系统以及射击管控系统的界面。然后，他启动了自己穿戴的光学迷彩，从废墟之后绕了出去。维卡也进入了光学隐身状态，紧随其后。

他们首先绕过了在城区把守的两个巡逻队，巡逻队的装备不足以探测到第五代单人装甲的热源，因此他们才能够顺利地进入一号货梯之中，向水下港口进发。他们需要绕开守在中央电梯枢纽处的系统军团士兵——这些人有生物检测设备，能够探测到隐形状态下的他们。

但货梯的卸货口也有系统军团把守，这些军备公司的雇佣兵将抓住他这个不知为何从部队中叛逃的联合调查局突击队员作为作战目标，在这座海底城市里布下了大网。

想要到达港口，再从紧急通道进入中央机库是免不了一场恶战的。他将 AEU 步枪下挂的 LG5 榴弹发射器装上一枚榴弹，对准了敞开式的货梯电梯井上方的闸门。闸门已经被打开了，可以隐隐约约看到走动的人影。与他们一起被运输的还有数个金属集装箱，堆叠的箱体中间有足够站下两人的空隙。维卡装好榴弹之后，他们用电子眼球规划了榴弹抛射路径，向上方的闸门发射了破片榴弹。规划好的发射路径能够保证榴弹在人体胯部位置爆炸，让弹片造成最大限度的非致命性杀伤。

两声爆炸几乎同时响起，他听到头顶上的闸门后传来惨叫声，有三个人从上面掉了下来。货梯与闸门的竖直距离有十米以上，砰砰几声之后，他们重重地摔在了升降梯的金属地板上。巨大的冲击使他们骨骼折断、内脏破裂。尽管如此，两个躲藏在集装箱缝隙里的人还是用三次点射打碎了他们的脑袋。

剩下的十米距离突然变得如此漫长，他的大脑之中产生了一种奇怪的错觉。他与维卡站在这狭小的空间里，头顶上零星的轻武器射击向他们发射着金属子弹的细雨，弹头打在集装箱上，叮铃叮铃。他们的大脑里是高速运转的 CPU，准备着即将到来的恶战。整个世界突然充满了大作的警铃，声音之大盖过了任何一种步枪的声音。然后，周围的梦境开始崩塌，一切都在震动，包括他们的影像、地上的影子、漂浮的硝烟……穹顶裂开了，海水开始倒灌，澎湃的浪涛还是无法盖过那震撼天地的轰鸣。一切都开始崩毁……

丽塔·格里弗斯·克林顿上尉不知为何，想起了很久以前曾经做的一个梦。

一般而言，梦境中的自己是记不住什么东西的，但直到现在，她还能够清晰地记住梦境中的东西，维卡、系统军团、联合调查局，还有最后藏身的集装箱……

丽塔·克林顿上尉揉了揉眼睛，从蹲坐的状态之中直起身来。

她现在正在一艘特殊情报部门的突击艇上，时间是 2271 年 4 月 22 日。与她同行的还有四名特殊情报部门的突击队员，他们一律都穿戴着特情局专门派发的单兵作战装甲。

三个小时之前，他们在 M 军事基地中接到了“发现阿列克谢·叶林斯基”的消息。根据目前掌握的情报来看，阿列克谢·叶林斯基曾经是一名 N 组织联合调查局的探员，于 2263 年加入联合调查局突击队，服役时间超过十年，并且还曾是突击部队之中的佼佼者。对于叶林斯基探员突然叛逃一事，没有人能够给出确切的理由。

通信频道突然亮起了灯，是总部与克林顿上尉的单独通信。上尉接通了频道，与总部开始联络。

“克林顿上尉，现在紧急追加一项任务。”信息栏之中开始显示文字。“阿列克谢·叶林斯基可以当即击毙，但他已经挟持了我们的一项重要军备计划中的关键人物。姓名不便透露，但这是她的照片，记住，务必将其夺回。若不能，就将他们一起摧毁。”

然后，屏幕上显示出来了一个女孩的相片，克林顿上尉看着那张图片，感到有一些眼熟。她想起来了，这是曾经出现在她的梦境之中的那个女孩。女孩有着一头白色的头发，皮肤也显得过分苍白，眼睛是翡翠一般的绿色。她的脸庞很好看也很耐看，但上尉的目光并没有在那上面停留过久。

一些模糊不清的记忆片段开始涌入大脑，上尉摇了摇头，把那些念想从脑中赶走。

M军事基地外面已经被联合调查局的突击队与特勤队围了个水泄不通，就算是在地表，也能够感受到地下结构之中发生爆炸时产生的震动。紧急转移居民的潜水舱在陆陆续续地浮上海面，军方则负责接收这些逃难的居民们。

“里面乱成一锅粥了。”联合调查局的现场负责人对上尉说道，“那个叫叶林斯基的疯子在执行任务的时候突然开火打死了队友，然后在里面大搞破坏——这里快塌了，居民区已经被海水压垮了，你们别下去了！”

“我们自有任务在身。”上尉说着，检查了一下装备，然后就挥了挥手，示意所有队员们跟上，进入M基地的地下结构中。

利用尚存的卫星信号，特情局的突击队在化为废墟的地下都市之中展开了对目标的搜索。现在的情况十分不妙，M基地随时面临着坍塌的风险，而在卫星定位仪上，目标的位置一直在移动，这让他们不得不分头，搜索这一庞大的区域。

在进行搜索的时候，克林顿上尉发现了几具联合调查局突击队员的尸体，所有死者都是被一枪打爆了脑袋，无一例外。这让上尉皱紧了眉头，对方的确训练有素，是一个难缠的对手。

定位系统之中的目标位置突然不动了，上尉立刻对其进行追踪，发现他正处于地下的中央机库里，并且已经停止了游走。

“所有人汇合，准备进攻中央机库。”

她发出了信息。

显示器上标记为友军的四个坐标立刻开始向机库的方向移动，她也随之前往机库。由于各个升降机都已经损坏，所以她不得不使用索降的方式到达那里，这耗费了她不少的时间。中央机库之中的信号似乎被阻断了，队员们进入之后不久信号便消失了，通信也无法进行，这让上尉捏了一把汗。

但当她到达的时候，眼前的景象让她的心为之一沉。

中央机库的规模很大，分为许多小的机库，还有维护工厂，以及后勤保障部。在进入中央管控区的时候，她在地上发现了第一具突击队员的尸体，旁边是一些散乱的脚印，以及一些弹壳。

第二具尸体是在经过二号机库的时候发现的，他面朝下倒地，穿甲弹从后方击穿了他的头盔。然后是第三具，就在距离不远的五号机库门前，子弹从防护薄弱的脖颈部穿过，地上的血迹还没有干。最后一名突击队员倒在垂直发射井的控制室外，他的死因不是枪伤，而是刀伤——他的头盔被摘了下来，扔在一旁；他的颈部有一道深而长的裂口，明显是CIV战术刀（联合调查局制式军刀）留下的。

上尉提升了警戒等级，她将脉冲雷达的探测范围调整到最高，探测周围的情况——在一级警戒状态之下，单兵装甲的使用者会拥有犹如“有着复眼”一般的探测能力，而对于熟练运用单兵装甲的人来说，这就像是拥有了全方位感知一般。

但即使如此，她还是没有察觉到突然从上方坠落的人影。那人利用落下的重力势能抱住她的头盔，利用强大的拧转力扯断了头盔与驱赶装甲的连接，将头盔扯了下来。上尉急忙抓住袭来的人影，利用动力装甲的机械臂将其丢了出去。

她看清楚了发动袭击的人，一个与她差不多身高的年轻人——阿列克谢·叶林斯基。她举枪瞄准他的头部，对方却以很快的速度近身，撞开步枪，然后用军刀向上尉的脖子划过去。

上尉急忙后退，用胳膊护住没有防护的脖颈。对方挥刀的力道很大，机械臂的外装甲被割裂，迸发出黄色的火花。

但很快，上尉就占得了优势——她用一支机械臂控制住对方，然后用另一只手向他的脑袋打出一记重拳。这一拳将叶林斯基打得眩晕——因为那是碳纤维钢与脸部的碰撞。他很快调整好平衡，但迎接他的是上尉毫不迟疑的连续膝击。在上尉的重击之下，单兵装甲的动力模组与 CPU 被破坏，失去动力的装甲成了束缚，精疲力竭的叶林斯基随之瘫倒在地，失去了反抗能力。

“我原本接到的命令是将你就地处决。”上尉从腰间抽出备用手枪，对准男子的头，说道，“告诉我，那个女孩去哪儿了？”

“你们永远都不可能抓到她……”

叶林斯基拼尽了全力，才从单兵装甲的重压之下，用胳膊支撑自己在地上翻过身来，仰面朝上，“我曾经把她交给你们，希望她幸福……可是我被骗了，这次绝对不会再拱手相让……”

上尉还想说些什么，但她的话被突然响起的巨大声音打断了——垂直发射井之中，一支运载火箭点火了。它的尾部喷射着火焰，从发射井里升起，火箭发动机的巨响让地面都发生震颤。

“你们永远都不可能抓到她…….”

地下结构随着火箭的发射开始坍塌，上尉只得开足马力向外逃去。阿列克谢·叶林斯基的躯体仍然留在坍塌的中央机库之中，但她管不了那么多了，整个地下都市都在塌陷，数万吨海水从城市上方倾泻而下，摧毁了所到之处的一切事物……

“克林顿上尉？”

她感到有人在喊她的名字，于是睁开了眼睛，看了看面前的景象。

周围的一切都是白色的，一种异样的气味扑鼻而来，那不是消毒水的气味，那是其他的东西——似乎是某种营养液。

她想试着动一下手，但手臂的反应却大过她的预期——她一抬手，就将面前的医护人员的脸重重地打了一下，那人捂着脸蹲下去，发出痛苦的哀嚎："我的鼻子！"

"您昏迷了太久了，这段时间我们不得不将您封冻起来。"一位医生模样的人在一旁说道，"现在您还不能够熟练使用自己的身体，这很正常。暂时先不要动，让神经系统调整一段时间。"

"现在是什么时候？"上尉对医生问道。

"您在 2275 年 4 月 22 日的任务之中受了重伤，全小队仅有您一人幸存。"医生说道，"之后，相关部门对您的资料展开了长期的审查，现在是 2285 年 9 月 3 日。"

上尉听了，有一些发愣，这意味着她在封冻舱里度过了十年的时间。

在进行恢复训练的地方，克林顿上尉进行着有助于重新掌握身体功能的锻炼，包括平衡训练、打击训练等。负责她的恢复训练的医师全程陪同。

"现在的单兵装甲是第几代了？哪个公司的？"

她问医师。

"第六代，据我所知。"医师回答道，"是赫克勒 & 科赫公司的'塔罗斯'。"

"N 组织和 W 组织停战没？"

"没呢。"

"那其他的战况呢？最近有什么任务吗？"

"基本上也就那样，打的时间一久，双方都在拖时间，找不到机会签订停战协议，战争就开始拖延了。有消息说 24 世纪的时候，也就是 2300 年会停战，但我看不见得。近期的任务倒是没什么，您都封冻十年了，特情局那边似乎不准备给您派发任务了。喏，您的转业证明在那边，中央系统的人力调派部将您调到……唔，空军部队去了。"

上尉听了，停下了正在进行的拳击训练，走到一旁，找到了医师所说的那张证明。电子打印纸上投射出她的转业文件——她被调派到了一个飞行中队里。

"是美洲狮中队，是作战中队。"医师对上尉说，"您的原军籍会保留，但会隐去特情局突击队这一项。但是特情局方面似乎并没有考虑将您开除。"

上尉看着那张证明，低下头发出一阵苦笑。这是作弄——明显的作弄。先是十年监禁，然后是这样的量刑：她的任务失败了，并且产生了不可挽回的后果。

一天的训练结束之后，丽塔·克林顿上尉在盥洗室的洗脸池旁冲洗着脸上的汗液。她看着镜子里的自己，面前的人还是自己的模样，金色的头发长长了一些，到了肩部，但是脸上的皱纹少了，一些疤痕也不见了踪影。她又检查了一下自己的皮肤，皮肤变得比记忆中更有弹性，身体也年轻了许多。她皱了皱眉头，感到有一些奇怪。但具体是哪些地方，她也说不上来。

战斗机内的作战记录仪将作战时间记录了下来，2293 年 8 月 25 日。

友坂中尉不安地看着作战电脑上显示出的高度数字。

【当前高度 25337 米，正在上升中】

推背感十分强烈，那不是战斗机的引擎造成的，而是运输这架战机的运载火箭的发动机产生的——他们正在穿过大气层，到达外太空轨道。负责第一阶段护卫的高空战斗机已经到达了极限高度，不能继续护送了。接下来的航程之中，他们只能够祈祷由 C 国提供的电磁隐身技术能够骗过 N 组织的侦察卫星了。

驾驶舱里传来一阵震动，在作战电脑上显示出运载火箭的现状——装配在火箭上的无人机被释放，负责运载火箭下一阶段的护卫任务。

“中尉。”

坐在雷达座上的武藤中尉对她说：“前方发现敌机，五架。”

“命令无人机出击，加速继续。”友坂中尉对武藤说道，“加速到高轨道速度再进行分离。”

在大加速度的情况下，飞行员需要面临长时间的大过载状况。一般的飞行员在 12G 的过载下只能够坚持清醒 30 秒左右，但经过航空训练，并且利用了体内抗震凝胶与新型抗过载服的特殊空军飞行员能够在这种情况下保持长时间的清醒，即使这是一个十分痛苦的过程。

无人机部队很快与敌机交战，对方似乎也是无人机，因此很快便被歼灭。友坂猜测这些可能是对方的指挥系统自主派出的战斗机，人类的指挥层可能根本不知情。

之后他们便再也没有遭到抵抗，并顺利加速到了第一宇宙速度，脱离了地球引力圈，开始向深空航行。

“中尉，现在进行分离操作。”武藤说着，调出了控制界面，“现在请确认……中尉！”

她看到前座上的友坂中尉正痛苦地捂着脑袋，无线电里传来了中尉的胡言乱语，那是一些无组织的语言，还有一些她听不太懂的外语。

于是她只好自己执行分离操作了。通过执行越权指令，她打开了货仓的舱门，驾驶战斗机脱离了运载火箭的货仓。燃料耗尽的最终推进部慢慢地脱离了机身，在后方的太空中缓缓地旋转着，如同沉入水中的落叶一般。

中尉的症状还在持续，她不知道那究竟是高过载并发症还是中尉的幻觉发作，但在这种情况下，脱掉头盔给中尉喂药是不可能的了。于是她进入了中尉的作战服维生系统，找到了药物界面，幸运的是，中尉已经把抗幻觉药物放进了其中。

通过电子端控制药物注射之后，中尉的症状有所缓解，她渐渐地恢复了神志。

“啊……武藤中尉？”

她的声音有一些虚弱，但至少还算清醒。

“我们上天堂了吗？”

“我们成功进入了N组织的卫星信号盲区，正在以稳定的速度向轨道突袭者的基地前进。”武藤报告了情况，“与其他各机保持着正常通信。”

“感谢你，武藤。”友坂松了一口气，“又产生幻觉了……”

“行动结束之后我会为你安排会诊。”武藤对友坂说道，“但现在请专心完成任务。”

接近轨道突袭者所在的空间站的过程异常顺利——他们甚至没有遇到任何抵抗，一架战斗机也没有，也没有一艘对向而来的宇宙飞行器，什么都没有，外太空是如此的干净，只有一些高空卫星时不时地掠过。

友坂中尉看着面前的小屏幕，雷达上没有任何敌机反应，与基地的信号传输也在稳定进行，她不禁感到有一些不对劲。

“敌人为什么没有抵抗？”中尉发问了。

“我不清楚原因，总之保持警惕。”唐铖上尉发送了消息。

“有一种可能，N组织根本想不到我们会上到太空里来。”安德烈·波克雷什金发送了消息，“遇到的抵抗也只是最基本的系统自主防卫，连后续的抵抗都没有遇到。”

“第一阶段任务执行的时候，我们的突击队俘获了一整个空间站的N组织地面轨道空降团。”唐铖上尉发出了消息，“可能还真是你说的那样。”

驾驶舱内的信号音突然响了一下，那是如同老式电话一般的铃声。武藤看了看通信屏幕，一条信息映入眼帘：

【LANDING PERMISSION】

“询问着陆许可吗？”友坂问。

“还有后续文件……”武藤说着，有一些惊讶，“是着陆许可，对方发送了着陆许可！”

“怎么可能？我知道N组织的战术电脑笨得可以，但不会傻到让敌人进入自己的机场吧？”友坂中尉有一点惊讶。

“准备好武器。”唐铖上尉警告道，“也许他们的宪兵队就在机场等着呢。”

友坂决定暂时遵从对面的指示，降落在轨道突袭者的空间站里。战斗机接受了牵引光束，开始准备进入空间站，对接准备也已经完成。

“对方发来了着陆位置，标号为42的格纳库。”武藤说道。

友坂利用外太空转向设备调整了一下战斗机的姿态，让她能够看清楚下方的情况。尽管速度很快，但战斗机实际上与空间站保持着很慢的相对速度。战机缓慢掠过空间站延伸出去的飞行器停泊区的上方，白色的战斗机格纳库映入了友坂中尉的眼帘。

出乎意料的是，所有的机库全都打开了，全都是空荡荡的。

她调整战斗机绕着着陆区转了一圈，在空间站突出的建筑后面，她看到了一些残骸——白色涂装的战斗机机翼，还有一些机身碎片，机翼上通透的弹孔触目惊心。

“这里可能遭到了袭击……”友坂说出了一件令人不安的事情，“但究竟是谁袭击了这里？”

遵照指示，各战斗机纷纷在格纳库之中降落了。在机场里并没有N组织的宪兵队，甚至连地面工作人员都没有。友坂中尉不安地打开舱门，太空服的氧气系统工作正常。她拿出了微型步枪，爬出了驾驶舱，武藤中尉紧随其后。

“太奇怪了，所有指令都是电脑自行发出的，这里究竟怎么了？”友坂对武藤说出了心里的疑惑。

“有什么入侵了这里。”

格纳库的舱门敞开着，她们于是从舱门进入了空间站。与唐钺上尉等八名特殊空军飞行员汇合之后，他们开始向空间站的核心部分前进。

“连仿重力装置也停止运转了。”唐钺上尉看着面前静止不动的环状建筑，“一个人都没有。”

小队分为了两人一组，每个小组负责一个区域的搜索。由于不知道会遇到怎样的情况，他们都携带了完整的武器装备，以及一套单兵作战强化服。

友坂与武藤负责主舱室的搜索，这里是存放冬眠的轨道突袭者飞行员的地方。她们利用小型炸药炸开了舱门，进入了舱室之中。

主舱室里的情景让友坂下意识地捂住了嘴巴——即使隔着厚厚的头盔面罩：红黑色的血珠漂浮在无重力环境之中，呈现出圆形。冬眠舱一共有80个，60个里面装着冬眠的人。但他们都已经死亡，一旁的生命维持设备被破坏了，而在冬眠舱的舱盖上，对着冬眠者脑袋的位置，赫然开着一个血红的子弹孔。

“他们都怎么了……”

武藤环视周围，声音有一些发抖。

“很明显，有人干掉了他们。”友坂说着，接通了其他的队员，“你们那里有什么发现吗？”

“有。”通信器那头传来了声音，“这里的人都被打死了，文职人员也一样，一些还是飞行员。”

“看来是这样了，有人袭击了这里。”友坂说，“而且是在他们毫无预警的情况下……也就是说，是内部人员干的。”

他们继续向主舱室里行走，舱内的重力几乎没有，所有东西都飘浮在空中。友坂感觉有什么硬物撞到了头盔，于是她伸出手去，握住了那东西，是一颗磁轨步枪子弹的弹壳。

“没错了，看看这东西。”

友坂向武藤招了招手，示意她过来看一看。但正当武藤准备靠近的时候，一股力道猛地将她向后推去，猩红色的血珠从她的肩部渗出来，溅到空中。子弹没有击中致命区域，但高速的电磁诱导弹头将武藤的胳膊几乎撕裂，她松开了步枪。

友坂惊了一下，回过头去，同时举起了手里的步枪。但还没等她扣下扳机，另一枚子弹就从步枪的前方射入，击毁了枪机，破碎的零件四处散落。

这时友坂才看清楚了袭击者的样子，他出现在一台冬眠舱的阴影之中，穿着简便化的舱外航天服，没有携带单兵装甲。他的头盔面罩打开了保护深色，让人看不清里面的面孔，但能看出他身形高大。

“举起手来，不要求援。”那人说着，他的声音很低沉，却能够听得清晰。舱内尚有空气，他的声音便通过空气作为介质传到了友坂的耳中，“这里已经被屏蔽了。”

友坂皱了皱眉头，通信频道里的确已经是一片杂音了。她开始还以为是宇宙射线的影响，但现在的局面已经十分被动了。

于是她举起了手，同时也扔掉了腰间的备用手枪，武藤的状况的确不允许她继续抵抗。

“现在脱掉面罩。”

友坂伸手解除了头盔的锁定，将头盔从底座上举起来，然后缓缓地摘下，扔到一边。

她看着面前的男人，空气陷入持久的沉默之中。她感觉空气凝固了，那个人身上的某种东西，或者说是某种情感，让这里的空气变得如此沉重。

一开始她还以为是其他的声音，或者是自己听错了，但当那人解除面罩的保护色，摘掉头盔之后，她确认自己没有听错——那个男人在啜泣。即使没有眼泪流下来，即使仍然保持着冷峻的表情，他通红的眼睛依然能够说明一切。友坂感到莫名其妙，这个男人的反应让她摸不着头脑，她不明白究竟是什么让他有如此剧烈的反应。

“放轻松些。”他说着，语调依旧没有变，“我想……我想我们得谈一谈。”

“没有谈判的余地。”友坂说道，“外面有我们的八个人。”

“我不是说那方面的事情。”

友坂挑了挑眉毛，她感到空气缓和了些，但她仍然紧绷着神经，随时准备握住武藤掉落的步枪发起反击。但在那之前，她决定先听一听这个男人想说什么。

“那好吧。”友坂说道。

男人顿了顿，然后，他一甩手，将武器扔到了一边。

“我知道你不是，维卡的头发是白色的，就像雪一样。”男人说着，目光注视了一会儿友坂，但马上又移到别处，“但我知道你的身上有她的部分，我不知道那是什么……也许是一部分灵魂？我不相信那玩意儿，我更情愿相信那是意识，即使我也经历过不少的灵魂出窍……‘意识转移’应该更恰当一些。”

“你最近有没有出现幻觉？看到一些东西，经历一些事情？”他说着，望了望友坂中尉，他在她的脸上看见了一丝惊讶的神色，于是轻易便得到了答案。

“看来是的，你在幻觉之中看到了那些情景，我杀死我的父亲，母亲死的那个晚上……那是我一辈子都忘不掉的事情，无论更换多少躯体，把意识备份多少次都忘不掉，还有维卡……”

友坂开始回忆起一些事情了，她想起了那个曾经在幻觉里出现的小女孩，想起了那雪白的头发和皮肤，还有那翠绿的眼眸，她这才明白那究竟是什么。

“那根本不是幻觉，那是记忆，维卡的记忆，现在在你身上。”

男人说着，苦笑了几声，“我曾相信会有人给她幸福，给她一个安全的环境，但看来我想错了……”

“维卡是谁？”友坂问道。

“我的妹妹。”男人说着，脸上的肌肉抽搐了一下。“你还记得自己小时候的事情吗？你还记得一些……比如说你在哪里上学？什么时候决定加入军队？还记得吗？”

友坂的额头上渗出一层冷汗，她瞪了男人一眼，“这与你有什么关系？”她说道。

“我知道在你看来我说的只是废话，这是自然。”男人说着，又把目光移开，似乎是不愿意与友坂对视，“我们在 2263 年分开，整整 30 年。我在这些年之中拼命追查着，利用自己的身份追踪着她的痕迹，哪怕……最后得来的只是一块碎片，这些碎片被装在不同的身体里，我不知道他们发生了什么变化，甚至不知道怎样才能够把她找回来——我们一直把脑死亡认为是死亡的标准，但那不是——当思维被分裂，变得七零八落，再也拼不回来，那才叫作死亡，真正的死亡……”

“我听不懂你在说什么。”

友坂一把抓过从武藤手里掉落的步枪，对准了男人。男人也以惊人的反应速度从腰间抽出手枪，对准了友坂。

“你要开枪就随便，但我知道你做不到。”友坂说着，望着男人的眼神里多了些自信，“你刚刚说，我的体内有‘她的部分’，是吗？”

“并不是做不到。”男人笑了笑，手中的枪口并没有移开。

“这里有完整的人体冬眠设施，可以保证人体，尤其是大脑的活性，维持相当长的时间。”

友坂皱了皱眉头，瞄准了男人的眉心。

但下一刻,僵持的局面就被打破了。主舱室的舱门被炸开了——炸药的剂量很大，以至于强烈的冲击波让友坂的身体不自主地向一侧偏移，失去了平衡，瞄准镜之中失去了男人的影像。然后，她感到一个物体击中了自己的脖子，那是一根高速射来的针弹。她的双眼顷刻之间变得模糊，什么都看不清楚，眩晕产生得尤为迅速——她的耳边如同浸泡在水中，什么都听不清晰。她感到有什么东西抓住了她，拖拽着她，然后自己被放进了一个冰冷的舱室之中。舱门随即关闭,外面开始响起密集的枪声。一些子弹打在舱室的外壁上,但没有击穿。然后，她感到有什么药剂进入了自己的体内，意识仿佛坠入了一个没有底的深渊，眼前的场景越来越暗。

昏过去之前的最后一秒,映照在她的虹膜上的,是一望无际的、黑暗而深邃的宇宙。

【数据刷新中】

丽塔·克林顿上尉进入了这个意识构建。这是一处不存在于现实世界之中的秘密据点，是特殊情报部门召开例行会议的地方。

她看了看周围，这里阳光明媚，鸟语花香，此刻她的军靴正踩在草地里，脚边是几丛叫不上名字的野花。会议场所被设定为一处古老的皇室园林，她望了望远处，紫罗兰花田的尽头是一座耸立的古堡。

“克林顿上尉，请坐，在这里我们就不需要拘泥于代号了。”一名特殊情报部门的工作人员对她说着。她看了看这个人，对方明显使用了 CG 影像——因为她记得这人是一个人到中年的女人，而不是眼前这个青春洋溢的少妇。

丽塔·克林顿上尉在侍者的引领之下进入了会场，这里也是一派祥和的景象——电子生成的儿童与宠物狗在草地上你追我赶，发出欢快的笑声。会议的长桌安放在树林中的一处空地上，蝴蝶在虚拟的曲奇饼盘周围翻飞，时不时传来一声悦耳的鸟鸣。阳光从树林之间洒下来，细碎地铺在雪白的桌布上。与会人员正在相互交谈着，几只白鸽在这时从空中飞过。这里看不出任何与战争有关的东西，有的只有和平与欢笑。

当克林顿上尉就座之后，侍者微微鞠了一躬，然后离开了会场。

“现在全员到齐，会议开始。”一个衣着华丽的年轻男子站起身来环顾四周。他叫米尔沃顿，是特殊情报局的负责人。他拍了拍手，于是喧闹的孩子与宠物狗便立即消失了，周围顿时安静了许多。

“此次会议与以往的不同，因为此次会议的意义是十分重大的。”男人说着，扫视了一下长桌旁就座的人们，说道，“我们将会讨论关于休战的相关事宜。”

克林顿上尉惊了一下，她不知道这个时候应该是怎样的心情，究竟是应该欣慰，还是感到忧虑，她不清楚，只是觉得事情有一些不对劲。

“为了此次会议，以及休战的协定，我们特别邀请了 W 组织方面的相关负责人。”米尔沃顿说着，他的手掌在空中缓缓划过一条弧线，“郁华少将，卡西耶夫将军，唐铖上尉，谢尔盖耶夫主席。”

“此外，会议最重要的与会人员，不知如此称呼是否恰当。”他说着，指了指身旁一个不起眼的小个子男人，这人弓腰驼背，花白的胡子纠结在一起，衣着古怪。“古老智慧的代言人，上位者。欢迎您，洛夫古德先生。”

人人都听说过乔纳森·洛夫古德的富有，但没有人知道他竟然是这样的一个小老头，而那个“上位者”的名号，则让人感到有一些诡异。

米尔沃顿伸出手去，示意会场安静，人们便纷纷停止了议论，将注意力集中到了会议本身上来。

“停战协议必须要得到各方的一致认可。”他坐下来，交叉双手放在身前，“需要权衡各方利益，我们认为，现在的时机已经成熟，停战的条件可以达成。”

“我们已经无法再生产更多的兵员了。”谢尔盖耶夫主席说道，“我们已经征发了所有的男人、所有的女人，甚至还有孩子——我知道贵方已经到了要用工厂生产孩子派上战场的地步了，我们也一样。”

“反战的呼声太强烈了。”A 国代表说道，“甚至在军队中都会出现。政府之中，反战政党正在得到越来越多的支持。”

“实际上已经没有再打下去的必要。”年轻的代表说道，“我的祖父和父亲都参与到了这场战争之中——战争几乎要变成一种常态了，这是一种病态的状况。”

其他的人也议论纷纷，但米尔沃顿似乎并没有让他们停下的意思。他只是带着仪式性的微笑看着议论纷纷的众人，然后时不时地和身旁的老头嘀咕几句。

克林顿上尉有一些不自在，现在她的身旁都是各个国家或群体的代表，只有自己是一个名不见经传的下级军官，这让她有一些无所适从。

米尔沃顿终于决定发话了。他咳嗽了一声，会场顿时安静了下来。他随即调出了一个虚拟投影屏，将一份文字报告呈现在那上面。

“各位请看，这是一份至关重要的材料。”他说着，向一旁的小老头点了点头，“材料太长，我就简要概括一下。一个前联合调查局突击队员，正在使用他更换身体的权限以及不知从何得来的技术，妄图创造一个智慧生命。”

会场之中响起了一些议论，一些科研部门的代表使劲地摇头，说着“不可能”之类的话语，但他们的讨论很快就被米尔沃顿制止了。

“实际上，电子意识究竟能不能算作生命，我们还需要进一步的讨论，这是本身就存在的悖论。”他说道，“但是，伟大的智慧认为，这是一件超出他们预料的事情。”

“阿列克谢·叶林斯基和维卡·叶林斯基。”他身旁的小老头发话了，他的声音很嘶哑，听上去很古怪，让人的脊背发毛。“你们曾经将维卡·叶林斯基的灵魂分裂——用一种粗暴的方式，复制，然后放进其他的躯体之中。奇怪的是，这些灵魂的碎片最终都形成了自我意识。”

“阿列克谢·叶林斯基，意识转移技术的众多牺牲品之一。他试图追回那些破碎的意识不是没有理由的——实际上他有充分的理由，并且有足够的理论依据。意识转移技术，已经证明了灵魂与肉体并非一体，那是与伟大的智慧一样的存在方式——留存于更高维度之中的数据，以另一种物质形态存在的生命，其中的奥秘你们不可能参透。正如你们在面临伟大的存在的时候，会陷入疯狂；学习伟大的知识的时候，会患上癫痫一般。”

“但我们之中仍然存在着一个后门、一个漏洞、小概率事件。”小老头继续说着，他的话语如同梦呓，却字字清晰，句句有力，“阿列克谢·叶林斯基获得了上位者的灵魂，并且将其变成了在低维世界之中的数据——人类可以理解的数据。没错，他利用某个后门进行了解码。他如何理解如此庞大的数据，这一点已经远超我们的预期，按照程式进行的过程之中出现了漏网之鱼。”

“伟大的存在并不想插手此事，因为这将是一个有趣的样本，这预示着可能出现的生命形式。”

老人的话还没有说完，会场就炸开了锅一般。所有人都明白这究竟意味着什么。一旦老人所说的话成为现实——意识能够被创造，并且以数据的形式维持，那么支持有机生命的那些复杂而精妙的环境条件，脆弱的生态系统将没有继续存在的必要，从某种意义上来讲，世界将会只需要一个大型计算机，让作为“意识”存在的数据生命在其中运行，就可以了。这样一来战争的确结束了，永久的和平也的确达成了，但这样的“停战”令人感到不安。

“希望各位能够意识到事情的严重性。”米尔沃顿说道，“这已经不是阵营与阵营的战争了，这是人类共同的敌人。”

“这是一个奇妙的过程。实际上，一部分伟大的智慧决定继续观察，看看接下来的发展会如何。”小老头说道，“你们擅自将灵魂拆分，将伟大的智慧编写好的程序拆分成多个，这样做之前就要先做好思想准备。那么。米尔沃顿先生，能够告诉我最初为何要拆分她的灵魂吗？”

米尔沃顿擦了擦额头上的汗，实际上那里并没有什么，“呃，实际上我们的手中只有一半。”他说道，“另一半被阿列克谢·叶林斯基夺走，并且已经不知所踪。就掌握的一半而言，我们只是将其作为类似捐献的器官一样的东西，进行临床试验——维卡·叶林斯基的意识碎片培养起来的意识，已经挽救了许多植物人。”

“你们在玩火。”

小老头的话语变得严厉起来，米尔沃顿的虚拟身体明显地颤抖了一下。“其他的变量,你们！愚昧而无知,这就是茧派存在的意义，警醒你们的无知！你们放任阿列克谢·叶林斯基四处潜行，让他得到了上位者，还有那些意识碎块——你们太过于强调主观能动性，但别忘了另一个强大的意志也在行动！阿列克谢·叶林斯基——你们之中有些人可能还不知道这个名字——他的行动让伟大的智慧都感到有趣！如果说人类是蝼蚁的话，那么他，就是其中引人注目的斗虫！”

会场陷入了混乱的争执之中，几乎所有人都认为，一个人不足以决定人类这个整体的命运——或者说是某种意义上的命运。但也有反对的声音提出来，认为的确应该采取一些行动，例如对其进行意识封禁。

“实际上，我认为上位者说的话没错，我们什么都做不了。”

克林顿上尉看了看身旁的W组织的特派员，这个年轻的C国空军上尉对她说道：“别看对手只是一个人，实际上他们根本没有办法抓获他。”

“何得以见？”克林顿上尉问道。

“我钦佩这个叫阿列克谢·叶林斯基的人，或者说，是叫洛克希德·哈特曼中尉吗？”他说着，望了望面前的女人，“他太会利用有利条件了。昨天在我军突袭贵方的空间站——是叫轨道突袭者的基地，对吗？”

克林顿上尉皱了皱眉头，点了点头。

“就在那时候，我们的一名飞行员，叫友坂零中尉，在交战之中被俘虏。根据我方的查明，友坂中尉的身体是工厂制造的，灵魂则来自于某个不明源头——我想你已经明白我的意思了。”

“我从事情报工作已经37年了。”克林顿上尉说着，对面前的年轻人说道，“为何你的情报会如此的详细——实际上有一些部分我也没有掌握，你从哪里得到的？”

“我还会告诉你，你现在的躯体并不是你原有绑定的——你的意识被备份了，现在的你——某种意义上来说只是一个仿制品，但这只是一件小事。”唐铖上尉说道，“古老者是伟大的，但并非人类无法企及——那些知识被人类视作异常心理学，但我们从中得到了信息。”

“……你们用疯人去解读？”

“是交流。精神病患者、癫痫患者、异常心理学病例——他们是媒介，我们用他们向伟大的古老者们提出请求，当然只是其中的一些——我们得到我们想要的情报。是的，任何想要的，情报。”

“可是，代价呢？”

“不需要代价，古老者并不认为这需要等价互换。你向蚂蚁吐一口口水不需要理由。”上尉说着，瞟了一眼那些激烈争辩着的政府人员，笑了笑，“这就是古老者吐下来的口水，如此伟大。”

“那然后呢，神通？”克林顿上尉问道，“阿列克谢·叶林斯基的事情？”

“我会告诉你这是命运。当然，你不会相信。”上尉笑着，转过了脑袋，“阿列克谢·叶林斯基将会达到他的目的。但在这之后，你们的世界不会被改变——古老存在们选择了一条折中的道路，你们无法违背。”

“你们？”

“不要认为上位者会是那些耀眼的人，或者某些怪物。”

上尉说着，看了看手腕上的手表。

“实际上，还有一些不起眼的人。”

他说着，投射在意识构建里的虚拟形象闪烁了几下，随即便消失不见了。克林顿上尉还想问些什么，但已经没有机会了。

第7章

安德烈·波克雷什金空军大尉被调往了R国的K市。

五月份的K市仍然只有十几二十摄氏度的气温。

“此次将你召回，还没有向你说明情况。”

R国特殊情报局的米尔斯中校与波克雷什金大尉坐在这辆黑色的军用轿车里，由中校向大尉说明情况。

“最高联合委员会已经下达了命令，在联合国执行作战之前，派遣α特战小组将目标抓获。”

“所谓的目标，就是那个叶林斯基吗？”安德烈·波克雷什金大尉正色问道。

米尔斯中校沉默地点了点头。

“根据参与和会的人员透露，阿列克谢·叶林斯基已经在J市降落，他手中有一份极其关键的情报——关键到了能够左右和会成功与否的地步。”

“关键的情报？”

“是的，特殊空军方面也给出了一些信息，最近被俘的友坂零中尉极有可能在他的手上。因此，你们此行的目的有两个——夺取情报，以及营救中尉。”

“但那具体是什么情报？我们需要知道具体内容才能够行动。”

“那是一串数据……应该说，是一个意识。我知道这么说的确很抽象，但这个叶林斯基的确掌握着一些我们难以想象的知识，或者是手段。我们需要抓获他——赶在N组织找到他之前。根据提供的情报，目标现在正藏匿在J市的一处庙宇内，详细情况之后再另行通知。”

波克雷什金大尉现在终于明白状况了。

这是一次具有政治意义的行动。行动的目标是挟持N组织的一个重要人质，并营救一位W组织的空军中尉，这会让R国在与N组织的谈判之中获得重要的筹码。

“行动时间呢？”他对米尔斯中校问道。

“明天3:00。”中校回答道，“现在快去准备。”

α小组在进行作战之前，需要进行必要的战前心理辅导。

对于长期在α小组作战的士兵而言，这种辅导并不是必要的；但对于长期在空军作战，刚刚返回α小组的波克雷什金大尉而言，这种辅导是必需的。

α小组的战术心理辅导包括两个方面——生理方面与心理方面。

α 小组在历史上曾经是负有盛名的反恐小组，也是 R 国海军陆战队之中最被重视的一部分之一。α 小组的武器装备是从 R 国试验的各种武器之中挑选出来的最精良的武器。除此之外，士兵的选拔也是极为严格的。空军、海军、海军陆战队之中的精英才有机会进入 α 小组，而在这之后，又会进行长期的筛选与实战，最终留下精锐之中的精锐。

现在是下午 4:20，波克雷什金大尉结束了他的脑额叶遮覆疗程，正在准备进行战术心理辅导。

在走廊里的长凳上，安德烈·波克雷什金坐在那里，胳膊肘支撑在大腿上，弓着背，正在打开一包凝胶状的物体。透过透明的外包装，可以看到胶状物质呈现出一种淡红色，就好像是苹果口味的果冻一样。但这并不是果冻，而是他疗程中的一部分。

“味道怎么样？”坐在他身旁的男人问他。这个人刚刚结束了心理疗程，从辅导室中走了出来。他叫德米特里·伊万诺夫，是一名 α 小组的队员，有着一头棕色的短发和棕熊一样的身材。

安德烈拧开了塑料盖，将软管伸进嘴里，挤了一下包装袋，冰冷的凝胶物体进入了他的口中，一股混杂着鱼腥味的苹果香味冲进了他的味觉感官之中，让他不禁皱了皱眉头。

“还是和以前一样糟糕，空军的呼吸胶体比这玩意儿美味多了。”

他咳嗽了两声，用忧虑的目光看了看手中淡红色的凝胶体，似乎将这 280 毫升的半固体全部吞下肚是一件特别折磨人的事情一样。

为了尽快了结痛苦，他将手中的塑料袋中剩下的凝胶一饮而尽，喉结上下滑动了几下，他就将一袋子凝胶全部吞了下去。

“喂喂，别吞得这么快。”德米特里拍了拍他的后背，“纳米机械需要通过身体各部分的毛细血管慢慢扩散，慢点喝下去才有好的效果。”

“其实都一样吧……”波克雷什金抬手擦了擦嘴角残余的凝胶，说，“明天早上三点整的时候差不多就扩散到全身了吧。”

“实际上，我并不喜欢痛觉遮覆。”德米特里说，“当你的胳膊被打断，自己却什么感觉都没有的时候，你会感觉很奇怪——痛觉能让我们警醒，让我们对外界环境做出合理反应，让我们能够保全自己。遮覆痛觉的同时，我们被夺取了生物本能，成为机械，这种感觉很奇怪。”

向体内注射纳米机械，通过遮覆脑额叶部分功能区域来遮蔽住痛觉，这就是战术心理辅导的生理部分。

接下来进行的是辅导的心理部分。

心理辅导师巴赫罗夫首先向安德烈播放了 J 市的一些影像，由间谍卫星与无人机拍摄，还有一些则来自于当地媒体。

“如你所见，这座岛屿上 85% 的战斗力都由未成年人组成。”巴赫罗夫指着身后投影屏上的图像，六名手持卡拉什尼科夫导气活塞自动步枪的男孩正对着镜头展示着他们灿烂的笑容。他们皮肤黑而无光，沾满灰尘，身材瘦弱，显露出典型的战区儿童特征。

“在行动中你们无法避免会与他们交火，因此这次心理辅导才是必要的。”巴赫罗夫将十指交叉在胸前，放在面前的桌子上，对安德烈说，“你得做好心理准备。”

安德烈点了点头。

“看着这些孩子的时候，你想对他们做什么？”

巴赫罗夫的问题很直接，让安德烈一时半会儿没有反应过来。

“呃，他们的话……我想，可以的话……捐钱之类的。”

安德烈回答得支支吾吾，但巴赫罗夫并没有表现出不满的样子。

“这很正常，波克雷什金同志。很多人都不能肯定自己到底在想什么。前面接受疗程的同志们，有回答收养的，有回答揍一顿的，有回答杀死的，有回答解剖的……非常多样。”

安德烈点了点头，巴赫罗夫于是继续说下去。

“但你们的想法并不重要，重要的是在执行任务的时候，你会怎么想？”

“对方把枪口对准自己了吗？”安德烈试探地问。

“嗯哼。”

“当然是……将其击毙。”

“这样想没错，但你刚才的犹豫，是为了什么呢？”心理辅导师笑了笑，问道。

“我是真的想要杀死这些孩子吗？”

“当然，这就是你的想法，理所当然。”

“为什么？”安德烈皱了皱眉头，问道，“怎样肯定这就是我的想法？”

“毋庸置疑，就好像是你感冒了需要吃药一样。”

“理所当然的吗？理所当然地要杀死他们吗？”

“是的。”

安德烈意识到如果继续问下去，讨论就会变得没有意义了。他想要尽快结束辅导，于是选择了保持沉默。

“内心的纠结，来自于人类的背德感。”巴赫罗夫说道，“从小接受正常道德教育的人，会在做出不道德之事的时候质疑自己：‘这样正确吗？这是我应该做的吗？’长期存活在‘道德’之中的人们，会逐渐对自身自然而然拥有的东西产生怀疑。比如说，讨厌某个人的时候想去揍他一顿，但内心的道德观就会告诉你‘这是不符合道德的’这样的话。连揍别人一顿都尚且如此，更别说夺人性命之类的事了。很多士兵由于对自己的工作性质产生了质疑，而被强烈的背德感压垮，导致心理疾病，这样的例子数不胜数。”

“但其实，人脑之中可以容许两种道德观同时存在，并且相互之间并不干扰。这就与人的多面性一样，只是这种道德观念的转换比单纯的‘情绪切换’更加彻底，是类似于人格转换的一种类型，但仍然保有‘自我’。就比如说，将击毙敌人视作天经地义的事情，而不受到道德感的责备。”

“但那样的话，心中的道德感的一面难道不会因为记忆的原因而产生背德感吗？”安德烈问道。

“如果我换一种说法呢？”巴赫罗夫笑了笑，“杀一个人很难，杀死一百万人却很容易，这句话你能够理解吧？”

“是指道德层面上吗？的确是这样。”安德烈点了点头。

“这就涉及‘名义’的问题。战争无论发生在什么时期，人们都在追求‘出师有理’这一目标。杀死一百万人，更容易冠上一个大义的名号；而杀死一个人，想要冠上大义的名号则很难，因为一个人很难代表什么，除非是精神领袖、国家元首一类的人；但一百万人往往能够代表一个群体、一个种族和一种意识形态。意识形态的不同,会产生天经地义的战争。因此,杀死一百万人更容易。”

“你们所要杀死的孩子，是名为‘敌人’的意识形态之中的一部分。在军人的天职面前，你还会有所犹豫吗？”

安德烈摇了摇头说：“不会。”

巴赫罗夫笑了笑，仿佛是一名胜利的将军，望着面前面无表情的士兵。

“那么，现在做好杀小孩的准备了吗？”

现在，安德烈正躺在这艘台风级潜水艇狭窄的舱室内，其余七名α小组成员也与他保持着同样的姿势。

平躺，双手置于身体两侧，相当于躺下的立正。

艇内医务人员正在为他们安装眼部显示器，这种显示器的原理与战斗机驾驶员的目镜类似，但更加小巧，只有隐形眼镜的大小。一名医护人员用镊子将浸泡在透明的传电液体中的目镜夹出来，轻轻扒开安德烈的眼皮，将目镜固定就位。安德烈眨了眨眼睛，确保了目镜的位置。

这种战术目镜可以起到辅助瞄准与战术雷达的作用，其主处理器储藏在他们佩戴的头盔之中。新型的单兵装备 AT220 战术套装，以生电外骨骼助力与智能化为主导思想，目前仅有 α 小组装备有这种单兵设备。

“这套穿起来怎么样？”一旁的德米特里对安德烈问道。

安德烈举起了自己的右臂，贴身设计的防弹材质包裹着自己的手臂，就仿佛是给自己套了一层皮肉一般不自在。但他很快就发现这不是一般的“皮肉”——由体感驱动，用鲸类的肌肉纤维与凯夫拉材质复合编织的材料能够为穿戴者提供 40% 的额外助力。他顿时感觉自己右臂上挂载的备用手枪弹夹的重量仿佛消失了一样，轻盈自如。

“感谢科技让我们避免了跑得气喘吁吁。”德米特里笑着说，“要发射了，做好准备。”

安德烈点了点头，平躺进了圆筒状的舱室之中。

这种舱室的外观也是圆柱体，其直径与台风级潜艇的鱼雷发射管相吻合。就连外形也被设计成了鱼雷一样的流线型，因此很容易想到，这是通过鱼雷管发射的单兵突击舱。

舱盖关闭之后，安德烈仰望着的漆黑的内壁，亮起了显示器的荧光。

“按照计划，由本舰发射 CCB（子母集束炸弹）清除行动地点附近的装甲力量，然后由 α 小组进入目标建筑物内抓获目标。以上，愿众神保佑。”

机械的电子合成音说完了作战计划后，安德烈调整了一下自己的呼吸，握了握手中的OTS特种步枪的塑胶握把，感受到了枪械的分量。

显示在面前的液晶屏幕上的是由侦察卫星拍摄的实时图像，显示的是任务地点的俯视图。

“CCB发射。”

随着一串数据显示在屏幕上，安德烈听到鱼雷室之后的导弹室之中似乎传来了微微的响声，同时微小的振动也随着导弹潜射舱室的注水而传来。一枚巡航导弹脱离了弹仓，在压缩气体的推进之下向海面上浮，弹体全部被推出海面之后，火箭发动机点火，巡航导弹升空。

“单兵突击舱准备发射。”

安德烈感到自己的舱室被自动扬弹机抬升起来，到了某一个位置之后又停了下来，装弹机将突击舱像装填鱼雷一样装进了鱼雷发射管之中。然后，随着一阵闷响，沉重的发射管阀门关闭了。

【鱼雷舱注水开始】

当屏幕上显示这一串字样的时候，安德烈抬起右手，在屏幕上按照章程进行相应的操作。突击舱的全部安定翼调整至待展开状态，火箭发动机压力正常，空穴发生器无异常。

“八号准备。”他用无线电说道。

“一号准备。”

“三号准备。”

“七号准备。”

……

确认了八名成员全部准备就绪之后，安德烈听到了鱼雷管打开的声音。

“准备发射。”

舱室震动了一下，是发射用的压缩空气将突击舱推离了潜艇。安德烈听到舱外传来的气泡爆裂的“咕噜”声，知道突击舱已经进入了冰冷的海水中。

进入水中两秒后，突击舱动力系统启动。安德烈感觉到自己的头顶受到了轻微的压迫，脚底微微离开舱室内壁。突击舱内部也是由人造肌肉与柔软的聚合材料制成的，安德烈不知道为什么 R 国军方会在这种几乎可以说是一次性使用的单兵突击舱上使用这种追求舒适性的设计。

与火箭鱼雷一样，单兵突击舱在水下的速度可以达到每小时 200 海里。在此之前，CCB 会到达目标地点，清除装甲目标。之后由 α 小组登陆，执行作战，这就是基本的作战计划。

“现在是 3:05，已突破 J 市海岸警戒线，现在开始准备登陆。”

“现在确认通信，频道 AA63，确认一遍。”

“一号确认。”

“二号确认。”

“三号确认。”

……

确认了全队的识别信号之后，安德烈接收了来自指挥部的行动地图，地图上用红色的坐标点标识了可能的重火力点，而目标所在地则用黄色的坐标点特别标识出来。

这是他第一次在行动之中获得卫星地图，之前的地图都是作战雷达现场生成的即时地图，因为W组织尚未在太空中取得主导权。但现在看来，在外太空打破缺口之后，C国与R国的行动相当迅速，通信卫星很快便被布置到位了。

“装甲目标已摧毁，第一线路安全。”

安德烈点了点头，向队员们做出了表示“行动开始”的手势。

队员们点了点头，按照投影在战术目镜里的作战计划默默地分成了四组，借着黎明未来之时的黑暗，向J市那座标志性的古庙移动。

CCB投放的集束炸弹将古庙附近的装甲车悉数摧毁，燃料燃爆产生的火光在树林之中摇曳，升腾起的黑烟弥漫在空气中。火光之下，四处都是慌乱的人影。手持步枪的当地民兵向彼此叫喊着，四处奔走，似乎是想要找到袭击的源头。

安德烈听到身边的德米特里冷笑了一声，他自己也觉得可笑，这些仅仅用自动步枪武装起来的人们，连基础教育也许都没有接受过。安德烈突然想起了一句话，杀死一百万人之所以容易，是因为更容易冠以大义。现在他们即将去做的事情，不正是文明对野蛮的制裁吗？这就是他们的“大义”。

“三号、四号到位。”

信息并没有通过耳麦传来，而是以文字的形式显示在安德烈的战术目镜之中。安德烈看了看标记着【message】的区域，五号与六号队员也发送了“到位”的信息。

“七号、八号到位。”安德烈收到了狙击组的消息之后，动了动自己的下颌。他仿佛在说话，但并没有动用声带。头盔的下部分是柔性的电子设备，能够通过辨认安德烈的口型来进行信息输入。当然，需要经过特别训练才能够熟练运用机械可以识别的特定口型，来进行快速的信息发送。

“一号、二号就位。行动。”

德米特里从武装带里拿出一个控制柄，按下了上面的红色按钮。在突击舱溶解之后，随着他们一同漂浮到海岸的，还有一个由高聚物制作的黑色匣子，每个突击舱都释放了一个黑盒。随着按钮按下，黑盒打开，一阵“突突突突”的马达声从他们身后传来。一个黑色的小型旋翼飞行器从黑盒之中升空，从他们的头顶上掠过。

安德烈没有行动，第一阶段的外部清扫任务由无人机（UAV）执行。为了确保清除任务的执行度，安德烈将一半的战术目镜视野分享给了无人机的摄像头上。

现在，通过目镜的视野，安德烈可以清楚地看到无人机的夜视摄像头之中的目标了。蓝色的方框标志着有生目标，而红色的则标志着机械目标。令安德烈惊讶的是，在一些掩体之中，竟然还有小型的机械目标存在，并且仍然在运作，并没有遭到CCB摧毁。

不过无人机上携带的30毫米航空机炮很快就将这些机械目标摧毁了。趁着无人机扫荡有生目标的时候，安德烈让无人机的光电吊舱拍摄下了那种机械目标的影像。那是A国军方列装的步兵辅助装置“大狗”，一种四足步行的全地形战术机器人，搭载有一门Minigun机枪。

3:07，外围清除任务完成。

“再检查一遍，确保没有遗漏。”

安德烈说着，从树林的阴影之中小步跑了出来，猫着腰穿过了燃烧的装甲车产生的烟雾之后，在古庙的石墙之后隐蔽了下来。无人机仍然在上空盘旋着，进行第二次扫荡。零零星星的枪响之后，安德烈在战术目镜上收到了“全部清除”的信息。

他向德米特里做出了一个“OK”手势之后，看了看由无人机扫描得到的古庙内部结构图。现在，他们需要通过一段长达22米的石头阶梯，才能够进入到古庙的主殿。

无人机的探测仪已经确认了阶梯两旁没有诡雷或陷阱，于是安德烈从石墙之后转身出来，小跑着向台阶的上方前进。

两个手持步枪的当地武装士兵从主殿的石柱后面跑出来，向安德烈射击。但他们明显没有受过系统训练，两枚子弹打在了安德烈脚边的石阶上，迸出昏暗的火花。他们进行着盲目扫射，扣住扳机的手指根本不懂得松开，自动步枪喷射着火舌，但卡拉什尼科夫步枪强大的后坐力让他们无法进行精确射击，安德烈甚至不需要进行躲避，因为他们的扫射顶多只能够起到警报的作用，根本没有任何杀伤性。

但他不能让他们就这样开枪，于是安德烈扣下了扳机，OTS步枪发射出两枚子弹，精准地命中了两人的头部。空尖弹在颅内变形、爆裂、翻转，产生巨大的空腔。被击中者的头颅如同布袋一样变形、扭曲，然后炸开，被剖成两半。混杂着脑浆的血液在空气中四下溅落，溅到神圣佛庙的台阶上，玷污了这座百年古庙。

安德烈与德米特里继续向主殿进发，距离主殿入口还有五步台阶的时候，他停了下来，向其他的队员们发送了一条信息：

【榴弹】

他打开了 OTS 步枪下挂的榴弹发射器，将一枚 40 毫米枪榴弹压进了膛内，然后闭锁。战术目镜之中已经为他计算好了榴弹的抛物线，按照抛物线的指示，安德烈与德米特里向主殿之中发射了枪榴弹。一共六枚枪榴弹几乎在同一时间飞进了古庙的主殿之中，在青石地板上碰撞，发出“叮当”的声音。

安德烈立刻匍匐在台阶上，利用台阶作为掩护。枪榴弹爆炸了，烟尘裹挟着弹片从石门中飞出来，从安德烈的头顶上掠过。通过耳麦的定向监听设备，他听到古庙内部混乱的脚步声，被命中者的哀号声，还有一些尖细的叫喊声。安德烈判断那是小孩的声音。

“这帮家伙，把小孩和武装分子放在一起吗？”德米特里笑了笑，小声说道，“真是狠毒啊！”

“这些小孩可都是拿着武器的，所以我们一视同仁就可以了。”安德烈将目镜调整到热感应模式，趁着烟雾还没有散去，站起身来，突入了古庙之中。

烟尘之下，想要凭借肉眼看清周遭几乎不可能。但在战术目镜的视野之中，人体的热感应图像能够显示出来。通过敌我识别系统的标记，他能够准确判断敌人的位置，然后点射清除。

在一处佛龛之后，一个端着自动步枪的小孩慢慢探出头来，张望了一番以后，向烟雾之中模糊的人影举起了枪口。但他还没有来得及扣下扳机，一枚子弹就已经在他的胸口上开了一个拳头大的空洞。血液与他的心脏碎片喷射到他身后的石墙上，喷溅成一朵抽象的花卉图案。

由于烟雾的原因，α小组在肃清主殿中的敌人的时候，除了遇到一些胡乱的射击之外，几乎没有遭到有组织的抵抗。当烟雾散去之后，突入主殿的六名队员已经在庙宇的楼梯后找好了掩护。

这时安德烈才能够看清楚主殿内的情况，这是一座典型的佛教建筑，厚重的巨大石板铺成了主殿的地面，四周的墙壁上被挖出了很多小洞，用来放置大大小小的佛像。一些用来照明的火烛还亮着，微弱的火光下，残破的尸体与铺散开来的内脏在地上微微地悸动，散发着浓重的血腥味。主殿中央的水池之中，鲜血将水染成了淡红色。一个孩子的尸体漂浮在水上，肠子从他腹部的破洞中缓缓地流出来，在水中慢慢地舒展，也许是因为被水洗涤的缘故，肠子呈现出鲜嫩的粉红色。

不过安德烈并没有回头看这些景象，就算看到这副情景，他也绝不会发出一声感慨。

现在，他的注意力全都放在与他们仅有不到十米距离的楼梯间内。他们必须尽快行动，因为古庙内的响动已经惊动了全岛屿的人，援军赶来是他们最不愿意看到的情况。

“看看转角。”

安德烈打了个手势，队员们点了点头之后，纷纷从后背的武装带里拿出一个类似于枪机护目的东西，但那是一把半自动枪械。在浮动式枪管护目的上方，安装着多功能全息瞄具。安德烈眨了眨眼睛，这是向战术目镜下达切换视野的命令。目镜的视野之中出现了瞄准镜的视角，他将枪械举至腰间，护目上的关节旋转过 90 度的角度，将枪口伸向楼梯间内的敌人，而持枪者却仍躲在墙后。

也许是空气中的烟尘的缘故，躲在倒下的石佛龛之后的两名少年并没有注意到楼梯口出现的不显眼的小小枪口。直到枪口爆发出火光，达姆弹击中他们的眉间，炸开他们的头颅的时候，他们的眼睛还是瞪得大大的，充满了茫然。

古庙一共有三条楼梯可以通往楼上。安德烈用手语指示队员们分头行动之后，与德米特里进入了主楼梯的楼梯间之中。

一名手持自动步枪的男孩立刻就从上行的楼梯之后转身出来，然后又是一个。安德烈立刻开火，在他还没有扣动扳机之前将其击毙。然后是第二个男孩，安德烈用达姆弹将他的头颅打成了两半。

正当安德烈向上迈出一步的时候，一名端着步枪的女孩从上方的楼梯踉踉跄跄地跑下来，转身的时候，赤裸的足部在满是血浆的地上打了滑，无法控制重心的女孩尖叫着滑倒在地，她的小腿向外不自然地弯曲，似乎是落地的冲击造成了骨折。在手部的震颤之中，她扣下了扳机，一枚子弹擦着安德烈的脸颊飞了过去，然后是第二枚、第三枚，一颗一颗的子弹一下一下地，随着枪响打在他身边的石制台阶上。

安德烈立刻开火，一枚子弹击中了她的胃部，一枚子弹击中了她的肺部，还有一枚子弹打断了她端着步枪的左臂。肠道混杂着血泡从弹孔之中涌出来，女孩跪倒在地，但还没有倒下。

安德烈停止了射击，他只是单纯地认为不必再浪费子弹在一具尸体之上了。但女孩的动作却并没有停止，她无力地耷拉着脑袋，右臂却悸动着，颤抖着，缓缓地将对她而言过于沉重的步枪举起来，抬起枪口。

德米特里立刻进行射击，一声枪响过后，女孩脖子上的脑袋不见了踪影，只有脖子上的创伤因为子弹的热能而呈现出亮色，女孩的动作这才停下了。

“这些人都怎么了？”德米特里说着，随着安德烈的脚步继续上行，“疼痛，就连死亡，对他们都是无所谓的事情吗？他们的行动模式……”

“就和程序一样，我很好奇这一点。”安德烈说着，将 OTS 步枪仅剩三枚子弹的弹夹换下，换上一个装满 45 枚子弹的直形弹夹之后，来到了主楼梯连接的长廊之前，将头顶上的楼梯作为掩体，用单兵雷达检测长廊内的情况。

长廊呈 T 形，安德烈此刻正在 T 字的底部，在他们面前长达 20 米的走廊中，有六个房门，其中隐藏着四名敌人。而在长廊的彼端与之垂直的长廊，则没有墙壁，仅有石柱能够作为掩护。

“房间里的，怎么干掉？”德米特里问道。

“我负责前方，你殿后。”

德米特里得到指令后，与安德烈一起跑上了楼梯，在石墙之后暂做隐蔽。等待了十秒之后，安德烈从灵敏定向感声器之中听到了走廊中越来越杂乱的脚步声。

“他们快出来了。”德米特里碰了碰安德烈。

“计划变更，以最快速度通过。”

安德烈说完，转身持枪跑出了掩体。走廊之中已经出现了两个瘦小的身影——都是儿童。他们带着吸毒者特有的狰狞表情向安德烈的方向举起手中的步枪，但在他们扣下扳机之前，安德烈已经抢得先机将他们击毙了。

又有一个男孩将木制的房门打开，似乎是认为房门可以充当他的掩护一样。但当步枪的枪口刚刚探出房门的一刻，三枚子弹已经将他的胸腔打穿了，喷涌而出的血液溅在了墙壁上，在同样是猩红色的铺着地毯的地面上扩散开来。

从主动式脉冲雷达的屏幕之中，安德烈可以“看到”从墙角后而端枪跑过来的人。雷达将敌人的轮廓做了标记，他只需要举着枪，等着这个人跑过墙角的一刹那扣下扳机，将其击毙即可。

不过这一枪是德米特里打出的。安德烈趁着德米特里争取到的短短几秒钟间歇，向一侧的墙壁靠过去，背部贴在了墙壁上。被击中的孩童士兵捂着腹部，在地面上痛苦地挣扎。他的腹腔被打穿了，肠道从创口流出的趋势似乎不可被人为阻止。被打开的消化道散发出令人不适的恶臭，随着他的垂死挣扎而四散蔓延。但安德烈丝毫没有在意这个垂死的孩子，他注意着拐角处之后的横廊之中的情形，而德米特里也在他的对面，将身影淹没在了墙壁的阴影之中，与他的视角一起形成交叉的观察范围，确保能够应对紧急情况的发生。

不过他还没有来得及迈出一步，一梭子弹就呼啸而来，打在他身旁的石墙上，于是他连忙退了回来。

“有机枪。”

安德烈盯着墙上巨大的弹孔，推测这至少是重型机枪。他向德米特里挥了挥手，得到了对方的一个点头示意。

“白杨，帮忙拆个家伙。”

安德烈动了动嘴，向狙击小组发出了讯息。几秒钟后，他收到了回复。

“收到，指示一下。”

安德烈将OTS步枪松开，挂在腰间，然后按了按头盔上的一个监视探头一样的东西，那个镜头立刻就伸了出来，在微小机械单元的带动下，像一条小蛇一样贴着墙爬行，然后拐过了墙角。因为它实在太小，无法引起对方的注意，因此并没有招来火力打击。

“收到了。”安德烈很快得到了答复。

他倒数了三个数，倒数结束时，走廊尽头响起了震耳欲聋的轰鸣。在狙击小组的引导下，无人机向走廊内发射了破片榴弹，密集的金属风暴立刻席卷了整个过道。安德烈向墙后躲了躲，几枚尖锐的破片擦着他的脸颊飞过，扎进了对面的墙上。

走廊里的枪声立即停止了。安德烈转过墙角，仍然保持着CARS（中轴重锁系统）姿势。生体检测系统确定了瞄准镜中的两具以扭曲的姿势堆叠的躯体没有生命体征之后，他继续向走廊深处走去，德米特里紧随其后。

使用拐角步枪与自动步枪清除了楼层内的敌人后，α 小组在庙宇二层的最后一个房间外汇合。二层曾经是僧侣们居住的地方，但在进行“清扫”的时候，没有任何一名队员发现这里有僧侣，甚至连一些宗教器物都少之又少。安德烈有些纳闷，根据情报，这座寺庙应该还没有荒废。

另外还有一点令他感到怪异。据情报科提供的材料，目标所乘坐的航空器在进入大气层后失去信号，然后，其黑匣子信号在 J 岛被发现。从坠落到他们到达不过 22 个小时，但在这期间，岛上却已经有了成系统的防御。尽管并不算专业，但岛民似乎在有意组织着某种防御行动。就算单个不足为惧，但若这些武装人员形成合力，仅凭八人的作战小组显然是无法应付的。

安德烈想起了曾经看过的一篇报告。在众多中立国家之中，ML 国的治安环境与社会生活水平在 20 年间得到了最快速度的提升。国民幸福指数——无论是原住民还是外来移民，都高于周边国家。并且，在最近的第二次 N 组织和 W 组织和谈会议上 ML 国总统所做的关于战后国家重建以及理想化分配体制的论述，引起了国际社会的极大反响。

“……当每一个国民都积极参与到国家事务之中，真正成为国家体制的一部分的时候，国家即是人民，人民即是国家。每一个人发挥最大的效能，按劳分配制度精确执行，国家因此以最快的速度发展。我希望，在战争结束后的世界里，能够有更多的国家如同我所领导的 ML 国一样，从混乱、悲哀与创伤之中解脱出来，参与到人类共同的事业之中去；更多的国家能够形成一个高效的多边经济体、合作体、共同体，在这个资源枯竭的时代同舟共济，存活下去……”

但安德烈认为，那只不过是一名理想主义者的一厢情愿而已。物质形态的生命、物质形态的意志与单个细胞是不同的。安德烈曾经设想，当一个细胞拥有了自我意志、自我价值取向与世界观之后，它便会开始追求更高质量的生活——获取更多的养分，追求更加长久的生命，最后突破海夫利克极限——也就是成为癌细胞。这种规律放大到人类群体之中后，代入到利益集团之中后，也就顺利地解释了战争的成因——对各种资源的争夺，包括物质资源、精神资源和各种各样的资源。能源、人口、生存空间、影响力……最终一个群体获胜，成为大肿瘤；或是两个群体被严重消耗，恶性肿瘤进入休眠期；或是最终融合，成为新的生命形态……战争的形式是多样的，其结果也是多样的。但想要统一这些妄想突破海夫利克极限的细胞——是不可能的。

亲自来到 ML 国的首都——J 市之后，安德烈更加坚定了自己的判断。ML 国总统所说的社会福利并没有惠及这里的边缘地区，至少这座古庙附近的渔村是这样的。他们在前往古庙的路上看到了各种各样的岗哨、武装人员与政府士兵。他们的装备水准明显高于周边国家，但仍然有明显的外包迹象：政府军的武器很杂乱，有的是从 W 组织购进的，更多的则是 N 组织的，枪型没有统一。士兵的巡查却十分有规律，岗哨换班也没有多大的空档。安德烈对于这个国家最后的一丝幻想在突入古庙的时候破裂了，因为他亲眼见到了那些在战前心理辅导时见到的儿童——武装的儿童。他没有感到悲哀，只是感到被欺骗。一个号称社会平稳、治安良好的国家竟然存在这样的东西。

“里面有五个人。”

背后的德米特里推了推安德烈，提醒他抓紧时间作战。于是安德烈放下了那些疑虑，重新将注意力放回到当前的作战上面来。

“三人有武器。”安德烈利用脉冲雷达扫描了房间内部的情况，房间分为两间，第一间里是三名武装人员。他们与外面的那些童兵不同，都是成年男性，以标准的房间内迎击布局设下了防御阵型。他们的武器有自动步枪与轻机枪，安德烈注意到一旁的墙壁上还有一些设备——那是诡雷一类的陷阱。而在后面的隔间里，则有两个人坐在椅子上，不知道在做什么——似乎是在进行某些会谈。安德烈沿着墙蹲了下来，打开声波定向采集设备，开始分析那两个人的对话。同时，他示意另外两名队员准备好爆破榴弹，准备破门强攻。

过滤掉信号杂音、呼吸音以及引擎噪音之后，窃听器里传来了两个人的对话：

"……先生，您认为完美的分配制度是什么？现在的状况算吗？"

"严格意义上来说，并不是。"

"我们以最快速度完成了您的保卫系统，一切都按照您的要求。"

"但您也听到外面的枪声了，他们来了。这是指挥系统，不是分配体制。不过我们大可不必在意那些人，而且我也很乐意他们成为我的听众。"

安德烈皱了皱眉头。

"请讲，叶林斯基先生。"

"首先我们要明确一点——我不是政治学家，只是一个半吊子的生物研究者。我所认为的分配制度来源于我对细胞与生物体的协调运作的研究。如您所见，许多情况下，国家意志并不能够快速地、高效地、完美地执行。这是为什么呢？"

"过于复杂的指挥系统，从上而下的、交错重叠的官僚体制，隐藏各处的贪污、腐败和怠惰的执行者，不满的人民——还有很多因素。"

"您说到点子上了，总统先生。这具躯体实在是太过低效——就像迟暮老者，它不能保证每一个细胞坚守岗位、各司其职，不能保证八大系统正常运作，不能保证头脑的指令传达到相应部位——一具病体。很不幸的是，许多国家都处于这样的情况之中。所以，完美的分配体制就像一具健康的躯体一样，能够让每个人坚守岗位，每个人发挥功效，然后，每一个人严格遵守体制的法律，遵从体制的命令，然后精确地完成各项任务——分裂、分化、增殖、代谢、衰老、凋亡……这样就有了一个健康的躯体。然后，就需要一个精明的头脑来让它做出正确的行为了。”

“那何为正确的行为？”

“取决于您，总统先生。扩张，共存，还是成为第三帝国那样的集团——取决于顶尖层次。但记住，不要让一个细胞掌握控制权——那只会放大细胞本能。成系统的神经细胞集合在一起，才能够做出称得上‘生物行为’的动作。另外，门外的先生……”

声音突然增大了许多。安德烈惊了一下，浑身为之一震，窃听器的定向听筒在墙上摩擦了一下，接收器里便传来了一阵难听的摩擦声。

“保持那样的姿势可是很累的，你们为什么不坐下来听呢？”

安德烈立刻将窃听器扔在一边。“行动。”他打了个手势。

固定在门锁上的定向炸药立刻引爆，将保险门向内炸开。炽热的金属喷流诱爆了门内的诡雷，发生了第二次爆炸，一些钢珠打进了门外的墙壁。隐藏在墙壁后的突击队员立刻向门内发射榴弹，爆炸的响动使墙壁微微颤动，一些砖灰从墙上剥落，飘了下来。安德烈立即率领突击队员从炸开的缺口鱼贯而入，三发点射解决了因爆炸而不知所措的三名守卫，进入了隔间之中。

隔间布置得如同一个会议室，但只有一张小圆桌和两把椅子。一个西装革履的中年男人坐在其中的一张椅子上，神色漠然。安德烈立刻就认出来，那是 ML 国的现任总统。

另一个人则是一个年轻的白人男子，身材高大健硕。安德烈试着进行了一下人脸搜索，但给出的信息却是一个他并不知道的名字，叫作克拉维斯·恩菲尔德。

“别惊讶，我的确是你们要找的人。”年轻男人摊了摊手，望向安德烈，说道，“我就是阿列克谢·叶林斯基。”

“但这幅躯体不是你。”安德烈说着，继续用枪口指着他的脑袋，以确保谈话的主导权。“你做了什么？”

“借那个人的躯体一用，之后会归还。”年轻男子说着，笑了笑。“所以别弄坏了，否则我没办法交代。”

安德烈望了望身后的队员们，他们也都露出疑惑的神情——这与情报之中所给的目标面部特征不相符。

“看来是要走了，叶林斯基先生。”一旁的中年男人说着，机械地转过头，望了望那些持枪的士兵，说道，“您能回来就是一件令人高兴的事情，看来高兴的时光不会长久。”

“的确如此，总统先生。”年轻男人说着，一名 α 突击队队员上前将他控制住，拷住他的双手，然后用枪托打了一下他的后背。

“现在我的国民都生活得很幸福，感谢您，叶林斯基先生。他们突破了物质世界的束缚，进入了崭新的世界之中，成了新形态的生命。”

“回见。”

高大的年轻男人顺从地举起了双手，任由突击队员押送着，然后离开了房间。

“那这个人怎么办？”

德米特里指了指仍然木然地坐在椅子上的总统先生，对安德烈问道。

“别管他，他不是任务目标……”

安德烈还没有说完，坐在椅子上的男人却一个激灵站了起来。他的面庞不自然地扭曲，四肢抽搐着。趁安德烈的反应神经做出回应的间隙，他猛地向安德烈冲了过来，几乎就要冲到安德烈的面前。他已经张开了痉挛的双臂，准备死死环抱住面前的士兵。

然后，他的脑袋飞了出去。

“看来是大意了。”德米特里说着放下手中的步枪，走到已经没有了脑袋却仍在抽搐的尸体旁，将它拎了起来，用力朝主厅里甩去。尸体一脱手他就转过身，隐藏在墙壁后面。还没等它落地，一声巨响便在主厅里响起，夹杂着好像是浓玉米粥流动一样的声音。安德烈从墙后面侧过头去，这才发现整个主厅内部都已经被暗红色的血与肉浆沾满了，一些内脏的碎块黏附在家具的柜门上，慢慢地向下流动——发出搅动玉米粥一般的声音。

“听起来就像一个满身黏液的外星人在走动。”

安德烈说着，用枪托推了一下被捕获的男人，然后迈开步子走出这个房间。其余的队员则紧随其后，将阿列克谢·叶林斯基围在中间，前往预定的接应地点——庙宇门前的空地上，从台风级潜水艇上起飞的直升机已经在那里等候了。一些当地的民兵以及附近的哨兵正在向这里围拢，直升机上的舱门机枪此时已经将十几名接近的民兵撕成了碎块。

“我们得抓紧了。”德米特里小跑了起来。安德烈听到外面传来一声爆炸声，然后在更远的地方又响起了一些连续的爆鸣，他知道那是潜水艇正在利用智能型集束炸弹对靠近的小型装甲目标——武装吉普、步兵战车或轻型坦克，进行清除。安德烈清楚，必须尽快离开 ML 国的空域，进入 W 组织防空识别区，否则潜水艇就会受到当地武装及政府军的威胁。

“呼叫猎手，这里是海象。”安德烈收到了来自潜水艇的通信，“我们必须在五分钟内离开。ML 国的军舰距离我们还有 50 海里。”

“我们快要登机了。”安德烈说着，猫腰奔向十余米开外的雌鹿直升机。一些民兵已经在向他们开火了，但这些人明显是临时武装起来的居民，并没有接受过系统训练，子弹也就打在了他们周围的地上，没有命中。

他抓住舱门旁的扶手，跳上了直升机。其余的队员们以最快的速度进入了舱室，叶林斯基也在这个过程中被扔进了机舱里。然后，直升机加速爬升，舱门机枪对越来越多的民兵与从附近赶来的政府军做了最后一轮扫射之后，机枪手便停止了射击。

但直升机还没有脱离自动武器的有效射程，经过训练的政府军士兵开始陆陆续续赶到，安德烈担心他们会带来防空武器——火箭炮、低空防空导弹一类，于是他再次接通了与潜水艇的通信，说道：

“猎手呼叫海象！猎手呼叫海象！帮忙清个场子！”

他不久便得到了答复：

“海象收到，UAV 在路上了。”

安德烈从舷窗向外望去，远处有什么东西正在飞过来，他用目镜对其进行了锁定，很快就确认了那是 R 国的两架无人火箭飞机——它们会到达目标地点上方，然后利用自身携带的高爆弹与凝固汽油弹对地面目标进行轰炸和焚烧，在完成任务之后自毁。

地面上的枪声很快就被爆炸声覆盖了，安德烈松了一口气，坐到了靠窗的座位上。直升机已经很接近边境线了，过不了多久，他们就能够越过那里，进入 W 组织联合防空系统的保护范围，然后与接应的地面部队汇合。

但他们的任务并没有完美地完成，因为一个附加条件——找到 J 国空军中尉友坂零，还没有完成。根据提供的情报，中尉应该是与目标人物一同到达的地面，但对附近的搜索已经证明，叶林斯基并没有与友坂中尉一起行动。

不过这并不是什么大事，对方只是一个空军中尉，即使 J 国再三强调那是“经历过宇航员训练的人”“珍贵的飞行员”“十分重要的人才”，他们也并不在意。因为就行动本身而言，成功抓获阿列克谢·叶林斯基比救回一个中尉有着更加重大的意义。

“他们说你拥有魔力。”

安德烈在叶林斯基的面前坐下，对他说道。

现在他在第二货仓里面，队员们在第一货仓休整。他将叶林斯基囚禁在随直升机运输的对地突击舱里，关上舱盖，只打开通信频道来对他进行审问。

“怎么形容呢？我得到的情报是，你用某种技术，可以像变形怪一样，变成其他人的样子；或是像幽灵一样，夺取其他人的躯体。”

“替身技术，N组织称为Incarnation，已经是十分成熟的技术了。”叶林斯基回答道，“不要告诉我R国没有听说过这个词，或者类似的技术。”

“倒是分子修复技术很普及。”安德烈从脑海里找出了自己所知道的最高精尖的生物技术——他认为“替身”技术也属于生物技术的范畴，于是说道：“我见到过很多重伤，甚至是接近死亡的士兵在接受了分子修复治疗之后恢复了完整的躯体的事例。”

“那种技术不过用来治疗一下恶性肿瘤。”叶林斯基笑了笑，“实际上，你们不知道的是——你们的上级随时随地都在对你们的意识进行备份——你们可能还不知道自己的脑子里存在着生物芯片……”

“别瞎扯，我们连卫星信号都不能做到随时覆盖，怎样备份？”安德烈笑了笑，摇了摇头。

“我没有瞎扯，因为这项计划是我主持的。”

叶林斯基一脸严肃地对安德烈说道：“当时负责计划的还有你的上级，伊万诺维奇·米尔斯。还有相关的量子物理学家。”

“不可能！我们当中什么时候混进了N组织的人？”

“别打断我，小子。”叶林斯基的语气变得有些吓人，他的语言似乎有一种压制的魔力，安德烈闭上了嘴，于是他继续说下去：

“告诉我，你们在战前是否进行过心理辅导与脑额叶遮覆？”

机舱里的空气变得黏稠了起来，安德烈感到自己的呼吸停顿了一下，他不知道这个人为什么会知道这些事情。

“你们不会感觉到疼痛——N组织也做同样的事。我也在战场上混过，我们没什么区别。杀人的时候，负伤的时候，甚至是死亡的时候，我们不会有任何感觉，道德感、恐惧感都没有。为什么？仅仅是屏蔽了疼痛与情感。舍弃这些等同于舍弃生命，你们早已是死人，是只会听从命令的魔偶。”

“但你我并没有区别。”安德烈说道，“据说你在变成这样子之前曾经是N组织某个精英部队的士兵，如此看来我们能够站在同一立场上说话，我们都是执行国家意志的机器。”

“正是这一点我与你们有所不同，我拥有自己的意志。”叶林斯基说着，发出一阵轻笑。“现在告诉我你的目的，我猜得到，你不过是来执行国家意志的。”

安德烈沉默了，他没有回应。叶林斯基也没说话，但他很明显在蓄势，准备进行第二波的语言攻势。

“意志这东西不重要。”

许久的沉默之后，安德烈打破了沉默的气氛。

“像你这样的人注定不会是一个合格的国家公民，因为独立的细胞终将发展为恶性肿瘤。自我意志在国家意志面前永远应该被放在第二位，或者被消灭掉，成为国家的机器。”

“的确，我们都一样。”

叶林斯基将脑袋偏向一边，将一边掠起的嘴角显露给安德烈看，“我们都是意志的奴隶……人类必须依靠意志来存活，自我意志一样，他人的意志也一样。”

“我们都是人类，有什么奇怪的吗？”

安德烈话音刚落，二号货舱里的灯光就全部变为了红色，机舱警报音响了起来。

“恶魔玛利亚吗？”叶林斯基对警报音做出了一番评价，“和N组织海军一个样嘛。”

安德烈没有搭理叶林斯基的评价，他抄起用背带挂在肩上的OTS步枪，快步来到舱门旁，一名队员正在敲打着隔舱门的玻璃。

“怎么了？”他对门那边问道。

“有什么东西追过来了。”队员说着，握紧了一旁的扶手。直升机正在猛烈转向，机舱内震动剧烈。安德烈抓着门柄，才勉强没有摔倒。

雌鹿直升机正在用大半径机进行回转，同时向机后发射红外热饵。安德烈通过舷窗，看到一枚导弹正在追逐着十余米开外的热诱弹，从直升机旁掠过去。然后在远处发生了爆炸，空中产生一片黑云。

他立刻打开舱门，进入到第一货仓中。后方的舱门已经打开了，两名队员正在用机上配备的单兵防空导弹锁定目标。顶着中高空的大风，安德烈用目镜对目标进行了检索——一台N组织武装直升机正在后方一千米的地方，并且在持续接近之中。突击队员向敌机发射了导弹，但对方也很快做出回应，利用热诱弹与弹雨系统将导弹击毁了。

“我们在射程内了！”德米特里说着，向舱门边上靠了靠，“那家伙从哪里冒出来的？”

“很可能是隐藏在半路上！”安德烈喊着，开始向驾驶室跑去——直升机颠簸得厉害，使这个过程耗费了他不少时间。“直升机的系统里面没有迎击模式吗？！”

“我试过了！导弹和机炮都宕机了！”

驾驶室里的队员说着，直升机又一次剧烈地晃动了一阵，开始发生倾斜，紧随其后的武装直升机发射了第二枚导弹——这一次连热诱弹都没有发射，导弹击中了机身右侧安定翼，剧烈的震动让安德烈被甩到了一侧机舱的仓壁上，一名突击队员也因为震动而被甩出了机舱，他死死抓住机舱壁上的凸起，才勉强没有飞出舱外。

“没有办法转成手动模式吗！”安德烈向驾驶室里吼道。

“完全不行！电脑失灵了！”

敌人没有给他们留下什么时间，第三枚导弹直接命中了直升机的螺旋桨组件，将动力部完全摧毁了。强烈的震动让直升机的机身开始解体，从数百米的高空坠下。第一与第二货仓分离了，安德烈也因此被甩到了机舱外的空中，离着火的直升机越来越远。然后，他看到机身处爆发出一团比机身还大数倍的火光，那火光吞噬了整架直升机，一些黑色的物件在火球周围——似乎是被抛出来的一些零部件。他很快就体会到了自由下坠带来的失重感，调节平衡从来没有如此困难过。他尽力张开身体，像跳伞运动员一样尝试着寻找一个平衡位置，但下坠高度不允许他完成这一系列动作。

【数据刷新完成】

【准备重新启动】

安德烈睁开眼睛的时候，眼前掠过的字符并没有引起他的注意。

他看了看周围，自己躺在林间的草地上，阳光透过红树林的间隙照射到地面上，时不时有海鸥的鸣叫传入耳中。他眨了眨眼睛，嵌入式液态目镜的瞄准环因为震荡的缘故而模糊了一段时间，但很快就恢复了正常。

周围的世界突然安静了，仿佛刚才还是天崩地裂的变故，此刻却是一片和平的宁静。他动了动自己的手脚，感受得到肢体的质感——这并不是自己的梦境。

一滴温热的东西落到了他的脸上，然后沿着他的脸颊滑下，在脸部与头盔内衬的贴合部弥散开来。他伸出手去碰了碰，将沾有液体的手指放在自己的眼前，才发现那液体是血红色的。

他依旧躺着，将视线往上抬了一些。在他头顶上的树冠上，一些被某种丝线、管道连接在一起的团块像一张网子一样罩在树梢上，向下滴落着什么东西。一阵强烈的海风席卷过这片广阔的红树林，使那棵树冠猛烈地晃动了几下，于是越来越多的东西开始掉下来，那张网也似乎是在流动着——安德烈看清楚了，那些掉下来的东西中，有各种各样的人体内脏的碎片、血水，还有一些装甲的部件。类鲸鱼肌肉制成的外骨骼在主体死亡之后失去活性，很快就降解了。

那些散发着恶心气味的肉浆滴到安德烈周围的时候，他从未如此真切地感受到心中的惊悸。

“咚”的一声，一个椰子一样的东西从树上掉了下来，落在安德烈身旁。他转过头去，目镜的检索功能自动为他提供了那个物体的信息——“德米特里·伊万诺夫上尉，已确认阵亡。”

他咒骂了一声，但没有从地上坐起来——一架直升机从树林的上方掠过，强大的气流让他感受到了一种迫近的危机感。

他摸到了自己的备用步枪——它没有脱离位置，于是他将AKM短步枪贴在胸前，用脚蹬地，让自己在地上滑行，到达了最近的一棵红树旁。他在附近没有探测到敌人——甚至没有任何活动目标。于是他背靠着树，开始尝试与其他队员建立联络。

幸运的是，小队的内部网络没有失效，但六名队员的生理状况上已经被打上了红色的“阵亡”标记，这让安德烈心中一沉。

声波采集器向他放大了一段即时音频，音频来源是海边，就在安德烈的背后。他皱了皱眉头，那些声音听起来就像是船桨在轻轻划过水面，但被人为压制了声音。他回过头去，目镜将视野放大，让他看清楚了树林边的水潭之中一些不自然的波纹。

他急忙回身躲藏在树后，看起来对方还没有发现自己。但想要与他们交战并不会是一件容易的事情——光学迷彩会让他们变得难以锁定，造成主动式瞄准系统的效能大幅降低。但从他们行动的轨迹来看，他们并没有向安德烈的方向过来，而是在绕着树林边缘进行着搜寻。

不远处的树林里传来了一阵枪声，枪声很尖，他立刻就辨认出那是 AKM 短步枪的声音。音波采集器确定了声音来源，在他的六点钟方向约 150 米处。于是他打开了通信界面，查看了上面仅有的四个存活单位。除了他以外，三个单位的距离都显示在那个方位，他猜测那里可能是第一货仓坠落的方向。他动了动嘴，发出电子信息：

“猎手呼叫白杨，能收到吗？”

在他发出信息之后几秒钟，他便收到了回答，但对方用的是音频形式。

“看到了，他们在向我们这边过来。”

“你们情况怎样？”

“糟透了，我下半身动不了了，可能是压住了，我看不到。海豹快死了，他半个身子都没了，也说不了话。我们装备有限——”音频之中又传来一阵枪声，“我也没了一条胳膊，大概是在下来的时候被扯断了。”

但音频之中的年轻男人的声音依旧很冷静，没有什么起伏，听上去就像是在说着再平常不过的话一样。安德烈皱了皱眉头，对他问道：

“痛吗？”

“痛，当然痛。该死的，这次回去要花大价钱修复了……你在哪儿，猎手？”

“你的后面 150 米的地方，我看得到黑烟。”安德烈一边发出信息，一边检查了一下弹夹，里面填装的热能弹一发不少，枪支完好无缺。他启动了装甲表面的光学迷彩——它的损坏并不严重，一些磨损的地方能够用树丛隐蔽起来。他看到自己的手臂、武器和身体都变成了玻璃一般的透明，能够看到身下被压弯的草茎。于是他猫着腰从树后面跑出来，开始向第一货仓坠落的方向前进。

“你别过来了，猎手。我知道我们这次死定了。”音频里的枪声密集了起来，“换弹都很麻烦，要是下半身还能动就好了。喂，马夫鲁沙，听得到吗？你要是还能动就帮我看看到底是什么情况！还有把机枪准备好，我一个人撑不住……马夫鲁沙？你怎么不说话？”

“冷静，白杨，我在路上了！”

安德烈说着，用红外热感锁定了一个敌人——他在 20 米开外的沼泽边上，引起了一些草丛的不自然倒伏。于是安德烈向高一些的地方开了一枪，空气中当即爆出一团血花，热能弹将击中部位以及周边组织全都炸开了。然后，沼泽地的泥潭上响起“扑通”一声，一些带着泥浆的水花飞溅起来。

他立刻横跑，将一棵大红树作为掩体。一串子弹打在大树的树干上，从上面擦过去，升起一片木屑的烟尘。他继续前进着——对方的射击大多是根据枪声的方向做出的大致判断，但基本上都能够追着他跑。他向前跑进了大概八米，然后在一片半人高的水生植物丛后面蹲了下来，将一枚音爆手榴弹的保险拉开，把它丢进了高草丛中。

手榴弹的滚动引起了草丛的一阵窸窸窣窣的响动，敌人的火力立即向那里集中。安德烈一边倒数着数字，一边将无线电的耳麦取下，向耳道里塞进了两块隔音塞。音爆手雷爆炸产生的音波能够有效损毁声波采集器，并且有大概率造成永久性失聪。当他刚刚将耳塞塞紧的时候，巨响发生了。即使隔着耳塞，骨骼的震动仍然能够让他感受到那种巨响带来的生理上的不适。一枚小小的音爆手雷产生了比热核炸弹爆炸还要巨大的声响，音波采集器在一瞬间失去了作用。安德烈丢弃失效的仪器，抓住机会穿过长满水草的泥地，同时向前方进行着无目标射击。重新启动红外热感应设备需要一点时间——即使是短短的 0.8 秒也足够安德烈穿过宽度不过五米的草丛了。现在他将距离拉进到了十米以内，目镜通过辨别光学迷彩的折光轮廓得以锁定目标。从举枪到完成射击的时间极短，但安德烈能够保证子弹击中目标的头部。

“……马夫鲁沙，你听得到吗？他们过来了，N 组织的家伙不远了，他们还有 50 米就到了。机枪怎么还没架起来？你也被压住了吗？喂！”

这一次传来的音频之中，声音已经很弱了，但枪声还在继续。尖锐的声响不见了——AKM 步枪的极限容弹量是 30+30（连装弹夹），现在只能够听到一些沉闷的“噗噗”声还在断断续续地响起，那是雅利金手枪的声音。

“坚持住，我就快到了。”

安德烈从树后转身出来，锁定了 25 米外密集树林之后的一个敌人——他正瞄准自己。安德烈抢先开火，敌人被击倒，却仍然发射了子弹。他对此并不感到惊讶——他们都对痛觉、情绪乃至思维进行了遮覆与调整，在变为肉酱之前他们不会停止杀戮。

他追加了一次双发点射，敌人的脑袋完全不见了踪影，空中显露出一个漂浮的红色血洞，那个血洞摇晃了几下，然后掉到了地上。

“喂，白杨，听得到吗？”安德烈放弃了电子通信——信息栏弹出的语言框会阻挡视野，阻碍作战。他直接向对方发起了呼叫。

“听到你的声音真好，猎手。马夫鲁沙没指望了，他可能是睡着了吧？”

“距离你还有多远？”

“敌人吗？只有 20 米了，机舱的钢板勉强能够抵挡一会儿，但等他们搬来火箭炮可就没辙了。我转不了身，但后仓门应该是开着的，从那边进来。”

安德烈向右侧的洼地看了看，这个塌陷形成的低洼地带就像一个小山坡一样。第一货仓的残骸正好落在了洼地里，山坡将敞开的后仓门挡住了，只留下一个缝隙勉强能够进入。安德烈向更远处望了望，弥漫着烟尘的空气中不断地亮起火光。敌人仍然在使用着光学迷彩，即使意义已经不大，而安德烈决定关闭迷彩，突破这最后的一段距离。

他从树后面跑出来，沿着山坡跑下去。敌人的火力立刻就锁定了他，但子弹大多从他身边擦过去，或者打在他跑过的地方，只有很少一些能够擦到他的装甲——或者有一些打中了，他也没有感觉。肩部传来的震荡感并没有让他停下脚步，他抬起脚，后背着地，从山坡上向着后仓门仅剩的缝隙滑过去，同时开枪还击。

脚下传来一阵震动，安德烈顺利地进入了货仓之中。几枚发热的弹壳顺着山坡也溜进了舱室里。他从地上站起来，稍稍松了一口气。

躺在地上的突击队员侧过脸来看了看安德烈，他似乎是露出了一个笑容，但马上转过头去，用右手控制着手枪，勉强向敌人开了三下火，然后，当他再扣动扳机的时候，手枪只会发出干巴巴的“咔嚓”声了。

安德烈踢了踢脚底下密布的弹壳，腾出一个蹲姿射击的位置，然后找到一个窗口的空隙，瞄准外面的敌人。敌人只有三个人了，他将一枚榴弹打了过去，爆炸过后，还有两人在射击。于是他开始进行点射，直到敌人完全陷入静默之中，他才停止射击。

“状况糟透了啊……”他环顾了一下舱室，地面上早已被暗红色的、黏稠的血浆覆盖。当他抬脚的时候，能够感受到液体的张力在拉扯着他的脚掌。三具突击队员的尸体杂乱无章地摆在地上，死状都极为惨烈。安德烈感到某种没有被屏蔽的、隐藏的情绪，正在自己那经过了调整、已经麻木的大脑之中开始发出低语。

“我现在的情况怎样？”

白杨转过头来，安德烈看了看小队信息栏，里面只剩下两个单位显示着“存活”了，除安德烈之外，还有代号为“白杨”的米哈耶夫。他勉强转过头来，望着安德烈。

安德烈扫视了一遍机舱里的惨状，然后才将目光投射到米哈耶夫的身上。

“我是不是被很重的东西……压住了？”

安德烈看着米哈耶夫，他的瞳孔在缩小，脸上的肌肉不受控制地抽搐。米哈耶夫的下半身没有被任何东西压住，他的腰部以下已经被炸飞了，不见了踪影。内脏不受控制地流出体外，它们的悸动已经变得十分微弱——他甚至能够看到隔膜的收张，但那生命活动已经变得时有时无了。

“是的，是一段横梁，状况糟透了。”安德烈说道，“保持冷静，我马上搬开。”

米哈耶夫的脸色惨白得吓人，但他还是回过头去，松开了打空的手枪，然后用仅有的右臂拼命去摸索其他的武器。

“把马夫鲁沙的机枪给我，安德烈……”

他的声音已经很微弱了，但仍然很平稳，“告诉我……”他说道，“外面的家伙……怎么样了？”

他的表情在脸上僵硬了一下，很短的时间，然后就慢慢地舒缓了，嘴角无力地耷拉下去，眼中的光芒慢慢地消失。

他死了。

“不知道呢……”

安德烈走过满是鲜血与内脏的机舱，将一具尸体旁的 PK 轻机枪捡了起来，放到了米哈耶夫的身旁。

外面已经安静下来了，没有枪声，没有脚步声，甚至没有海鸥的鸣叫。直升机只能够运载十名武装人员，他计过数，这些敌人的的确确都已经被消灭了。

于是他矗立在机舱之中，沉默良久。几只黑白花色的蝴蝶从他的身边扑闪而过，丝毫没有引起他的注意。

“现在控球的是菲利普，他在上半场的表现一直都引人注目……”

α突击队队员，兼特殊空军飞行员，安德烈·波克雷什金大尉正窝在沙发里，电视机屏幕上足球联赛的画面正映在他的虹膜之中，他从面前的茶几上拿起透明的玻璃瓶子，把最后一口酒灌进了嘴里，然后捡起一旁放着的两片酒精酶片，咽了下去。

“你怎么还用那玩意儿？”

一旁的年轻男人，德米特里·伊万诺夫上尉拍了拍安德烈的肩膀，下手很重。

“错过直播了。”安德烈说着无奈地耸了耸肩膀，“喝高了开始欢呼的话，会被周围的居民抱怨的。”

“你还会在意这个？”德米特里说着，回过身去，给自己找到了一个舒适的姿势，让自己陷在沙发里，把面孔埋进阴影之中，不知道是醒着还是睡着了。安德烈于是继续看着电视机闪烁的屏幕，时间显示在01:24。

“这次真是惨败了。”德米特里的声音从阴影里传出来，他就像占卜的时候装神弄鬼的巫师一样，躲在阴影之中说道，“死了六个，还让那家伙跑了。”

“那家伙也死了。”安德烈说着，目不转睛地盯着电视屏幕，球员的位置随时随地都在变换，现在控球的是马克西姆，他正准备进攻球门。

“死了？”

“接应部队到达之后我去检查了那家伙的坠落地点，突击舱被破坏了，用的是 7.62 毫米 NOTO 子弹，那家伙的脑袋被打爆了，毫无疑问，N 组织的人不是来救他的。”

“真惨。”

“的确是这样。”安德烈继续看着屏幕里的转播，马克西姆的进攻被拦截下来了。

“不过能活过来真是奇迹，掉出机舱的时候我还以为自己死定了。”德米特里笑了笑，又摇了摇头，当然安德烈没有看见。“我记得自己被机炮打中了，肯定是死定了，修复躯体肯定花了一大笔钱吧？”

“你算幸运的了。”安德烈说着，眨了眨肿胀的眼睛，“安东的脑袋被倾覆的第二货仓压扁了，都没办法修复。”

“那真是可怕。”

德米特里说完，从阴影里面钻出来，起身走向冰箱——里面还有一些速冻食品，他有些饿了。安德烈继续看着球赛，他还没有向德米特里和其他“幸存”的队员透露实情——他也不准备透露。德米特里的的确确是在空中散架了，像一张烂渔网一样被挂在了一棵树上。但现在一模一样的德米特里就在厨房里，用烤箱加热比萨饼。他感觉很奇怪，某种意义上说此时的“德米特里 · 伊万诺夫”已经不是原先的那个人了，但从对方的主观角度看，他并未意识到现在这个超高度仿真的“德米特里”不是他本人。既然他认为自己还是原来的德米特里，那么他就是的，并且有一套天衣无缝的说辞能够让其他人都相信他的身份，除了安德烈这个唯一的证人之外。安德烈不想让事情变得复杂，于是摇了摇头，把那些怪念头都甩出了脑袋。

此刻的德米特里看上去是如此正常，而在 25 小时前，安德烈才将德米特里的脑袋放在了指挥官米尔斯中校的面前，向他报告行动情况。

“叶林斯基说得没错，我们被复制了。”安德烈想到。他回想起那个任务的目标人物，以及他说出的那些骇人听闻的事实，不禁感到脊背发凉。

第8章

友坂中尉再一次睁开眼睛的时候，她看到了自己完全没有见过的光景。

地面是透明的，如同镜子一般，反射着天空中绚烂的极光。她试着走了几步，脚底感觉很有抓地感，没有想象之中的光滑。她有些惊讶，不知道这究竟是什么材质，能够在保证摩擦力的情况下又能产生镜面反射的效果。

她寻找这片广阔镜面的边界，没有找到，镜面与天空由于奇妙的折射效应混在了一起，无法将二者成功区分开来。友坂一时间有一种迷乱的感觉，她踏了踏脚下的地面，感受到了重力的作用，前庭还在提醒她上下左右的方位。

“这是哪里……？”

她看了看自己的身上，还穿着太空作战服，还戴着面罩，氧气剩余静止在22%不变，任凭她如何呼吸，这个数值都没有变化。

她又检查了定位系统，基本阵锁定，相位高度、气压变化等各项指标全都没有数据显示出来，所有的定位仪表全都失灵了。

她害怕是宇航服的 CPU 出了故障，于是也害怕起氧气耗尽的问题来。但这里有重力，并且重力与地球上并无太大区别，也许还有空气呢？于是她调出了气体探测器，开始检测外界气体的成分和含量。

氧含量 22%，无有毒气体，可以呼吸，这是结果。

友坂迟疑了一下，然后伸出手去，缓缓地解除了头盔锁定，将它脱了下来。她有些不安地呼吸了一下，空气很清新、很清澈，与地球上充满了硝烟味与血液蒸气的气体不同，这里的空气没有味道，干净得出人意料——瑞利散射在这里消失了，天空呈现出一种壮丽的紫红色，那不是光学的幻象，而是一颗最近的恒星喷射出的物质所发出的颜色。友坂仰望着天空，磁场在空中造成了极光——她所认为的极光，只是这磁场不来自于所处的星球，而是来自于那巨大的恒星。但她感到奇怪，那颗恒星仿佛距离她十分近，她甚至能够看到从那颗恒星表面喷射出的恒星冠冕，然后在天空中呈现出血红色的光芒。

“这是哪儿？”她不禁暗自思索着。

她从来没有见过这样的地方，一般来说，接近中心恒星的天体表面温度会极高，重力加速度也不可能与地球相等。但事实是，这里就是这样，那颗中心天体似乎已经冷却下来，但它的表面呈现出暗红色，表面活动也十分频繁，不像是已经耗尽燃料的白矮星。

友坂向周围张望了一阵，脚下画过几个圆圈，基本阵定位在这里起不了作用，她不知道该向哪个方向前进，于是便再次呆立在原地，凝望着天空中那颗迫近的巨大恒星。

“你是谁？”

一个女孩的声音响了起来，友坂一惊，条件反射般地从腰间拔出了手枪，进入CARS警戒姿态。但她没有看到人影，也没有感到任何危机，于是她稍稍放松了一下肌肉，降低了枪口。

“我倒想知道这里是哪儿。”她抛出一个问题，看看能不能得到答复，以此来检验这个声音究竟是来自于自己的幻象还是实际存在的东西。

“我的屋子。”

那个声音进行了回答，友坂立刻寻声找过去，女孩就在自己的身后，蹲坐在地上，膝盖蜷曲，埋着头，似乎已经在那里坐了很久了。女孩的头发是白色的，皮肤也白得几乎透明。她穿着一件印有小熊的棕色连帽衣，裙子，还有白色的长筒袜与棕色的方口皮鞋。友坂走近了一些，同时缓缓地把手枪收回枪套之中。女孩听到脚步声接近，也抬起头来，看着面前的友坂中尉。

“啊，我想起来了，我对你有点印象。”女孩抬了抬眉毛，但语气依旧是没有感情的、冰冷的，让人感觉不到任何生气。

“你也是，我记得你。”

友坂皱了皱眉头，向后退了几步。她当然记得这个女孩的面孔，并且绝对不会忘记——在那些晦涩阴暗、充满恐惧与不安的可怕幻象之中，这个女孩的身影已经深深刻进了她的脑海里。

“我记得你叫友坂零，是这样吗？”女孩说着，从地上站了起来，拍了拍裙子，好像是在掸灰——但地面实际上一尘不染。“我记不清了，记忆太多了，长得像你一样的人很多，我不知道自己记得是否清楚……”

她挥了挥手，似乎在招呼着什么东西。友坂正疑惑着，女孩的眼前便突然出现了一种似乎是电子文件夹的东西。

“本来不需要用这样的方式呈现——但我觉得这样对你而言可能会好看些。”女孩说着，朝空中的电子文件夹一挥手，数不清的图片文件就在她们的面前铺展开来。友坂惊讶地望着那些文件——图片是连续的，就像胶片一样。这些图片并非平铺开来的，而是有层次地向无穷远处延伸。

“这些是记忆，先后发生的，同时发生的，并列的或者叠加的事件都在这里。”女孩说着，对着无穷多的图片划拉了一下胳膊，“我找找看……啊，有了。这是你吗？”

友坂顺着女孩指的方向望过去，那些图片便在她的眼前连续了起来，就如同播放电影时候的胶片一样。她看到一个小女孩从培养仓中被取出来，这时候的女孩还是与其他的婴儿一样的、混沌的雏形。友坂辨识不出来，于是便继续看下去。

这是一个漫长的过程，友坂看着这个女婴慢慢地成长，呈现出独有的相貌特征，然后开始站立、说话、学会各种各样的事物——她感到数年的时光溜过去了，眼前的女孩已经到了上小学的年纪。

她的头发是茶褐色的，与友坂一样，眼睛很大，鼻头发红，右眼下一点的地方有一颗黑色素堆积形成的皮肤斑。她已经确认了这个故事片里的女孩就是自己了，但她并没有向一旁负责播放的女孩说什么话。女孩也静静地看着，电影里小小的友坂零已经到了初中毕业的年纪，她穿着迷彩色的校服，抱着民兵的步枪，冲着摄像机摆出美丽的笑容。

“你们的初中都是军校吗？”女孩对友坂问道。

“上课前第一件事就是拆装步枪。”友坂说道，“早跑操负重五千米。”

“你还记得这些事情吗？”女孩说着，在地上坐下，友坂也跟着坐了下来。她感觉自己已经站着观看这个超长篇人物故事很长时间了——大概 15 年？因为这个时候电影的女主角已经要上高中了。于是她坐下来，就在女孩的旁边。

“记不清晰了，如果不是再看一遍，我可能就真的忘了。”友坂说道，“是的，这是我。”

女孩挥了挥手，那些图片便一下子都不见了踪影，电影放映结束。友坂抬起手想要挽留一下——她看到了自己在空军学校的教练机上面手足无措的样子，自己那时候的模样看上去非常傻，但她却不知为何开始怀念起那些过去的事件与时间。

“所以……这里是什么地方？”

友坂看了看周围，天空的景色发生了一些变化，恒星的方位发生了改变，它挪到了头顶正上方，几乎要占据整个天空——但友坂并没有感受到应有的强光与高热，那颗恒星在这里就如同摆设一样，是没有实感的虚拟形象。

“我的家。”女孩说着，朝远处指过去，“准确地说，是一个宇宙空间。”

“那个星体是怎么回事？”友坂指了指头顶上的天空。

“那是我喜欢的景色。”女孩说着，冰冷的脸上露出一丝笑容，“巨大的恒星，还有极光，我喜欢这些东西，所以它们就在这里，在我的眼前。”

“我不是太明白……”友坂继续发问。

“这个宇宙空间的长宽高都是一千米，标准的正六面体。”女孩接着说道，“哥哥为我造的。”

“哥哥？你有哥哥？”友坂抬了抬眉头，开始努力回想那些幻觉之中看到的景象，“他是不是……白头发，表情阴森森的？”

女孩点了点头。她从口袋里拿出一张折叠的电子相片，放到友坂手中。友坂将相片打开，微晶表面便投射出一个男孩的形象，友坂认得那是谁。

“你哥哥……叫什么名字？”友坂指着男孩问道。

“阿列克谢。”女孩说着，张望了一下天空，恒星已经回到了地平线附近的位置，几乎就要沉下去了。“阿列克谢·叶林斯基。”

“你呢？”

“维卡。”

友坂皱了皱眉头，她似乎在哪里听到过这两个名字，但她想不起来了，她不记得那是现实的经历，还是遥远的梦境。

“翻看这些记忆是一件有意思的事情。”叫维卡的女孩说着，眨了眨眼睛，“在这里能够看到时间线上的所有事情——这比任何事都有趣。要知道，概率是无限的，每一个时刻后面都有无限的可能。”

“那我们呢？我们现在在这里，又该怎样解释？”

“概率之外。”女孩说道，“很难理解的概念——我也不明白。在这里时间无效了，时间失去了意义，变成了可以像走过一段路程一样走过的物理量。”

“你不会觉得无聊真是一件怪事……”友坂看了看周围一成不变的风景，仿佛是无限延伸的镜面地表让她感到坐立不安，“这里究竟是怎么回事？”

“我的居所。”女孩说着从地上站起来，来到友坂的面前，“暂时的确是出不去了……在某一种可能的模拟之中，我死掉了——或者说是另一种状态，被拆分了。”

“拆分？”

“是的，有人试图用培养生物组织的那一套来培养意识——也就是灵魂。这个过程首先起源于思维编码。一个将量子意识转化为数据的过程。然后从中找到确认‘存在’的那一部分——也就是灵魂的源代码，一种特有的模式、特有的成分，广泛存在于意识群体之中的东西。”

“就像 DNA 一样？”

“可以这样理解，那种模式具有物种特异性——就像生物学上的种群隔离一样，源代码不是通用的。但通过复制它，为它加上不同的模式、不同的资料、不同的附加条件，就可以在形式上创造出‘不同’的意识，甚至包括电子意识——高性能人工智能、拟似智慧，等等。也就是说，从某种意义上讲，‘我’不再是单一的个体了，‘我’可以成为群体，可以派生出不同的意识，可以同时存在于不同的空间之中——我被叠加了，我的状态既可以是活着，又可以是死去，因为我不再是单一个体。”

“这是一个奇妙的感受，我在不同的容器里体会到了不同的生活——我可以像超音速战斗机一样飞行，或者在一瞬间检索海量的数据。从某种意义上讲，我已经是一位‘超级科学家’了。或者说，我的存在形式发生了改变——我可以存在于不确定的空间之中，就像所有事件之外的支配者一样。但我是观测者，只能观察事件，不能够改变事件，这一点与支配者还是不同的。”

友坂感到自己的脑袋一阵眩晕。

“不过有一些东西不会变，我们认知世界的方式和获得的常识不会变。成为观测者之后，我就像一条被抓出池塘的鲤鱼一样——我所知道的定则不过是池塘之中的一些偶然事件、一些区域性的规则。但我再如何，也不过是一个‘鲤鱼科学家’罢了，生物学上的限制决定了一些我们无法理解的东西。”女孩说着，望了望友坂，友坂此时正露出一副惊愕而茫然的表情，呆呆地望着镜子一样的地面。

她注意到了女孩的目光，这才慢慢地回过神来，开始组织语言。

“那……你在这里做什么？既然时间已经没有意义了。”

“我也不会觉得无聊。”女孩说道。

“那……我能再问一个问题吗？”

“请便。”

“我想看看战争之前的事情。”

“战争之前？哪一场？1945年的那一次？还是1812年的那一次？你现在的话……是2293年吗？那之后还是那之前？”

“……2240年，W组织与N组织进行资源战争的那次。”

“啊，旷日持久的战争——找到了。”

女孩不知从哪里找出来一本十分厚的书，友坂猜测这里的物质是受这个自称“观测者”的女孩控制的，于是也就不感到奇怪了。女孩在书上检索了一番——她原本不必要这么做，但也许这样能够让友坂感到安稳些。然后，她合上书，对友坂说道：

“战争的原爆点是那片资源丰富的海域。”

“等等，你说海域？”友坂打断了女孩的话，说道，“那个时候这片大海就存在了？”

“是啊。”女孩说道，“早在那之前，更早的时候。”

“……中学课本上说泛大洋的形成是因为大规模使用核武器造成的全球气候变化。”

“骗人。”女孩掩着嘴，扑哧一笑，说道，“好吧，这片大海的形成，也就是2120年海水面积骤增至98%的原因，是因为——”

女孩故意拖长了尾音，友坂皱了皱眉头，做出疑问的表情。

“因为支配者决定这么做。”

“什么意思？”

“换句话说，支配者吐了口唾沫。”

“我想看看那时候的资料。”

友坂刚说完，女孩就已经将大量的图片文件展现在友坂的面前了。友坂看着那些图片，一时间不知道该说什么好。

她看到陆地的崩塌，的确——那是剧烈的地质运动，而不是水分的单纯增加。准确来说，应该是陆地发生滑动，使海床抬升。不是海水升上来，而是陆地降下去。然后，人们用了很短的时间就建起了人工岛屿，创造出人工陆地，然后利用水下技术在水圈底部建造居所。

女孩滑动了一下面前的空气，图片也随之动了起来，“物种大灭绝发生了，各种气候状况几乎都消失了，只有基本的环流气候与回归运动造成的气温带还存在着。但这不是天罚，也不是末日——人造的世界很快兴起，重新遍布世界。总有那么一些异常顽强的种群，能够在大灾难之中续存下来，完成生命活动。”

“其实从宏观上来看，人类的精神文明所创造的一切——文学、美术、音乐、学说……在宏观上的意义等同于变形虫的吞噬作用，这些都是人类的生命活动所必然造成的结果。”

她看了看天空，天空不知道在什么时候已经暗淡了下来。那颗冰冷的巨大恒星已经沉入了地平线，取而代之的是无比深邃的、繁星点点的宇宙，还有绚丽迷幻的极光映照在镜面上。友坂打了打哈欠，她不知为何感到有些困倦，即使按照女孩的话来说：生命活动在这里也失去了意义，所以她理论上是不会打哈欠的。

她在这里究竟已经待了多久了？友坂不知道。从她睁开眼睛到现在所经历的一切事情她都能够清晰地回忆起来，记忆并没有产生时间感，但她又确确实实在观看那些连续的图片影像的时候，将那些以年为单位的记录一点不漏地看完了。当庞大的信息涌入脑海的时候，大脑应有的保护机制——生物性遗忘并没有产生。

女孩继续向她展示着过往的片段，友坂知道了自己想要知道的东西之后，向女孩提出了一个请求——看看未来的东西。

“未来的？”女孩偏了偏头，望着友坂的眼睛，“那么这就存在一个问题了。在刚才你所观测的那种可能情况之中，过去的事情是已经发生的。但未来有一个数量极为庞大的可能集合，观测它们是一件费力的事情——实际上我也很少去观测这些东西。”

“但是，支配者不是能够决定未来的走向吗？”友坂问道，“改变因果、对时间线进行修改……”

“支配者不能够改变因果，虽然他们能够决策、模拟，然后让决策付诸实施，但他们不能够改变结果，就像我现在已经不能够被放回到某种情况之中去了一样。未来的事情永远是不确定的，需要在无数种情况之间进行选择。所谓因果的改变，不过是选择了其中一些比较特殊的情况，比如说全人类集体性的遗忘，或者某个群体的消失，再加上对人类认知的时间线做出的修改。你知道吗？人类从前认为自己的科技树是呈指数型增长的，实际上那经历了一个极其漫长的过程，只是某些特定情况之中，在人类的主观认知上，他们得到了这个结论——人类看到自己想要看到的结果。不用担心这些‘巧合’情况不存在——可能性是接近于无限的，并且于支配者而言是可选择的。无论是多少种情况之中的一种，它的概率都是一。”

“不过你可以提出你的见解，支配者也许会加以思考吧。”

友坂听了，手托下巴，略做思索。

“我换一句话说，现在是你的许愿时间。”女孩见状说道，“好好想想吧。”

友坂扬了扬眉毛。

“我吗？”她低声自言自语道，“的确是听说过一些许愿机的故事……”

有那么几秒钟，友坂感到自己的手上沉甸甸的，仿佛世界的重量都压在上面一样。如果她说了什么，而支配者根据那些话做出了判断，然后选择了某种可能性——她就是决定了世界的命运。

“我想的话……我也没有什么好说的。”

“真的没有吗？”女孩似乎有一些失望，轻轻叹了口气，然后又用期盼的目光看着友坂。

“要说的话……也许，活到战争结束？希望那个时候我还健在。”

“就这样？”

“就这样。”

友坂轻叹了一下，闭上了嘴。她不想再说下去，即使她此刻拥有的权利能够让海面下沉，地面上升，能够改变主观认知上的因果——停止这场战争自然不在话下，让死去的人复活不过是动动嘴皮子，但她并不想行使这样的权利。

她望了望身旁的女孩，女孩此刻正在用一张信纸写着什么——她就像是那些在圣诞节许愿的孩子一样，但是那些文字与那些空洞的祈愿不同，那是决定性的文字。

友坂凑过去看了看，女孩正在写道：

“选择某种，友坂零中尉能够从战争中存活，健全并健康地生活的可能性。这些可能性会有很多，以上仅为建议。——观测者维卡·叶林斯基。”

然后，她将信纸折了一下，装进一个信封之中。信封随即在她的手中消失不见了，不知去了何处。

“实际上……”友坂想了想，还是对女孩说道，“真的没有让你回到那种可能情况之中去的情况吗？”

“没有，这里是概率之外。”

“……其实我遇到你哥哥了。”友坂说着，看了看女孩的面部表情，她似乎并没有太惊讶，甚至都没有询问。友坂也觉得理所当然，毕竟她在这里能够看到其余的可能性，一些她没有死去的可能性也是必定存在的。

她继续说道：“呃……他还在想要找到你，或者说，将你复活。他做了很多事情——我也不清楚，但他……应该是很想你吧。”

“我知道。”

“真的没有什么意向——或者说，那个可能性之中不能够再放进一个‘你’吗？”

“那是可以的。”

“你不想你的哥哥吗？真的不想吗？”

“当然不会。我的哥哥存在于无数的可能性之中，那些可能性里，有一些是我们能够幸福地过普通人日子的可能性。在那些可能性之中，我作为观测者，没有对其进行思念的意义。”

友坂偏了偏脑袋，感觉自己问了一句废话。

天空又开始显现出鲜亮的紫红色，巨大的恒星开始出现在另一侧的地平线上，慢慢地在天空中移动着，将光芒洒在镜面般的大地上。

当看到这份行动报告的时候，丽塔·巴克霍恩上尉惊呆了。

当特殊情报部门再一次确认了N组织联邦突击队成员阿列克谢·叶林斯基的行踪之后，L基地之中的某处设施被特殊情报局以及洛克希德·马丁公司彻查。在清查过程中，行动相关人员发现了数量巨大的人体——涉及许多部门，包含多个年龄段与职业。其中的一具，在经过L基地人员认证之后，确认为N组织空军中尉洛克希德·哈特曼。

这些被发现的躯体，上至联合参议院议员，下到公司职员和宪兵团士兵，几乎包含了各行各业的人。而在对所有的这些躯体进行了调查，交叉比较结果之后，这些线索全部指向了联邦注册的“Incarnation”之中的一员，也就是阿列克谢·叶林斯基。

这次调查在整个 N 组织联邦之中引起了巨大的轰动，由于尚不清楚叶林斯基的其余替换躯体藏匿在何处，因此整个 N 组织一时间人心惶惶。因为这也许是 N 组织自成立以来所遭遇的最大规模的情报泄露事件，并且没有人确定 W 组织到底有没有掌握这些信息。

“看来麻烦大了。”上尉看着正在装载搜查到的替换躯体的运输车，对一旁的巴勒姆中校说道，“这就是不公开‘替身’技术存在的结果，人们仍然使用‘躯体绑定灵魂’这样的传统观念进行认知，以至于让他轻易混进了政府机关和情报部门。”

“的确……但这不是我们能够决策的事情。”巴勒姆中校看着一具躯体被装进证物袋，放进卡车里——那是一位 A 国参议院议员的身体。

“我们还能怎么办？”

“维持现状。情报搜集者的目的不言自明——贩卖情报。我们的机密早已经被 W 组织知道得一清二楚了，但我们无能为力。”

“也许是吧。”上尉耸了耸肩，说道，“也许意义的确不大了，毕竟停战协议就快要签署了。”

“可是战后的领土划分、条约签订、责任分担……”

上尉不想听中校继续说下去，她将报告单甩给了中校，然后转过身去，离开了现场。任凭中校如何呼喊，她也不准备回头看一眼。

巴克霍恩上尉最终还是来到了位于格斯特斯威下城区的那个酒吧之中。今天的酒吧里格外冷清，也许是最近传出了 W 组织军队将要动用大型热核炸弹的传言，朋克乐队、流浪汉与脱衣舞娘们都消失不见了，酒吧里的灯光黯淡了许多。但是尽职尽责的人偶服务生还站在吧台后面，脸上带着礼仪性的微笑。

“想喝点什么？”

机械的电子合成音问道。

“威士忌。”上尉的语言没有过脑子，随口说出了一个酒品的名字。她拉过一把凳子，坐下来，然后四处张望着。

酒吧里空无一人，就连服务生都转身去到柜台后面的准备间里了，是去拿酒了吗？上尉想着。她不知道自己为什么要回到这个地方，最近的战况她已经知道了，N组织海军陆战队一连丢失了位于L岛东面的四处岛屿。她几乎可以肯定那个曾经有过一夜之缘的小女兵——那个叫艾尔莎·阿德莱德的女孩，不会出现在这里。艾尔莎有太多地方可以去了，为什么偏偏要在今晚，在这里——坐到她的身边呢？

但她还是带着一种碰运气似的期待，坐在酒吧的椅子上。服务生迟迟没有出来，她有些等得不耐烦了，于是起身走向准备间的门帘，想要进去一探究竟。但她还没走到那儿，门帘就被掀开了，出现在门帘之后的身影让巴克霍恩上尉待在了原地。

“小艾尔莎……”

她张大了嘴，不相信自己还能够看到这个孩子的面孔。她站在那里，穿着海军陆战队的、也许是最小号的迷彩服，褐色的头发杂乱地纠结在一起，与当初见到的时候没什么变化。女孩抬起头望着她，偏了偏脑袋。

“好久不见，上尉。”

她径直走过来，巴克霍恩上尉已经张开了手掌，准备做出一个预料之内的拥抱——但女孩从她的身旁走过了。她坐在了另一把椅子上，将一瓶威士忌打开，放上两个杯子，然后将两个杯子都倒满。

“坐下吧，上尉。”女孩说着，将酒杯推给了丽塔。

丽塔坐下来，握住杯子，看着女孩的脸庞。女孩的表情有一些奇怪，有一些凝重，没有她预料之中的那种情形。她想着，也许是自己看的影片太多了，对于生死离别之后的重逢有太多的幻想了。

“艾尔莎，你……没事吧？”

“没事，战场很恐怖，但我基本都躲在掩体里面。”

“……活着就好。”

“是啊。”

“艾尔莎，你知道吗？”丽塔犹豫了一下，还是说出了自己心中的话，“我今天知道了一件事，有一种人能够将灵魂剥离躯体，进入到其他的身体之中——是叫‘Incarnation’来着？”

“怎么突然提到这个？”艾尔莎望了望她，酒杯里的酒迟迟没有动。

“没什么，就是突然想到了……”丽塔说着，突然有了一种奇怪的感觉。她看着艾尔莎的眼睛，那双棕色的大眼睛里面似乎有着什么她还没有意识到的东西——那里面有着某种信息、某种情报，她本应该在与她初识的那个晚上就注意到这些东西，但她的目光过多地在这个女孩的其他地方做了过久的停留，她被迷惑了。

但是她摇了摇头，对于自己的这个设想感到有一些不确定。

“总之……我知道有一个人，他能够变成任何模样，女孩、男孩、女人、男人……就像变形怪一样。”丽塔说着看了看女孩，她脸上的表情已经有变化了。“但是……艾尔莎你不会是那个人的。”

艾尔莎没有说话，空气陷入了长久的沉默。

丽塔感到自己已经找到答案了，她叹了口气，心情跌落到了谷底——她感到自己被欺骗了，就仿佛失恋了一般。她已经知道面前的女孩究竟是什么东西了，在那具躯壳之下隐藏着怎样一个灵魂了。但她不想说出来。

“你说过，你在尝试救一个人。”

女孩发话了，她的声音变得不像从前那样，好像换了一个人一般，“你在寻找一个叫阿列克谢·叶林斯基的人，以及这个人在寻找的人，维卡·叶林斯基。你说过你在试着救她。”

“的确。”丽塔说着，将杯子里的威士忌喝了一半，“我也在调查，从最近的人口失踪案件到 2263 年 4 月 25 日，P 国的一起连环杀人案件。”

“那么你一定也已经知道了，那对兄妹究竟遭遇过什么。”艾尔莎说着，语气变得激烈起来，“他们遭到蹂躏，受到欺压。然后哥哥杀死了爸爸——噩梦还没有结束，联邦的人把他们二人再一次分开，把哥哥训练成战争机器，把妹妹当做实验材料——将她的意识拆分，装进不同的躯体。当哥哥意识到人们对妹妹做的事情时，已经晚了，她已经分散在了世界各地的躯体之中，不复从前了。”

她停下了，丽塔也没有说话，空气变得凝重起来。

“然后，那个哥哥现在就坐在你的面前，用这具身体向你说着他的经历。”

丽塔没有显得多么吃惊，她已经知道了。实际上对手并不是个精明的特工，无论是套话，还是索取情报的手段都太明显、太简单了，但她还是不由自主地陷了进去，在某种更强有力的推手的作用之下进入了圈套之中。

“那么，”她侧过头去，望了望面前的女孩——应该说是阿列克谢·叶林斯基，对她说道：“现在你的躯体已经被查封了，中央电脑很快就会拒绝你的访问，你的灵魂被锁定在这具躯体里了。外面到处是宪兵，特情局的干员随叫随到——换句话说，你被捕了。”

“在这种情况下你还有什么要对我说的吗？”她盯着女孩的眼睛说道。

“我会告诉你这是命运。”女孩没有丝毫迟疑，在对方话音刚落之时便接着说，“看看镜子，上尉。你就不曾有过丝毫迟疑吗？对于这场战争，对于我们将战争当作生活的一部分这样的事情，你是否曾有过片刻的思索？”

“当然会，但那样没有意义。”上尉晃了晃手里的玻璃杯，威士忌在微光的折射下散发出弥散的色彩。“我们什么也无法改变。”

“上尉，我有一件东西想给你看。”

艾尔莎——应该是前干员叶林斯基，对上尉说道。

“不要以为你还有机会。”上尉冷冷地说着，她瞟了一眼酒吧门外的街道，两个流浪汉正靠在酒吧的门边上，似乎是睡着了。但叶林斯基很快就发现了端倪：他们的身形相对于流浪汉而言，有些太壮实了点。

“我会束手就擒。”叶林斯基说着，笑了笑，凝视着上尉的眼睛，说道，“但是，那是重要的东西，请上尉一定要过目。”

上尉向一旁看了看，却发现视线没有办法挪开，就如同她与这个人第一次见面的那时候一样——在晚上，在这个酒吧里，她现在确定了，那不是因为她的疏忽——她隐隐约约地看到女孩的眼睛里有什么东西闪了闪，那是微型电子元件的荧光。她感到在一瞬间，自己的身体脱离了自己的控制，自己只剩下视觉还存在着，一切有机体传输到大脑中枢的信息被全部切断，转而交由外部控制。她终于明白了——那是某种光电信号、某种指令。自己的这副躯体——并不是自己天生的，而是被人为制造的躯体，已经被对方控制了。

“那么，请您发布解除警戒的指令。”叶林斯基说着，偏了偏女孩的脑袋，做出一个微笑来。

巴克霍恩上尉听到了自己的声音——但那绝对不是她想要说的话。她想要大喊“不是这样的！”“别听她的！”这样的话，却不能够做出一丁点儿的动作。上尉的躯体拿出了通信终端，打开了特殊情报局的信息界面，然后发布了一条音频认证信息：

“已确认阿列克谢·叶林斯基被击毙，尸体位于格斯特斯威下城区的杰弗里街 24 号，由于其试图假扮成特情局探员詹姆斯·霍德文森，一名探员克里斯特·布朗在抓捕过程中死亡。鉴于情况紧急，我们将其击毙。现在确认尸体信息。”

说完，那具身体站起身来，手指的动作显得很僵硬，以至于碰翻了玻璃杯，威士忌洒了一地。上尉眼睁睁地看着自己的手从腰间的枪套里拿出手枪，抽出弹夹，将第一枚常规子弹换成了热能弹，然后将弹夹推回去、上膛。然后，在外部控制下，上尉的身体来到门边，拍了拍靠在那里的一个化妆成流浪汉的特情局探员的肩膀。探员回过头来，看到了上尉的脸庞，张了张嘴问：

“已经没事了吗？”

没等他说完，上尉便将枪口对准了他的眉心，扣下扳机。热能弹在他的脑袋上洞穿出一个灼热的圆孔，一阵生物组织焦糊的气味涌进了上尉的鼻腔之中。

另一边的探员听到枪声之后立即拔枪、瞄准。但上尉手中的枪已经完成了退膛、抛壳、填弹与复进动作，处于待发状态。她的躯体随即利用指向性射击，用子弹击中了对方的头部。探员随即中弹倒下，抽搐了几下之后便再无生命迹象。她走上前去，将尸体手中握住的手枪踢落，捡起来，退出弹夹。他的手枪里填装的是热能弹，于是她将第一发子弹退了下来，填进自己的装热能弹的备用弹夹里。然后又来到另一具尸体旁，将其架起来，拖到狭窄的街道的中央。等离子发热的热能弹由于具有极高的温度，能够在打穿生物组织的同时，不造成组织碎片喷溅的现象。所以当她拖动尸体的时候，并没有在地上留下什么痕迹。

“这是现场情况。”她说着又一次打开了通信，上尉看着这一切就这样发生，却根本没有办法去阻止，“这是布朗探员的遗体，对方使用的是热能弹。那边是伪装为霍德文森探员的阿列克谢·叶林斯基的遗骸，由探员丽塔·克林顿将其击毙。”

然后，她关闭了通信，望了望酒吧里的吧台旁，还坐在高脚凳上的女孩，点了点头。

叶林斯基从高脚凳上跳下来，走到上尉的身旁，并没有留意那两具尸体。他（她）举起手腕，看了看时间，最近的一班城际列车就要到达了。

“走吧。”

女孩望了望面前的女人，凝视了一下她的眼睛。上尉感到自己突然间恢复了对身体的控制，于是她立即伸出手去，想要握住腰间的手枪，却发现枪套是空的。然后，她感到有什么硬物碰了碰自己的后背。她回头看去，才发现自己的手枪已经到了叶林斯基的手上了。

“所以说，请不要拒绝我的邀请。”女孩说着，冲她露出了一个笑脸，这个笑脸令上尉感到后背发毛。“那的确是……很重要的东西。”

克林顿上尉，在空军中的称呼是巴克霍恩上尉，正随着女孩模样的阿列克谢·叶林斯基前往位于孔米尤特的空军基地。

现在是夜间 11:30，城际轨道列车疾驰在磁悬浮轨道上。车厢里的日光灯永远都开着，发出惨白的灯光。车厢里除了克林顿上尉与前干员叶林斯基之外，并没有其他人。这并不是因为没有人乘车的缘故——已经有 12 个站点的旅客发出了列车未停靠的申诉信息，但没有一条收到了回复。

上尉感到自己的大脑里面一片凌乱，就在刚刚经历了一系列事件之后。作为情报中枢的人员之一，她却根本不了解在 N 组织之中作为“替身”存在的那一部分人群——他们究竟是什么？肉体替换技术到底渗透到了怎样的地步？她不敢想象。

“你在困惑。”身旁的女孩对上尉说道，但上尉很清楚装在那躯体里的究竟是什么东西。

“的确。我们从来没有被告知与你们有关的事物，除了知道你能够将灵魂转移到另外的躯体里，我们对‘替身’技术几乎一无所知。”

“所以你想知道究竟有多少‘替身’存在吗？”

“是的。”

“我无法告诉你确切的数字，但目前注册的——也就是经过了中央系统军团认证的替身一共是 253 人，就是系统军团之中的那支不存在的部队。”

“404 军团？”

“正因为他们的灵魂与肉体不再绑定，所以也被称为‘404’，计算机语言又称‘ERROR’，即系统错误。但是，除了他们之外，未认证的‘替身’的数目庞大到了一个难以想象的地步。”

“什么？”

“我换句话说，现在的人口调查局对市民及一般性政府工作人员发布的人口调查报告，是作假的成果。”

“什么意思？”

“意思就是，N组织各个国家的人口数量，已经出现了异常状况。一般而言，人口普查机构在统计了战场上的作战单位损失——这个数字会略大于真实阵亡人数，因为自律化作战机械被包含在内——之后，将其作为当年的出生人口数量，也就是基因工厂的产量，写入报告之中。现在在战场上使用的主要小型作战单位是克隆之后搭载战术电脑的士兵，称其为作战人偶也没关系。但它们在没有中央电脑的情况下也能够独立作战。这就是问题所在了——实际上大部分阵亡的士兵的意识都是经过备份之后，储存在中央电脑的各个云端之中的。这些意识经过某些退化、异化处理之后，作为战术电脑的远端中枢，植入各个自律作战单位之中。另外，在社会生活方面，一部分遭遇了肉体上的毁灭性灾难的个体，会通过云端备份的意识存储，获得新的躯体与生命。他们会被收取一笔全身分子重构治疗的费用，而不是制造一具躯体的价钱。总体来说，这种模式造成了人口的增损与总量对不上号。”

克林顿上尉陷入了沉思。她开始回忆起自己的所有经历——的确有那么几次属于死里逃生，还有一次差不多是死了的经历。令她在意的是，自己的意识曾经出现过一次长达十年的中断——被封冻的十年时间里究竟发生了什么？为什么自己要被囚禁如此长的时间？她找不到答案。

她低下头，看了看自己的双手。那双手掌显得太过于白净与细腻——对于一个作战飞行员兼任特殊情报局探员而言。皮肤的老化对比同年龄的人而言也显得太过于缓慢。她有些怀疑，于是将手掌举起来，对着光。光照之下的皮肤仍然呈现出很好的生物质感，皮肤纹路、褶皱都十分自然。

“复制之后的人，与之前的自己究竟有什么区别？”

“取决于你的角度。如果你认为那还是自己，那就是自己；如果你认为不是，那就不是。”

“这个答案太模糊了。”

“那我问你。现在假设你是一个癌症病人，癌细胞的肿瘤出现在了肺部，于是你换了一个人工肺，你还是你吗？”

“当然还是。”

“然后癌细胞发生转移，感染了你的肝部，于是你换了一个人造肝脏。你还是你吗？”

“废话。”

“那么很不幸的，癌细胞还是转移了。你不得已，做了全身分子重构治疗，现在我问：你还是你吗？”

“这还用问……但你说全身的话——这就是哲学家探讨的范畴了。”

“人体每六个月更新 98% 的细胞，另外考虑到细胞自身的周期，人类生长本身就是一个不断替换的过程。哲学家提出一些无聊的命题，在生物学家看来就像白痴一样。曾经有人质疑过人体复制、人类克隆与意识备份的伦理正确性，但现在看来呢？战争是科技进步的最有效的催化剂——这些东西早就已经遍地走了，谁去管伦理问题？”

“还真是。”

列车飞驰着经过了到达基地之前的最后一站，没有停留。上尉看了看腕表，数字 11:55 闪烁着。她看了看窗外，电车隧道里张贴的电子广告一闪而过，上面大概是一些关于女性护肤品的广告。

利用身份 ID 进入空军基地之后，克林顿上尉与叶林斯基通过一处小型货梯进入了位于基地更下层的结构之中。升降机没有仓壁，只有一个升降平台与一个操作界面，升降方式也不是激光诱导磁悬浮式，而是老旧的滑轮组式，升降甬道里的灯光由日光灯管提供，其中的一部分已经损坏。上尉甚至不知道在空军基地之中还有这样的一处升降梯。

“这个货梯是做什么用的？”她问叶林斯基。

“通往废弃的第 22 发电机组。那里现在是一个宽敞的地下空间，当然，到达的方式还有电力井与外部海水之中的闸门。我在那里存放上位者的脑组织残部。”

“上位者？”克林顿上尉感到自己仿佛在哪里听到过这个词语，她想了想，是在第一次 N 组织与 W 组织和会上，由一位来自 C 国的最高委员会代表向她提过。

“上位者是非常重要的一部分。”叶林斯基说着，在升降机的操作界面上按了几下，升降机开始减速。“我打个比方，上位者就像是程序语言翻译器，程序生成了语言，需要经过翻译器的处理才能够到达程序员那里，由人类进行解读。同样地，人类的语言经过翻译机制，才能够被计算机所理解。上位者正是沟通人类与伟大存在之间的桥梁。”

“伟大存在？”

“古老者，你可以把它理解为某种高维文明。”

升降机到站了，叶林斯基从升降台上走下去，进入了发电机组的舱室之中。克林顿上尉迟疑了一下，还是跟了上去。她环顾了一下周围，没有什么声音，这里很安静，只有许多手指粗的电缆从地面上横贯而过，在各个隔间之中延伸。

叶林斯基在前面带路，他们绕过了主控制室，进入了原本安置发电机组的地方。

在这个舱室里，上尉看到了一个环氧树脂质地的大型培养装置——与基因工厂的人工子房类似。合成营养液将里面的空间占满了，由一台渗析仪负责营养液的更新。在营养液之中，一个令人作呕的巨大物品漂浮在其中。那东西勉强能够看出来是脑组织，其中的一些部位，比如脑干，有遭到破坏的痕迹，但其主体部分是完整的。它的造型与人脑有类似之处，但在它的后方存在着一个全新的器官——形状类似海葵，许多短小的肉肢状突触密密麻麻地排布在上面，仿佛有生命一般缓慢摆动着。

“这是上位者的脑组织——当然是个大号的。”叶林斯基敲了敲培养仓的仓壁，来到一处终端机前，打开了屏幕。“我在它的大脑与发信机之间建立联系，通过它向观测者发送信息。”

“那——发送信息的目的是什么？”上尉问道。

“其实可以做到很多事情。”叶林斯基说着，打开了输入界面。信息栏一旁的时间显示为2293年9月1日，时间是00:10。

“但是我没有那么多想要去做的事情。”他说着，输入了一段信息。信息过了五六秒钟才显示被发出，上尉看了看培养仓里的上位者大脑，它的活动似乎变得活跃了起来，渗析仪开始发出轰鸣。叶林斯基一边等待着回信，一边说道：“我很清楚，以乔纳森·洛夫古德为首的一批，由上位者领导的科学家想要做什么。维卡和我在小时候就显露出某种特性——心理学家无法定位我们的确切人格，因为我们的脑波形呈现出一种奇特的状态。这种模式让我们能够接受上位者带来的那些高深隐晦的知识，理解灵魂的转移与创造，甚至是窥测到所处空间之外的某些模式。历史上曾经出现过不少我们的同类，但大多数都被归类到了异常心理学的范畴之中。我是第一个经历意识转移过程的人——那是一个无法理解的过程，涉及量子力学之中的某些最为深邃的部分——灵魂的本源、灵魂的形成。至于维卡，他们让她参与到了更加高深的过程当中。我的实验验证了意识的可复制性与可分裂性，于是他们首先就将她的意识分裂成了数个部分，来探究观测者的存在方式。当然，上位者提供的实验方案是成功的，维卡成了新的观测者。”

“但你夺取的那个东西，在M基地的，又是什么呢？”上尉问道。

“她的众多碎片之中唯一的副本，为了保险起见制造的一个并不完整的复制品。”叶林斯基说着，屏幕上出现了一条回复信息。上尉瞄了一眼，信息的时间显示为 2263 年 4 月 17 日。

“我将她送去了在相关领域毫不知情的 W 组织，那也是那个运载火箭最终的目的地所在。”叶林斯基说着，开始输入第二条信息。“但那之后我就不清楚了，W 组织没有任何消息。很长的一段时间里我都在寻找上位者的踪迹——他们隐藏得很好。而那些抛头露面的，就像洛夫古德那样的，则难以接近。所以茧派为我提供了帮助，他们供奉的上位者虽说是一个几乎没有自我意识的食人怪兽，但毕竟拥有相关的脑组织，于是我用中央宪兵的身份将其据为己有，并且存放于此。”

“然后呢？你跑去把轨道突袭者部队杀干净，又是做了什么？”

“利用上位者的情报网络，我获得了一些有用的信息，并且锁定了一个叫友坂零的空军中尉。当然，她并没有获得维卡的那一部分意识——那一部分意识储存在她的座机的战术电脑里面。我利用 W 组织计划夺取卫星发射权的行动，将其与座机一同捕获。通过远端控制数据传输，我将友坂中尉送进了观测空间。”

上尉瞪了瞪眼睛，表示有一些难以置信。

“数据传输是怎样跨越维度的？”

“通过上位者的大脑传输数据。”叶林斯基说着，指了指信息栏上面紊乱的时间记录。“观测者能够轻易地跨过时间维度，上位者则将意识传输到更高的维度之中。”

“无法理解的过程。”

叶林斯基不再理会克林顿上尉，他开始发送第三条信息：

【观测空间是否变化？】

十几秒钟的等待之后，他收到了回复。

【远方的地平线变得明显了，昼夜周期在缩短，空间在缩小】

他皱了皱眉头，以飞快的速度写出一段信息：

【现在就离开观测空间，跟着友坂中尉】

信息发送成功。但过了不到一秒钟，屏幕便闪了闪，陷入了黑屏。上尉看了看培养仓里的大脑，它不知为何陷入了痉挛一般的状态之中，生物组织进入了迅速的坏死状态，开始分崩离析。

“被发现了。”叶林斯基说着，从一旁的铁架子上取下 ALICE 单兵装具，将一把 N 组织通用 NOTO 步枪背在肩上，步枪与女孩的身体相比显得太大了些。他小跑着来到升降机前，在操作界面上按下了几个按键，将升降机锁死。克林顿上尉跟在他（她）的身后，脸上充满了困惑。

“什么被发现了？”她问道。

“麻烦的东西。”叶林斯基说着，指了一个方向，那边是电力井出口的位置。“过不了多久就会有宪兵来追我们了——或者说更麻烦的东西，R 国人很有可能把大当量热核炸弹丢到我们头上。”

“然后呢？我们接下来要怎么办？”

“去威尔士亲王号那边，那里可以提供太空发射的条件。”

尽管心中还存在疑惑，但克林顿上尉决定暂时听从叶林斯基的判断。并且，她明白他的那些晦涩难懂的结论绝不是在危言耸听。

利用叶林斯基设置好的升降机，他们通过电力井离开了 22 号发电机组的地下结构。电力井通往的是复杂狭窄的城市内部管网结构，如同迷宫一样的通道极易使人迷失方向。叶林斯基通过小型惯性导航设施以及城市内部管网地图，在其中找到了通往海军水下港口的方向，然后摸索着向那个方向前进。

L 基地的水下港口内，阶梯式船闸正在将行将奔赴前线的驱逐舰与巡洋舰陆陆续续地送上海面。而在最大规模的两千米船闸内，巨型航母威尔士亲王号正在静静地等待着指令。

而在威尔士亲王号的指挥室里，海军上将邓尼茨 · 麦考夫正凝视着面前的作战信息综合系统的屏幕，面色凝重。

午夜时分，L 岛东面的 W 组织海军集中力量发起了总攻。133 艘具备核打击能力的舰艇正在向 L 基地逼近。空中的交战比海战开始得更早，并且已经到了白热化程度。

“现在真是一团糟。”麦考夫对一旁的巴勒姆中校说道，“刚刚才发现一起严重的泄密事件，W 组织就发起了总攻。说起来，那个泄密的家伙是你的部下吧？”

“我以为是。”巴勒姆中校回答着，面无表情。

“这不是你的过失，我们目前还没有能够鉴别‘意识’的有效手段——所有的安监系统全都基于生理特征，视网膜、指纹、血液检测……我们防不住使用替身的人。”

在地下船闸里已经可以感受到微弱的震动了。水下炸弹爆炸产生的振动波通过液体传到了地下基地之中，使得二级戒备警告开始在城市里响起来。

一名舰船管控员发现自己面前的屏幕上有一些数据不对劲，于是他靠近看了看，但马上，一次强烈的震动就让他的额头撞上了电脑。

“怎么回事？”有人大喊道，指挥室之中一时间变得喧闹了起来。

“船闸……船闸的指令被修改了！本舰正在被抬升！”

海军上将瞪大了眼睛，但巴勒姆中校却不怎么惊讶。他望了望舷窗之外，在威尔士亲王号宽阔的甲板上，处于待机序列的作战军机正在被移送到发射序列上，一个巨大的雪茄状物体正在从机库之中缓缓抬升到甲板上，进入发射预备状态。中校知道，那是EPS的轨道运输机。

“这是怎么回事？”上将走到舷窗边，脸上的表情显示出愤怒，“立刻终止作业！”

“终止不了，系统无法接收指令！”

上将看了看窗外，地勤人员正在以最快的速度将大型运输机准备妥当，将垂直发射所需的固体燃料助推模组安装到机身上。一队士兵正在快速通过甲板，进入运输机之中。

他气冲冲地转过身去，来到通信机旁，拨通了与基地总指挥部直通的电话。

“立刻命令宪兵！停止威尔士亲王的抬升！”他说道，“并且通告全舰，立刻镇压叛乱……”

他没有说完，手中的电话就被打落了。枪声回响在指挥室的指挥大厅里，巴勒姆中校举着手枪，枪口还冒着烟。他用准星聚焦了海军上将的头颅，指挥室里的守卫也举起了手中的步枪，对准了巴勒姆中校的头。

“别阻止他。”

巴勒姆中校说着，露出一个威胁的表情。

“中校，你疯了吗？这是叛乱行为！”一旁的军官对巴勒姆中校喊道，但他置之不理。

“现在立刻收回刚才的指令，继续抬升作业。”中校凝视着上将的眼睛，他的眼睛里闪过一种微弱的荧光，向被凝视者眼睛里的接收器传播着外部控制信号。上将在原地愣了一会儿，然后僵硬地转过身去，将通信机打到外放模式，说道：“现在收回错误指令，由海军上将邓尼茨·麦考夫发布，命令威尔士亲王号继续抬升。”

过了一会儿，所有人都听到了答复。

“谢啦，巴勒姆中校。”

中校皱了皱眉头，那是巴克霍恩上尉的声音。

他放下了枪，其他的守卫们也解除了瞄准具对他的锁定，指挥室里的气氛缓和了下来。上将仍然在原地呆呆地站着，中校一时半会儿并不想要解除外部控制。

他看了看窗外，远方燃烧的海平线已经清晰可见，天上没有乌云，月光很明亮。轨道运输机已经完成了垂直姿态调整，进入了待发状态。各式战斗机在无人控制的情况下，由各机战术电脑自行判断进行起飞流程，起飞之后迅速爬升，形成了护送运输机的防御网。

运输机舱里，克林顿上尉感到机舱在微微地震动，那是固体燃料推进器造成的后果。

机舱里一共有 20 人，他们穿戴着整套的军用塔罗斯单兵外骨骼，使用的步枪是配发给特种部队的 XM30 自追踪步枪，以及 AEU 通用步枪的短版。这 20 人便是来自于叶林斯基所说的“404 军团”，他们与他一样，是经历过多次意识转移的个体。

“我们的目的地是哪里？”

克林顿上尉低声对身旁的叶林斯基问道。由于被禁止登录中央电脑，因此他现在仍然在使用那具小女孩的躯体。所以他（她）穿戴了最小号的外骨骼。

叶林斯基回答道：“N 组织总部大楼。”

“你想怎么办？”

“打乱支配者的演算。”

克林顿上尉皱了皱眉头，陷入了沉思。作为情报人员而训练出来的情报处理能力正在发挥作用，她在综合考虑现有的全部情报，以此来获得结论。

“支配者演算的目的是什么？”她不禁想到。

“换一个角度，我们在饲养蚂蚁的时候，计算土壤的湿度和食物的用量，观察蚂蚁的行为模式的时候，在想什么？”坐在一旁的叶林斯基突然发话了。

“生存。”他说道，“意义的续存。如何将生命形态顺利进化到全新的模式？我们所考虑的问题往往是能源的分配、文化的共存、碳基生命的存续。而支配者的答案呢？”

“改变生命结构……”

克林顿上尉说出了这个答案，她有些忧虑地看了看身旁的女孩，叶林斯基也点了点头。

“最开始是对于人工智能的探索，然后是人体机械化的进程，之后是意识数据化、电子意识的产生。所有的一切——从人类萌发创造智慧的念头那一刻起，一切的探索都是在为这一结果铺路。”

他（她）没有继续说下去，克林顿上尉也默不作声，整个机舱都陷入一片寂静之中。他们知道那结果是什么，但他们没有一个人愿意说出来。

N 组织总部大楼的办公大厅内，一切似乎都在井然有序地进行着。

机场塔台的工作人员指引着各式飞机的起降，文职人员在识别器旁签到。现在是早上七点钟，各个部门的工作人员正在陆陆续续地到达岗位。由于最近与 W 组织的和谈正在进行，因此 N 组织总部大楼中的外交人员们显得比平时要忙碌许多。

即使最近在 L 岛的冲突日益升温，N 组织甚至一度传出将使用亿当量级别的热核炸弹的传闻，但和谈工作还在有序地进行。双方在领土划分的问题上尽管争执不断，但会议还算是和谐召开了，这多多少少令人感到有些意外。

在这个时候，居民区的亮度调整为了白昼，时间是 17:00。总部大楼外的广场上，喷泉正在向空中喷射着华丽的水柱，几只白鸽在草丛中歇息，穿着工作装的男男女女们交谈着、说笑着进出大楼，气氛一派祥和。

在综合信息部门，集成式指挥系统的屏幕上显示着中央电脑传输的各种信息与指令。上百名电子技术人员在这里对各式反馈信息进行着处理，将其递交给主系统，再由中央电脑进行决策。说这里是N组织真正的指挥中心也不为过，因为几乎所有的作战命令都是由这里下达的，每一个成员国的政令是否执行也都要经过中央电脑的审核。

而这个指挥中心实际上是被埋藏在600米深的海水之下，在水底城市厚厚的T形铰链结构的层叠式穹顶之中。如果没有人工光源的话，这里将会是暗无天日一般的光景。

【当前深度459米，保持下潜中】

丽塔·克林顿看了看面前的全封闭式潜水头盔的面罩上显示出来的提示信息，继续保持着当前姿态。第六代单兵装甲能够保证水下800米深处的正常运行，以及水下1000米深处乘员的生命安全。与丽塔一同下潜的还有19名“404军团”的队员，他们正沿着从海底通向海面机场的大型升降机的甬道外壳向海底进发，由于海水浮力的作用，他们使用了水下推进器来加快下潜速度。

距离N组织总部的穹顶还有100米不到。丽塔看了看信息屏幕，叶林斯基发出了“准备入侵”的信息。接到之后，她打开了水下激光诱导，开始寻找能够进入的外部阀门。

一般这些阀门都是定期检修的时候，潜水员进出所用的小型工程阀门。想要入侵这些闸门的控制系统并不是什么难事。叶林斯基以及小队成员们很快就解除了三处维修阀门的锁定，确保了入侵的路线。

“防护结构之中一般没有人巡逻，我们顺着照明设施下去。”丽塔发出了信息，用的是嘴型识别装置。他们很快就碰到了水下城市外围的卵形抗压结构墙壁，找到了阀门，潜水员的入仓流程顺利地进行。当入侵小队全部进入抗压结构后，丽塔看了看周围，供人行走的狭窄的检修平台一旁，巨大的T形铰链交错排列，形成一种极其坚固且抗压抗震的复合结构。如果不是近距离观察的话，她还从来没有想到过，生活在水圈底层的人们，每天头顶上的天空会是这样的东西。

“已经入侵了城市防御系统，城防部队不会出动了。”叶林斯基说着，利用其他队员ID注册的虚假身份进入了中央电脑系统。“但是总部大楼附近的防御系统无法解除，那是一个独立的系统，所以强攻还是无法避免的。”

“已经侵占了百分之六十的军事系统。”另一名队员说着，在小型终端上面进行着操作，同时利用外接式高速演算辅助装置进行解码，以入侵军方的装甲单位系统之中，“现在我们有装甲车支援了。”

“进入城市最高管理系统，突破E后门。”叶林斯基下令道，“找到照明系统、紧急预置系统与自摧毁系统。”

“完成了。”

叶林斯基将放置在抗压防水的武器包中的步枪以及各式武器装备取出来，穿戴到位；其余队员也跟着照做了。他（她）看了看终端屏幕上显示的城市地图，握紧了突击步枪的握把，确认了一遍战术目镜及单兵作战系统的各项参数无异常。

“关闭主电力，照明系统固定销进行自爆，准备空降。”

女孩戴上了头盔，拉下了面罩。一名队员负责最终的起爆，等到所有人都做好了抗震准备之后，他启动了程序。

在总部大楼的电子信息部门大厅里，一个显示屏上的数据突然消失了，值班的技术人员看了看屏幕，只见红色的字样显示着“系统宕机”。他正疑惑着，准备将分机进行重启，大厅内的灯光却突然间消失了。

不仅仅是一个大厅，整个城市的灯光都在一瞬间消退，就连公路上的交通灯都熄灭了。车流滞留在了道路上，只有应急灯打开着，带来微弱的光芒。

“怎么回事？！”人们陷入了困惑以及不知所措的惊慌之中。

仿佛在回应人们的惊慌一样，剧烈的爆炸突然之间便发生了。火光在一瞬间伴随着震耳欲聋的轰鸣照亮了整个城市的上空。人们惊恐地看着上一秒的蓝天白云在这一秒变为烈火熊熊的恐怖情景，照明模组的大型集成灯光板的固定销被炸毁了，从落差300多米的空中纷纷坠落，将小型建筑物碾碎，砸毁大型建筑物，将来不及躲闪的人群全数吞噬。爆炸并不只有一处，城市中的各处都在发生爆炸。市政厅办公大楼的玻璃幕墙在爆炸中震碎了，而基地的全面警报却没有被拉响，城防部队无回应。

紧急转运难民时用到的连通军方军港的大型升降机不知为何没有停止运作，它启动了。面积达到 500 平方米的升降板上停满了军方的装甲车，是 M112 型装甲步兵战车。这些步兵战车之中载满了士兵，全副武装的 N 组织海军陆战队的车长们将半个身子露在车体之外，其余的 20 名步兵则待在庞大的战车车厢里。

那不是城防部队！

升降机一到达地面，装甲车便从城中各个升降机的出口之中鱼贯而出。所有的装甲车共有 36 辆，分别部署在三个方向上，一同向城市中心的市政厅发起冲击。车上搭载的 25 毫米机关炮在行驶时喷射出猛烈的火舌，将周围的人群荡清。破碎的玻璃碴与被撕碎的人体碎块如同雨点一般从空中洒下来，在地面上铺开。

“赶快呼叫最近的舰队！我们的基地中发生了叛乱！”

市长与基地负责人的办公室通电话，电话接通了，却迟迟没有人回应。

“喂！将军！”他拼命呼喊着，迫切想要得到对方的答复。

电话的那头却传来了一个陌生的声音，声音明显经过了处理，无法辨别其年龄与性别。

“市长先生，您说得没错，这是叛乱。”

电话挂断了。

【锁定市政大楼】

领队的车长用无线电向全体装甲单位通告，他们的装甲队列已经到达了市政厅前方的广场上。在他们的身后是燃烧的道路，连同里面的乘员一起被压扁的车辆在道路上燃烧着，时不时发生爆燃，消防队却没有出动。

整座城市都在燃烧！

装甲运兵车的后盖打开了，全副武装的士兵从车内成队列地跑出来，在车辆附近的道路之中形成了外围警戒。车上的机关炮锁定了市政厅的大门，喷射出猛烈的火舌。还在挣扎的人也被炮弹贯穿、撕碎。

步兵战车上的反坦克导弹拖曳着火光从发射管之中起飞，弹头锁定了市政大楼的所有隔间，穿进了大楼的走廊之中，在楼体内部爆炸了。整个楼房在火光之中缓缓倒塌，直到最终淹没在尘土之中。

【确认第一阶段目标达成。现在开始执行第二阶段的任务】

车长利用无线电对所有的作战单位下达了指令之后，进入了车体内部开始指挥。

N组织总部大楼的整体机能已经不能保障了，但防御部队仍然在起效果。他们使用的是独立的通信网络与指挥系统，因此没有像城防部队以及驻扎在海面的海军陆战队一样被入侵。这些士兵、无人机以及装甲车很快就在总部大楼附近构成了防御网络。在单一系统控制之下的部队开始合拢包围圈，即使不断地被守卫部队消灭，他们仍然井然有序地一步步合围着。

叶林斯基看了看下方的城市，燃气爆炸产生的火光在失去灯光之后，再一次将这座城市点亮。被控制的城防部队与海军陆战队开始在城中进行扫荡作战，他们就如同整齐划一的行军蚁群一般，将所到之处彻底推平、消灭、吞噬殆尽。无论是警察的薄弱防线，还是居民区、避难所、学校——无一例外，所有有生目标全部被消灭，克林顿上尉不禁感叹这支电子大军的冷酷与高效。

“3，2，1……”

倒计时结束之后，叶林斯基用伞兵出仓的方式跳下了工程架，在海底空间的空中下坠。其余的队员也紧随其后，开始进行着陆。他们空降的地点就位于 N 组织总部大楼的正上方。

距离着陆点还有 30 米的时候，单兵装甲上附加的紧急着陆装置开始喷射出高速气体，进行反冲。空降兵利用反冲气体进行着姿态调整，将身体垂直角度调整为适合五点着陆法。然后，在离地两米的地方抛弃紧急着陆装置的附件，短距离自由落体，然后在地面利用侧滚翻吸收下坠冲击力，毫发无伤地着陆了。

“从这里进去，然后通过 A12 路线到达特殊情报部门的总部。”叶林斯基说着，向丽塔指了指作战地图上的一些标志。他们现在正处于总部大楼的楼顶上，周围没有任何人——所有的武装力量全部都被吸引到了外围，被不断到达的电子部队拖进了苦战之中。

丽塔点了点头，20 人的突击小组分为四路，分别进入了四个大楼入口，从四个路线突入。

叶林斯基看着面前的作战屏幕，复杂的几何图案不亚于战斗机驾驶员所要面对的镜像头盔。瞄准环在脉冲雷达的辅助下自动锁定一定范围之内的敌人，包括拐角处与门后的目标。他（她）突进的速度很快，进行点射的时候甚至根本就不需要瞄准——智能化子弹与瞄准系统是联动的，他只需要确定大致方位，扣下扳机就行了。

“我们在故土上点燃了烽火。”丽塔说着，随着面前的小女孩通过了着火的走廊，“我们将被视作叛徒。”

“这都是无所谓的事情。”

叶林斯基发射出一枚制导子弹，子弹在空中改变了轨迹，命中了刚刚从墙角后面转过来的武装人员的头颅，“背叛一个阵营、某种价值观、某种意识形态——是再平常不过的事情。”

“我们究竟在做什么？”

“漏洞。”叶林斯基说道，“没有完美的系统，这不是水塘里的区域性偶然规律，而是普适性的法则。没有一门学科能够在不同维度的空间里适用，除了概率学。漏洞的发生是必然事件——现在我们就要利用这个漏洞入侵这个系统。”

丽塔没有说什么，她继续随着叶林斯基前进着，将路上的障碍物一一抹除。

“归根结底，我们的行为模式有很大的相似之处。”叶林斯基说着，将武器换为 AEU 短步枪，丢弃了弹药耗尽的 XM30 步枪，“至少在对待工作方面，我们都一丝不苟。”

“就杀人机器的范畴而言，我与你还是不同的。”丽塔说着，将后方赶来的安保人员用子弹撂倒，“我感兴趣的是情报。”

“也难怪，你是一名情报工作人员。但我很奇怪为什么你会这样听话地跟过来？”

“没什么，只是觉得有一件需要去确认的事情。”

叶林斯基决定不再过问。

袭击发生的时候，特殊情报部门的例行会议仍然在继续，所以大量的与会人员都被困在了会场之中，无法脱身。会场外面的走廊里已经聚集了相当数量的警卫人员，他们用掩体与防暴设施构筑起防御线，封锁了进入会场的道路。

“你想来寻找什么样的答案？”

隐藏在墙角之后，叶林斯基对丽塔问道。

“很多事情，把上级问个遍，或者说，简单地证明一些东西。”丽塔说着，将一枚榴弹塞进下挂式榴弹发射器里，然后立刻从拐角后面出枪，将榴弹抛射进十余米开外的警卫的防御线之中。一声巨响过后，他们从墙角之后进入走廊之中，点射解决了剩下的警卫们。

“那具体是什么东西？”

“我也说不上来，这是感觉上的一些东西，无法用语言描述。也许就是……真相吧。”

丽塔说完，一脚将会议室的门踹开，然后立刻退到墙角，避开了从里面打出来的第一波子弹。然后，她与叶林斯基一同向会议室里发射了烟幕弹与铝箔弹，在空气中造成一定范围的重金属烟雾。后续的三名“404 军团”队员随即突入了会场之中，凭借单兵装甲与点射消灭了持枪的目标。

等到会议室里安静下来之后，丽塔·克林顿进入了一片狼藉的会议厅之中，叶林斯基紧随其后。

从另一方向进攻的小组也很快赶到，十名队员控制住了局面，另外的十人则在周围负责警戒。在确认了防御部队基本被消灭之后，叶林斯基下达了指令，命令电子士兵们进入待机状态。

外面的枪声逐渐减弱，然后便归于了平静。已经没有反抗者会出现了，除了生物电子技术制造出的士兵们之外，这座城市里已经少有活物了。也许会有少量乘坐脱离舱逃离的人员，但他们已经不构成威胁了。即使最近的舰队赶过来也需要 30 分钟的时间，这点时间对于他们而言已经足够了。

丽塔·克林顿上尉走到会议桌的末端，两名军团士兵正用枪械控制着一个人——情报部门负责人米尔沃顿。

克林顿上尉径直走上前去，不顾那人的惊慌失措，将外骨骼助力的拳头砸在了他的胸腹部。负责人从椅子上倒了下去，在地上痛苦地缩成一团。她单手拿住短步枪，将枪口指着米尔沃顿的脑袋，质问道：

“从什么时候开始的？”

“具体……指什么事情？”那人问道。

叶林斯基向剩下的队员们点了点头，做出一个手势。他们于是立刻举枪，向处于控制之下的参会人员进行扫射。一阵枪声与混乱之后，会议室里除了多出来几具尸体之外，还多了情报部门负责人连续不断的叫喊声。

“关于‘替身’的情报！还有那些为了与高维文明建立联系而进行的实验！”上尉厉声说着，向负责人的膝盖打了一枪，让他的左腿不至于胡乱扑腾。

“那……那已经有很长一段时间了！”他大喊着，叶林斯基以及404军团的士兵们开始发出轻笑，似乎是被他的惊慌与手舞足蹈逗乐了，“在……在2260年前后的时候。”

“具体情况？”

“一切都是为了资源利用的最高效化，还有战后既得利益的最大化。我们一共启动了三个项目，其一是人体分子重构，其二是意识数据化转移，其三是最为重要的部分，创造观测者。我们根据前两项计划确定了战后世界的基本模式，但是第三项——那是一些疯狂的家伙们想出来的法子，一些觊觎更高智慧的人们的贪婪造成的后果……”

突如其来的爆炸声让会议室内的所有人都惊呆了，包括叶林斯基在内。

“最糟糕的情况……”他（她）喃喃道，“看来他们已经找过来了。”

两名队员呼叫了一下负责警戒的单位，他们获得了外部的视觉资料。叶林斯基将那些资料进行了快速的交叉分析，确认了那是空袭。

“战斗机为什么会出现在这里？”丽塔有一些惊讶。

叶林斯基咬了咬嘴唇，皱起了眉头。

“毕竟支配者可以让物体出现在任意位置——但至少我们引起他们的注意了。接下来就看我们能够拖延多少时间了。”

说完，女孩转过身去，从地上的警卫尸体身上搜刮了通用步枪的弹夹，然后便跑出门去，军团士兵们紧随其后。

友坂看了看远处的天空，紫色的边界变得越来越明显。她望了望身边的女孩，这个自称观测者的孩子开始显露出害怕的神情。

“我们得逃离这里了。”友坂摸了摸她的脑袋，说道，“那边有什么东西正在过来……”

“原始海洋。”女孩低声说道，“镜面正在变成原始海洋……”

“掉进去会怎样？”

“变成原始海洋的一部分，单纯的基础粒子。”

友坂露出一个勉强的笑容，终于意识到了状况有多么糟糕。

她拉着女孩在这镜面的平原上不知走了多久，才终于在一无所有的平原上找到了一件友坂熟悉的物体——她的座机，隼式。它的起落架是打开的，轮胎紧贴地表，因为飞机的重力而产生了微小的形变。友坂试着连接了一下战斗机的战术电脑，能连得上。于是她命令战机打开机舱，放下舱门悬梯。

“不行，观测空间是逃不走的。”

友坂向女孩伸出手去的时候，女孩摇了摇头。

“跟我来！”友坂有些着急了，她一把抓过女孩的手臂，将她扛到肩上——女孩出乎意料的轻，就如同一片羽毛一般，没有真实的质感。友坂将她背在背上，然后让她坐进了隼式的雷达驾驶位。

“现在我们要起飞了。”友坂说着，舱门悬梯收起，舱门关闭。

她看了看机舱外，紫色的原始海洋已经十分迫近了，有什么东西在里面翻涌着、挣扎着，她仔细看了看，才发现那是人——只有简单轮廓的人。这些模糊不清的生物在向海洋的边缘靠近，从物质的团块到成型的人形，逐渐变得清晰起来。友坂检查了一遍主线路，第一线路瘫痪了，于是她切换到了第二电传线路。战斗机启动了。

复制人开始贴上战斗机了。引擎转速在这个时候达到了启动值，猛然吹出的强烈高温气流将那些D型多肽镜面复制堆叠而成的产物吹飞，但前方蜂群一般的复制人团块挡住了滑行起飞的道路。

友坂检查了一下武器配置，导弹仅剩一发，剩下的还有一发是热核弹头。她立刻调用了那一枚常规导弹，向人团之中发射过去。导弹钻入人团之中爆炸，即使隔着墨色面罩，强光仍然让友坂感到一阵眼花。

推背感开始增强，即使看不清楚前方，友坂还是能够感受到机身的爬升。水平仪因为方位问题胡乱转着，惯性导航与偏航修正也无法建立正确的坐标系，友坂于是将操纵模式改成了手动，完全由驾驶员目视以及雷达的判断来进行导航。

“没有办法的，观测空间只有一千米的纵深。”女孩的声音从后排传了过来。

友坂听到了信息提示音，于是看了看信息栏。一封显示发送于孔米尤特的邮件出现在了里面，时间显示为2293年9月1日，00:10。她又看了看机载电脑显示的时间——这个时间处于频繁的变动之中，频率之快就好像在地球航行时候坐标值的变化一般。友坂皱了皱眉头，将信息传给了雷达手。

“有邮件。”她对女孩说道。

女孩点开了邮件，邮件内容很短，只有一句简短的话。

【现在就离开观测空间，跟着友坂中尉】

她抬了抬眉毛，脸上露出了一种微妙的神色。

“是什么？”友坂问道。

女孩还没有来得及回答，机舱里的警示音就响了起来。友坂咒骂了一声，IFF 尚可以工作，但战术电脑就不行了，多普勒雷达没有响应，她除了一枚核弹头之外没有武器。

“从后面过来的吗？”她对女孩问道。

“右后方。”女孩向后望了望，给出了回答。

友坂调整了一下头盔的视野，看到了那个尾随而至的敌人。那是一架代号为凤凰的 N 组织战斗机，她不明白为什么这种轻型短距离截击机会出现在这里，但那架战斗机已经咬住了自己的后方，处在优势射击位置。

友坂解除了战斗机的谋略系统。战机十分沉重，她感到难以控制，但还是取得了控制权。她让机头上仰至 115 度，进入短暂的 IDOL（机首、尾倒位）状态，战机过失速平飞。位于右后方的战机从隼式的一侧飞过，冲到了前面。然后友坂使战机恢复水平位置。

女孩在调动武器界面，但没用，航空机炮不知为何无法使用。前方的战机进行了一次滚筒翻，与隼式拉开了距离，但仍然没有进攻的动作。

“现在是什么情况……？”

友坂低声对后排的女孩问道。

“必须要尽快离开，否则……”女孩望了望下方的原始海洋，那片紫色越来越迫近了。

“但必须想个办法。”

【NGM，进入投弹序列】

友坂瞪大了眼睛，回头望了望后座上的女孩。

女孩仍然在利用雷达官的权限进行着操作，“现在我明白了。”她说道，“从你进入观测空间之后，这个空间就进入了概率之中，不能够再被称为观测空间了。其他的观测者已经观测到了我，也就是说，现在的空间是别处的东西——在这个意义上，我的观测空间已经不存在了。”

友坂想要停止发射，但是做不到，权限被锁死了。机身内置的热核导弹被点火，向前发射了出去。友坂不知道女孩究竟懂不懂如何锁定目标——她也许是想用核弹头去打击敌机。这是不可能的事情，在如此近的距离绝对会被波及而同归于尽的。

“喂，那弹头要是爆炸的话我们可就都死了！”友坂喊道。

女孩的反应却很冷静：“不，正是要这样做。”

“为什么？”

“因为你一定是引起支配者的兴趣了。你作为概率之中的物体进入到了概率之外的空间中——一个观测空间不能够容纳两个概率外的物体，否则就失去了意义，两个概率叠加之后相当于为非概率事件增加了一个观测者。”

“我不是哲学家，不懂这些玩意儿。”

友坂终止了话题，慢吞吞飞行的重型导弹在空中划过一个圆弧，没有向凤凰战斗机飞过去，反而径直向隼式反扑回来。

友坂慌了神了。

“如果撞上的话我可不知道会发生什么……”

她下意识地闭上了眼睛。

但是，料想之中的爆炸并没有发生。友坂等了许久，什么事都没有，她睁开眼睛，却被刺眼的阳光晃到暂时失明的地步。

机身猛地摇晃了一下，战术电脑感应到机身失衡但驾驶员无操作之后，自动启动了谋略系统，保持机身稳定。

“呼……”

她看了看仪表盘，水平仪重新恢复了正常，高度计显示高度为8824米，时间轴终于稳定了下来，不再频繁变化了。她尝试着打开了全球定位系统与惯性导航设备，都能够正常运行。

现在她位于太平洋西部海域上空。

“看来是活下来了……”

她向后望去，后座上却已经空无一人了，连有人坐过的痕迹都没有。

友坂回过头来，发出了一声叹息，她不知道自己为什么要叹气，但心中却感到了一种莫名的失落。

N组织总部市内，火光将周围的一切都映照得亮如白昼。通风系统被毁了，火焰正在高速消耗着残存的氧气，让空气变成了令人无法呼吸的气体。

丽塔从总部大楼中走出来，周围只剩下建筑物坍塌的声音，没有生物，没有人还能够在这里发出其他的声音。

头顶上响起刺耳的引擎声，她抬头望去，一架典型的AF-28女妖战斗机从头顶掠过，以人类飞行员无法承受的速度在空中做出横滚、水平螺旋与大过载回旋动作，灵活地躲避着从地面的装甲单位发射的高射炮弹。然后，用集束炸弹进行回击。母弹分离出的每一个子炸弹都单独搜索、追踪目标，做到最为精确的打击。

她认为那不是人类驾驶的战斗机，甚至根本不是人类的战斗机。那样的动作是人类战机所做不出来的、妖精一般的动作。

叶林斯基躺在地上，面罩掉在一旁。呼吸面具没能固定在女孩的脸上，使得氧气被损失了许多。丽塔看到了女孩的身体，走上前去，确认叶林斯基的灵魂还处于这副躯体之中。

“我还是慢了一步。”

女孩的气息已经很弱了，灼热的空气灼伤了她的肺部，让她连呼吸都很困难。她说不出话，只能用嘴型识别器来发送电子信息。

“还是没办法把她找回来。”

“我们还会再醒来的。”丽塔对女孩说着，蹲了下来，坐在女孩的身旁，“做个好梦吧。”

女孩微微地点了点头，似乎是耗尽了最后的力气。她陷入了缺氧状态之中，身体不自觉地开始痉挛、抽搐，双手拼命抓自己的喉咙，直到把脖子抓得血肉模糊。丽塔回过头去，不想再看到那幅光景。

抽搐停止了，女孩的尸体已经完全不成样子了，看不出丝毫先前的美丽。

最近的一辆装甲车被对地导弹击中，爆炸。巨大的冲击波将她的身体掀飞，重重地摔在了地上。她用双手护住头部，防止自己因为冲击而昏迷。

脑中一片混沌，她强迫自己清醒过来，从地上爬起来，看了看自己刚才所在的地方。

一片火海，自己的士兵、装甲车，全部被火焰吞噬了。

战斗机引擎的轰鸣声在头顶上掠过，她仰视着黑暗的人工夜空，追寻着那个妖怪的轨迹。

“现在我终于明白了……”

她笑了笑，看了看自己的周围。

404 部队正在被有条不紊地歼灭，这座城市已经燃烧起来了，全部燃烧起来了，如同一块着火的木炭。

她靠着装甲车的残骸，腿部的装甲已经严重变形了，腿骨骨折使她无法站立。她解除了上半身装甲的锁定，只留着氧气面罩。然后，她从单兵装甲的结构之中伸出手来，找出自己的配枪，解除了保险。

“就是这样的道理，我们的生命，就是这样的……”

她笑了笑，将枪口抵在了自己的左腕上。她感到一种因渺小而产生的恐惧，那是她第一次如此真切地感受到“恐惧”这种情绪。

“无论是死亡还是生存，我们都会变得和蝼蚁一样。”

她扣下了扳机。

子弹立刻就在她的胳膊上开了个洞，剧烈的疼痛让她把枪掉到了地上，鲜血从伤口里涌出来，喷涌在地上，在灼热的地表蔓延开来。但是这个过程并没有持续太久，血液便开始从地面上上升——飘浮在她的面前。然后，她看到了，那颗鲜红色的血珠在空气之中开始蠕动、变化。她的视野也随之发生了变化，细胞的亚显微机构呈现在她的眼中，她看到那些红细胞在变化，变成一种怪异的铅色。然后那种铅色变成了另一种其妙的色彩——渐变的，从深紫色到亮黄色，光谱的循环。细胞开始以惊人的速度分裂、分化，形成组织——但那是不同于人的东西，不是L型氨基酸的产物，甚至不是碳基化合物的产物。一种全新的生命形态正在这小小的团块之中孕育着、生成着，逐渐成形。

最终，丽塔看到一个人体站立在自己的面前。它通体散发出一种柔和的绿色和紫色交杂的光芒，如同极光的颜色一般。它向自己迈开了步子，走近两步，丽塔才看清楚，它的面部正在分化，头发的地方变成了一缕缕的纤维状物，皮肤的层次开始显现，五官的细节也逐渐看得清了。

丽塔·克林顿看见另一个丽塔·克林顿正在注视着自己，从一个居高临下的角度，那个健全的新生命俯视着残破不全的自己。新生者向丽塔伸出了双手，轻轻握住她的面具，然后慢慢地摘了下来。

炽热的低氧空气猛然冲进她的肺里，她感到一阵窒息的眩晕，身体向一旁倒去。她开始猛烈地咳嗽，弥漫的酸性气体让她的喉咙糜烂，她说不出话，大脑失去了思考的能力，只剩下视线还存在着。她望着新生的自己，这个生命依旧那样站立着，俯瞰着自己。

几块顶板从穹顶上掉了下来，抗压层开始崩塌了。随即，在海水的重压之下，整个穹顶在极短的时间内分崩离析，数亿吨的海水从四面八方涌过来，将火焰熄灭，将一切吞噬殆尽，掩埋在黑暗的深海之下。

现在我终于找到了答案，丽塔想着，强大的水压正在将她的躯体压成扁平状。她不明白为什么自己仍有思维，为什么意识在这时变得如此清晰。

这个答案如此简单，以至于我开始怀疑自己从事了40多年的情报工作是否值得这个结果。人类——碳基生命，有机生命，最终将会被取代。首先是替换硬件，将人类替换为电子意识。然后是将有序的事物变为无序的事物——自然的熵减过程之中，肉体、计算机、一切的载体都将消失，最终留存于世界上的将会是单纯的意识，或者……意义。意义本身就是一种物质形态，表明“我在这儿”“我是我”，那就是我们最后都会变为的东西，也就是支配者所想要的东西……

大海里面好黑啊！

2310年，5月24日。

今天是新联合国成立十周年纪念日。

作为G国方面交换生的代表，在C国军事学院毕业的G国海军学员——艾莉森·施尼温德，在联合公报及各国主要媒体上发表了演讲：

“……60年前，我们的前辈曾因为自身认知的不足而深陷战争的泥潭。在之后的一段时间里，战争一度成为我们的生活常态。道德、伦理被推翻，新的规则被不断制定、不断修改。如今，我们唯一能学到的事情只有反思，反思战争为我们带来了什么。惨痛的回忆、家庭破碎还是永恒的创伤，科学的进步、技术的发展还是认知的进化？我们必须要知道，在未来，倘若我们遇到类似的情况、类似的危机，我们是否还会选择战争这条道路，是否应该继续选择战争这种方式。当我们以群体生活的时候，不同的群体之间就会不可避免地产生不和——那么我们是否有可能，在未来迎来人类群体的大融合呢？我们的意识形态是否会因此得到改变呢？我不知道答案，但我们必须去思考这个问题……”

他抬起手中的遥控器，关掉了电视机。

牢房外面的脚步声响了起来，他知道有人来了，来人的目的不可能有其他——因为这里只有他一个囚徒。

“请往这边走，米扎耶夫女士。”

知名传记作家、记者，瓦莲京娜·米扎耶夫，在监狱工作人员的带领下，正在前往国际刑警直属监狱的最底层的区域——关押A级战犯的地方。

到了24号监狱的门口，狱卒停了下来，在门前的视网膜识别仪上完成了鉴定，然后让瓦莲京娜登记之后，才准许她进入监狱的通道之中。

继续向前走，经过了长长的甬道，他们才最终到达了24号牢房的门口。牢房是全封闭式的，连供人探望的透明窗都没有。由于瓦莲京娜提出了当面采访的请求，国际刑警方面只好派遣两名武装人员随行。

见到传闻之中的A级战犯之后，瓦莲京娜多少还是有一些惊讶，如果要让人相信面前的这个头发与皮肤都是病态的白色的青年是A级战犯的话，是一件十分困难的事。

"阿列克谢·叶林斯基。"

狱卒向传记作家简短地介绍了一下面前的年轻人。

"瓦莲京娜·米扎耶夫。"传记作家也进行了自我介绍。

"幸会，我在监狱里读过您的书。"青年人发话了，他的语气与声音令人感到很舒适，难以把他与A级战犯的身份联系起来。"我曾经遇到过另一个传记作家，但就作品而言，他比您还是差多了，至少在文笔上面是这样。"

"感谢夸奖，那我们还是直入正题吧。意下如何？"

"好啊。"

"那么……问题一：你被判为A级战犯的原因？"

"特等战争罪。理由是引导战争局势，引发地区冲突。"

"哦？"

"我是个情报贩子——从某种意义上来说。把N组织和W组织的情报相互泄露，利用不同的假身份，操控战争走向。”

“怎么做到的？”

“替换身体。喏，就像这样。”青年人指了指自己，说道，“这是他们高仿的产物，我应该有57岁了吧，但如你所见，外表已经不能决定什么了。”

瓦莲京娜点了点头，记下了一些什么东西，然后放下笔记本，继续问第二个问题。

“问题二：你的目的？”

“诱发战争是我的行为的副产物。我和其他丢了妹妹的哥哥们一样，想要把妹妹找回来。只是……我的动静可能闹大了吧。”

“那——最后你的妹妹，被找回来了吗？”

青年人听了，顿了顿。过了半晌，他才有所动作——向后仰去，瘫坐在椅子里，双手无力地张开，然后露出一个无奈的笑容，再摇了摇头。

“没有。”

气氛沉默了片刻，瓦莲京娜决定进入下一个问题。

“你认为这一切值得吗？”

“哪些？是被终身监禁，被冠上A级战犯的名头，还是即使如此，最终得来的却是一场空？”

“大概就是这些吧。”

“这没什么，人生就是如此，犯过大错，也做过大事，最后什么都没有，多么正常的事。”

“你在战争中的经历可以简单陈述一下吗？”

“啊，麻烦事呢……”

之后瓦莲京娜问的就是一些琐碎的细节问题了。阿列克谢·叶林斯基也十分配合，采访进行了接近六个小时才结束。

“我发现了一件事。”

从监狱里出来，坐进轿车之后，瓦莲京娜对她的秘书说道。

“真正组成这个世界的东西，其实正是各种各样的茧。每个人都把自己束缚在自己的茧里，然后这些茧相互碰撞，也就形成了这个世界。难道不是吗？”

“的确是这样呢！”秘书点头表示同意。

“我不知道自己是怎样从那个地狱之中活下来的，醒来的时候隼风受损很严重，我们在海面上漂浮。”

喜马拉雅山脉，黑鹤在天空中飞舞着。

友坂坐在一把木椅子上，对身边的秋濑冥说道。

“最终，特殊空军里只找到了我一人吗？”

“还准备回空军吗？”

秋濑对友坂问道。

友坂摇了摇头，茶褐色的头发扎成的麻花辫放到了胸前。

“我已经申请退役了。”

“至少还可以回来当当教官什么的，反正战争已经结束这么久了。”

“战争是不会停止的。”友坂说着，无奈地笑了笑。

一个回力镖打着旋，带着呼呼的风声飞过空中，落在了金黄色的麦田之中。

一个穿着休闲衬衫的清瘦青年穿过麦田，在麦浪之中捡起了那个回力镖，向友坂挥了挥手。

友坂也朝他挥了挥手。

“我就暂时住在他家。”友坂对秋濑说道，“他在一家航空公司工作，是民航客机的飞行员，现在辞职回到家里。”

“这片田地也是他家的资产，他平时就在田边的电子环控室里看一看麦子的状况，在田间扔一扔回力镖。”友坂说着笑了笑。

“以后打算怎么办？”

秋濑对友坂问道。

“我想在镇上开一家书店。”友坂说道，“退休金足够了。”

“书店吗？戴眼镜真不像是你的作风。”

友坂只是笑着摇了摇头，没有再说什么。

【全书完】